非裔美国女性作品中的主体性构建

余薇 著

沈阳出版发行集团
沈阳出版社

图书在版编目（CIP）数据

非裔美国女性作品中的主体性构建 / 余薇著 . -- 沈阳 : 沈阳出版社 , 2020.7

ISBN 978-7-5716-0993-1

Ⅰ.①非… Ⅱ.①余… Ⅲ.①美国黑人 – 妇女文学 – 文学研究 Ⅳ.① I712.06

中国版本图书馆 CIP 数据核字 (2020) 第 100105 号

出版发行：沈阳出版发行集团 ｜ 沈阳出版社
　　　　　（地址：沈阳市沈河区南翰林路 10 号　邮编：110011）

网　　　址：http://www.sycbs.com

印　　　刷：定州启航印刷有限公司

幅面尺寸：170mm×240mm

印　　　张：11.5

字　　　数：245 千字

出版时间：2020 年 7 月第 1 版

印刷时间：2020 年 7 月第 1 次印刷

责任编辑：周　阳

封面设计：优盛文化

版式设计：优盛文化

责任校对：李　赫

责任监印：杨　旭

书　　　号：ISBN 978-7-5716-0993-1

定　　　价：46.00 元

联系电话：024-24112447

E－mail：sy24112447@163.com

前　言

　　非裔美国女性文学是世界文学史上一支独有的、馨香的奇葩。尤其是 20 世纪以来，非裔美国女性文学崛起，产生了一批世界知名的非裔美国女性作家和作品。非裔美国女性文学作家中的佼佼者还先后荣获了普利策奖、诺贝尔文学奖等奖项，成为世界文坛上一个极受瞩目的群体。近年来，我国对于非裔美国女性文学的研究越来越多，涉及面越来越广。本书主要从非裔美国女性文学的主体性入手，对非裔美国文学中的女性主体性建构进行详细分析。

　　本书第一章，先从女性文学的定义和溯源谈起，对美国女性文学产生的原因与背景、美国女性文学的发展阶段与特点进行了详细分析。同时，着重对非裔美国文学的非裔美国女性文学的萌芽与发展进行了具体阐释。本书第二章，从非裔美国女性文学的叙事模式特点、非裔美国女性文学的文化身份认同特点以及非裔美国女性文学的审美特点三大方面入手，从整体上分析和阐述了 20 世纪以来非裔美国女性文学的写作特点，有利于读者对这一时期非裔美国女性文学进行整体了解。本书第三章，重点对非裔美国女性作家中的代表作家托尼·莫里森的生平及其作品进行概述。托尼·莫里森是历史上第一位获得诺贝尔文学奖的非裔美国女性作家，也是全球第一位获诺贝尔文学奖的黑人女作家，其以旺盛的创作能力和深邃的思想、灵活多样的叙事风格以及独特的审美成为非裔美国女性文学史上独具魅力的作家。此外，本书还对托尼·莫里森《最蓝的眼睛》等作品中的女性主体性建构进行了详细分析和阐释。本书第四章，重点对非裔美国女性作家中的代表作家艾丽斯·沃克的生平及其作品进行概述。艾丽斯·沃克是美国民权运动中的积极参与者，也是美国黑人"妇女主义"理论的提出者，是非裔美国女性作家中的重要代表作家之一。此外，本书还对艾丽斯·沃克的代表作品《紫色》中的女性主体性建构进行了详细分析。本书第五章，重点对 20 世纪 20 年代美国哈莱姆运动中非裔美国女性作家中的代表内拉·拉森生平及其作品进行概述，并对其主要作品中的女性主体性缺失与建构进行了详细分析。本书第六章，重点对 20 世纪 20 年代美国哈莱姆运动中非裔美国女性作家中的代表佐拉·尼尔·赫斯顿的生平和文学创作进行了概述，并对佐拉·尼尔·赫斯顿的代表作品《他们眼睛望着上帝》中的女性主体性建构进行了详细分析，同时还对其毁誉参半的自传《道路上的尘迹》进行了分析与评价。本书第七章，重点对非裔美国女性作家中的代表玛雅·安吉洛及其文学创作进行了概述，玛雅·安吉洛是美国普利策诗人奖的获得者，同时也是一位优秀的自传体小说作家，本书对其风靡全球的自传体小说《我知道笼中鸟为何歌唱》中的女性主体性缺失与重构进行了详细分析。本书第八章，对 20 世纪 80 年代崛起的美国新一代戏剧文学家苏珊·洛里·帕克斯的生平与文学创作进行了概述，苏珊·洛里·帕克斯是普利策戏剧奖的获得者，美国当代戏剧文学代表作家。本书对其戏剧文学作品中的女性主体缺失与建构进行了详细分析与阐释。

本书语言平实、质朴、观点清晰明了，适用于对国外文学或非裔美国文学感兴趣的读者。

目 录

【 第一章　非裔美国女性文学概述 】

第一节　女性文学概述

女性主义文学是文学史上的一个重要概念，本文从女性文学的定义入手，重点对美国女性文学产生的原因及其发展阶段与特点进行阐述。

一、女性文学的定义与溯源

女性文学这一概念是从 20 世纪 80 年代兴起的。关于这一概念的定义，学术界众说纷纭，一直争论不断。主要的代表观点包括三种。其一，女性文学即指展现女性魅力、特征和心理的文学作品，这一概念是从表现对象的角度来对女性文学进行界定的。无论作者是男性还是女性，只要作品的内容讲述女性即为女性文学。

其二，女性文学即指女性作家所创作的文学作品，这一概念是从作者角度来对女性文学的界定。

其三，女性文学即指女性作家创作的、内容、题材、主题、对象均为女性的文学创作。这一观点对于女性文学的概念进行了较为严格的界定。

这三种观点均是从作品内容和创作者的角度对于女性文学的定义。本书对于女性文学的定义选用第三种观点，即狭义的女性文学定义。试图通过女性自身所创作的有关女性内容和主题的文学作品揭示出女性的形象及不同时代女性真实的心理状况。

女性文学的崛起源于女性的自我发现，以及包括女性权利意识、独立自主意识、可持续发展意识等在内的女性主体意识的觉醒。因此，有学者指出，女性文

学即是以一种严肃理性的方式思考女性的历史和文化存在，从而寄托作家对于女性地位的思虑，对女性生存给予人文关怀。❶

纵观古今中外，女性文学作品几乎少之又少，在人类的发展史中，文学作品大多由男性作家所创作。然而，实际上，女性文学创作与男性文学创作的历史同样长久。据悉，女性创作最早可追溯至公元前两千多年，一位名为因赫杜安娜的女性作家所创作的宗教诗歌，在当时社会中产生了重大影响。古希腊时期，女性作家萨福创作了一系列古希腊抒情诗❷，她还带领许多女性文学家、学者和诗人共同创作。然而，1073 年，罗马和君士坦丁堡将其作品焚毁，并严重地打击了当时的女巫群体，使女性写作的热潮降到低谷。中世纪时期，修道院不仅为女性提供了相应的庇护所，还鼓励女性写作，这一时期许多流传于后世的女性文学多出自修道院。之后，随着历史的发展，女性创作再次陷入低谷。18 世纪中期至 19 世纪，女性文学创作达到了新的高潮，1850 至 1910 年间，仅美国就有 317 位女性作家出版了自己的作品。❸

直到 19 世纪以来，女性作家才在文坛上重新崭露头角。20 世纪以来，随着女性的发现和女性价值体系的建构，女性文学作为女性学的分支才重新得以建构，并在全世界范围内发展起来。

二、美国女性文学产生的原因

美国女性在社会上的地位可分为两个阶段，在殖民地时期，美国人主要遵循英国的《普通法》。按照这一法律规定，女性既没有财产权，也没有选举权，更没有孩子的监护权，然而却需要履行多种职责。例如，做饭、缝衣、照顾家人生活等。因此，女性的社会地位相当低下。随着美国的成立以及发展，女性的社会地位有了显著的提高。19 世纪时，美国女性虽然不被允许进入公共领域，然而其却在有限的空间范围内，对美国的建设和发展做出了贡献。例如，在家庭中，女性承担着沉重的家务，对家庭做出了重要的贡献。在美国独立战争期间，许多女性还参加抵制英国商品的活动，并为作战部队筹集食品等做出了突出贡献。❹除此之外，19 世纪和 20 世纪美国女性文学的创作呈现出爆发式的增长，达到了新的高度。

---

❶ 闫小青 . 20 世纪美国女性文学发展历程透视 [M]. 长春：吉林大学出版社，2012：2.
❷ 陈晓兰 . 外国女性文学教程 [M]. 上海：复旦大学出版社，2011：2.
❸ 闫小青 . 20 世纪美国女性文学发展历程透视 [M]. 长春：吉林大学出版社，2012：6.
❹ 闫小青 . 20 世纪美国女性文学发展历程透视 [M]. 长春：吉林大学出版社，2012：4.

女性文学的历史与女性的觉醒有关，有学者还将女性文学的历史等同于女性觉醒的历史，认为女性的觉醒离不开其对于文学的创作，以及对于自己被书写命运的抵制。❶究其原因，可归结为两方面的原因。其一，女性的文学创作离不开女性的创造力和写作冲动。女性的想象力和创作力在天赋上与男性相差无几，然而女性受历史客观条件和社会环境的制约却并没有培养和发挥出其文学才能。例如，伍尔夫在其作品《一间自己的屋子》中最早也是最全面地讨论了女性文学写作的原因、遇到的困难等。在这本书中，伍尔夫即指出，女性与男性一样，也具有创作的才情。其二，女性的文学创作的直接动因在于对女性处境的表达，以及为女性争取权利。在女性文学之前，男性占据了文学上的主导地位，关于女性在社会中的处境，均是男性通过对生活的观察而书写的，女性从事文学创作则是要表达女性真实的感受，并为妇女争取权益、鸣不平。在这两种原因的推动下，美国女性文学轰轰烈烈地发展起来。

三、美国女性文学的发展阶段及其特点

美国女性文学的发展按照时间线索可分为三个阶段。

（一）17世纪至18世纪的美国女性文学

美国于1776年正式宣告独立，然而美国的女性文学早在17世纪时就已经萌芽。❷美国女性文学可追溯至美国殖民地时期，1607年约翰·史密斯船长带领第一批移民在北美大陆建立了第一个英国殖民地。这一时期，美国文学创作还带有浓重的欧洲文学色彩，这一时期的文学题材多为游记、探险、历史以及宗教等，形式多为日记、书信等。此时，诞生了一位女诗人安妮·布雷兹特里特，她1630年随家长移居美国，在此生活期间，安妮·布雷兹特里特在艰辛的生活中创作了大量诗歌和散文。还于1647年发表了诗集《第十缪斯，近来跃然出现在美国》，这部诗集被认为是美国新大陆的首部诗集。安妮·布雷兹特里特的作品多取材于家庭和宗教主题，大胆追求女性的知识自由和思想解放，因此被视为美国早期女性主义的先驱，她开创了美国女性诗歌的传统。❸玛丽·罗兰森与安妮·布雷兹特里特属同一时代的女性作家，她擅长的文学创作主题是殖民探险文学。这也是殖民地时

---

❶　魏淼.历史视角下的英美女性文学作品研究[M].北京：北京工业大学出版社，2017：2.

❷　陈晓兰.外国女性文学教程[M].上海：复旦大学出版社，2011：141.

❸　陈晓兰.外国女性文学教程[M].上海：复旦大学出版社，2011：141.

期，美国文学的重要创作题材。这一题材的文学创作大多是介绍欧洲移民来到美国新大陆后，对新大陆和新生活的介绍，以及对殖民者和印第安土著之间发生的纠葛。1676年2月，英国殖民者和印第安原住民之间爆发一场名为"菲利普王战争"的大规模战争，玛丽·罗兰森及其三个孩子在这场战争中被囚禁了11个星期，受尽了严寒与饥饿的考验，在这次囚禁中，玛丽·罗兰森还失去了她最小的孩子，被赎回后，玛丽·罗兰森以其自身经历撰写了一本带有自传性质的文学作品《玛丽·罗兰森的被俘与被释》，这部文学作品在美国文学创作史上具有特殊地位，成为美国"俘虏叙事文学"的开山之作。18世纪时期，小说题材的文学创作在英国兴起，并迅速传入美国并对美国文学产生了一系列影响。这一时期，美国诞生了一批以苏珊娜·罗森为代表的女性小说家，苏珊娜·罗森创作于这一时期的小说《夏洛特·坦普尔》被认为是早期美国女性小说的代表作。纵观17世纪至18世纪，美国女性文学处于初创时期，所涌现出的女性作家并不多见，女性文学的代表作品也较少。

（二）19世纪的美国女性文学

19世纪时期，美国女性文学开始在社会上产生一定的影响。19世纪时期，美国是一个典型的、由男性主导的男权社会。相对于男性在社会中的主导地位，女性无论在经济上，还是在家庭中和婚姻中均处于劣势。男性的活动范围较女性大得多，在公共场合男性居于主导地位。他们根据自己的意志制定了一系列支配女性的社会"法则"，规定女性要保持"虔诚""贞洁""顺从"以及"持家"的"女性模式"。这种现象一直持续到美国南北战争之后。19世纪中叶，美国社会中，女性的地位开始凸起，由于这一时期女性的活动范围多限于家庭，因此，这一时期，美国女性小说的创作者大多为女性，其写作对象也为女性。女性作家通过描写女性们最熟悉的心理世界和生活，展现出女性在这一时期的生活状态。19世纪中叶，即1855年至1865年，美国迎来了"美国女性文艺复兴"时代❶，这一时期，许多美国女性纷纷加入职业作家的行列，创作出了大量受读者欢迎的作品，美国女性文学进入黄金发展时期，并成为当时社会上的畅销作家群体。然而，此时，美国女性文学的火爆也引发了一些男性作家和评论员的抨击，这从另一个侧面可以看出，这一时期美国女性文学的受欢迎状况。

---

❶ 魏淼.历史视角下的英美女性文学作品研究[M].北京：北京工业大学出版社，2017：66.

　　这一时期的女性作家家境大多比较富裕，使得其在少女时代接受了较好的教育，在成为家庭主妇后仍有机会成为职业作家。这一时期的女性作家所创作的文学作品大多以自己所处的时代、社会和家庭生活为蓝本，从中汲取灵感，其作品中所塑造的女性形象及其在经历大多源于女性作家在生活中的所见所闻，或他们自身的真实经历。因此，这一时期，美国女性作家所创作的作品大多是以"家庭现实主义"手法来展现故事情节，塑造人物性格的，其作品大多都在讲述社会变革中的女性的自我觉醒。她们通过自己的创作，让女性在其作品中发声，找到女性的自我意识，争取女性该有的社会地位。这种展现女性自我意识的小说，可以分为两种类型，一种是故事中的女性主人公形象是一个拥有传统女性物质的角色，在传统家庭中扮演着好女儿、好妻子的角色，为了家人付出一切，当她们推动了生活的依靠和保障后，自立自救的故事；另一种是故事中的女性主人公形象即才华横溢、胸怀大志的女性，其敢于反抗传统生活中女性的社会角色，有意识地走上一条具有反抗精神的、独立的道路。这两种类型的主人公角色都具有一般女性所没有的精神上的反抗意识，能够认清现实，并取得经济上的独立，在社会中争取自己的权益。

　　美国内战结束后，美国高等学府开始招收女性，19世纪末期，随着女权运动的发展，女性得到进一步解放，她们走出家庭，进入公共场所，社交范围逐渐扩大，在婚姻中的自主权也越来越强，女性地位大大提高。而随着女性地位的不同，美国女性作家的女性意识也逐渐觉醒。这一时期涌现出了一批在文学作品中大胆描写女性意识的作家。例如，凯特·肖邦等女性作家的作品。其中，凯特·肖邦生活在一个全是女性的家庭，在生活中，这些女性独立与坚强的精神深深地影响了凯特·肖邦。在她的作品中，塑造了多位敢于冲破家庭束缚的牢笼的女性形象，这些女性大多为19世纪男权社会中产阶级女性，她们在生活中受到了男性社会的强大威压，在强烈地压抑中，她们的自我意识觉醒，并对于所生活的家庭和社会做出种种反叛行为，充分表达了这些女性对自由的渴望。例如，其代表作品《觉醒》等。凯特·肖邦因此被誉为美国女性文学和女权运动的先驱。❶从整体上来看，19世纪时期，美国女性文学的特点主要表现在四个方面。其一，家庭/感伤小说迅速兴起并占领市场，这一类小说的女性作家代表有苏珊·沃纳、凯瑟琳·赛奇威克等。其二，女性散文创作兴起，并取得了辉煌的成绩。这一时期，女性散文的佼佼者为玛格丽特·富勒，其撰写了《湖上的夏天》《十九世纪的女性》，以及大量

---

❶ 魏淼 . 历史视角下的英美女性文学作品研究 [M]. 北京：北京工业大学出版社，2017：70.

的书评及专栏文章，呼吁女性的正当权益，被誉为女权主义的早期倡导者。❶其三，这一时期，女性小说创作取得了巨大成绩，尤其是斯托夫人创作的反映黑奴生活的作品《汤姆叔叔的小屋》引发了社会广泛关注，并对于美国的南北战争起到了导火索的作用。除斯托夫人外，这一时期，美国妇女性作家还有琳达·布伦特、伊丽莎白·德鲁·斯托达德以及路易莎·梅·奥尔科特等人。其四，这一时期，女性在诗歌创作领域也取得了一定的成就，涌现出了埃米莉·狄金森等优秀的女诗人，其被誉为"美国诗风"的创始人以及现代诗歌的先驱者。

（三）20世纪的美国女性文学

20世纪美国在经历了南北战争后，经济迅速步入了新的发展阶段。一方面，战后南方重建使得南方社会的经济结构逐渐转化为资本主义。南北战争后，南方社会的政治和经济制度发生了根本改变，促进了工业资产阶级和资本主义的发展。与此同时，美国的军事力量大大增加，美国开始由一个自由的资本主义国家向现代资本主义国家转变，并逐步成为世界实力最强的大国。作为一个移民国家，美国没有根深蒂固的社会等级观念，其社会生产力的发展也没有受到过多的约束。相反，美国政府十分重视生产力要素之间的协调和发展，这一时期，受科学技术进步、两次世界大战、工业革命的推动，在美国社会取得飞速发展的同时，也对社会的传统价值体系与旧的社会体制提出了严峻的挑战，文化产业革命随之兴起，女性的社会生活和社会地位也发生了天翻地覆的变化。

对于美国妇女来说，20世纪是一个新时代的开始，早在20世纪初期，美国女性所面临的政治、经济以及社会等环境就出现了一系列新的变化。首先，在政治方面，妇女解放运动迎来了一个新的高潮，女性获得了选举权，而且在爱情、婚姻、生育以及教育子女等方面均拥有了自由选择权，女性的社会地位较之以前有了显著性的提高。这一时期，传统的劳动阶层妇女所受到的工会制度以及社会福利的保障越来越完善，中上层女性也开始走出家庭，在各种职业中展现出独特的风采。美国的职业女性人数大大上升，这些都对女性的思想和生活带来了极大的改变。在文化方面，这一时期，美国大学教育的普及率越来越高，大众传媒行业日益兴盛，越来越多的女性接收到了高等教育。在此基础上，美国女性们积极组织起来，学习各种生活技能，积极融入社会，改变自身的生活状况。

---

❶ 闫小青.20世纪美国女性文学发展历程透视[M].长春：吉林大学出版社，2012：9.

在这一背景下，美国女性文学迎来了新的高潮。20 世纪初，美国文学进入现实主义时期，这一时期，男性作家笔下的女性形象，与女性作家笔下的女性形象产生了极大的差异。男性作家有感于女性在社会中地位的提高，担心女性在家庭和社会中取代男性而获得掌控权，因此，这一时期男性作家一方面赞美和渲染传统女性的美德，一方面对新女性的形象进行丑化。而女性作家则在文学作品中树立了新时代女性的正面形象，用手中的笔重新书写女性的历史，矫正被男性作家所歪曲的女性形象。例如，20 世纪初女性作家中的茜茜莉·汉密尔顿和艾玛·古德曼的《作为交易的婚姻》《妇女交易》等作品，即对这一时期女性所处的文化环境进行了深入揭露。这一时期，美国女性文学也取得了丰硕的成果。

以第二次世界大战为时间界线，第二次世界大战之前，美国文学界诞生了一批女性小说家，其中的代表作家有伊迪丝·华顿、薇拉·凯瑟、凯瑟琳·安·波特、左拉·尼尔·赫斯顿等，她们的创作极大地丰富了美国文学的多样性。这一时期，以艾米·洛厄尔以及玛丽安·摩尔为代表的一批女诗人也崭露头角，为美国诗歌带来了新的、有益的探索和尝试。其中，伊迪丝·华顿被誉为是美国文学界思考女性问题的先驱、20 世纪初女性作家的代表和女性主义的先驱。[1]华顿本人的经历十分曲折，在婚姻中经历了婚外恋与离婚，生活中的不幸遭遇使其对于女性问题有着深入的思考和探索。华顿所创作的文学中展现了 19 世纪末 20 世纪期间，女性的受压抑的生活，并塑造了许多反抗世俗的女性形象，然而在其作品中也充满了女性反抗的迷茫。然而，这并不影响华顿在美国女性文学中的地位。除此之外，这一时期优秀的女性小说家还有薇拉·凯瑟，其以擅长描绘内布拉斯加大草原上的移民生活而著称，其作品《啊！拓荒者！》以及《我的安东妮亚》更是久负盛名的展露女性意识的作品，赞美了女性披荆斩棘、积极进取的开拓精神。薇拉·凯瑟甚至指出："每一个国家的历史都是从一个男人或一个女人的心里开始的"[2]，而其作品则充分地展现出女性创造历史的意识。埃伦·格拉斯哥也是这一时期美国的优秀女性作家，其是 20 世纪初的多产作家，也是美国现实主义女性作家，在她的作品中，描绘了一幅生动的美国长篇历史画卷，其作品《我们如此生活》曾荣获普利策奖。

第二次世界大战后，美国文学的小说领域，少数族裔妇女作家迅速崛起，并成为美国女性文学关注的焦点。这一时期，涌现出了托尼·莫里森、艾丽斯·沃克等一大批黑人女作家，除此之外，墨西哥裔女作家、华裔女作家纷纷涌现，为美

---

[1] 魏森. 历史视角下的英美女性文学作品研究 [M]. 北京：北京工业大学出版社，2017：71.

[2] 杨莉馨，汪介之. 20 世纪欧美文学 [M]. 南京：南京师范大学出版社，2018：119.

国女性文学中的族裔小说创作增添了无数亮丽的色彩。在诗歌领域，诞生了伊丽莎白·毕肖普等女诗人，她们的创作成为美国"先锋派"诗歌的重要组成部分。

进入 21 世纪后，美国女性文学与之前相比发生了重大变化，其最大的特点是，美国女性文学不再是"她们自己的文学"，而是与其他美国文学一样，成为所有人的文学。❶

第二节　非裔美国女性文学兴起与发展

非裔美国文学是美国文学的重要组成部分，非裔美国文学一直贯穿了整个非裔美国发展史。在数百年的发展史中，非裔美国文学已形成了自己的特点。非裔美国女性文学在美国后殖民女性文学中占有极其重要的地位，不同国家的非裔美国女性作家关注的侧重点不同，其所撰写的作品的主题也有所区别。非裔美国女性文学所关注的侧重点是女性自身与民族完整生存的主题。

一、非裔美国文学的萌芽与发展

（一）非裔美国文学的萌芽

非裔美国文学的诞生与美国的奴隶制度有着密切的关系，从 1619 年第一批非洲黑人到达美国的弗吉尼亚詹姆斯敦至 1808 年大西洋奴隶贸易被依法取缔，在长达近两百年时间里，非洲黑人在当时北美英属殖民地以及美国社会中的地位发生了重大变化，也完成了从非洲黑人到非裔美国人的演绎过程。❷在奴隶制社会时期，黑奴是美国白人奴隶主的私有财产，早期的非裔美国文学是从口头文学开始的，通过劳动号子、歌谣以及民间传说来表达喜怒哀乐以及对美好生活的向往。非裔美国文学的口头文学创作历史一直延续至 1746 年。之后，非裔美国文学逐渐从口头文学向书面文学转变。1746 年，非裔美国作家露西·泰莉采用 18 世纪英国文学传统的作品结构和创作技术创作出了诗歌《巴尔斯之战》。这也是露西·泰莉唯一流传至今的作品。❸这一作品也标志着非裔美国作品书面创作的开始。早期的非裔美国文学的主要体裁包括诗歌与散文。

❶ 任爱红 . 外国女性文学及其他——金莉教授访谈录 [J] 山东外语教学 .2018（03）：3-10.

❷ 庞好农 . 非裔美国文学史 1619-2010[M]. 北京：中央编译出版社，2013：23.

❸ 庞好农 . 非裔美国文学史 1619-2010[M]. 北京：中央编译出版社，2013：34.

（二）19世纪非裔美国文学的发展

19世纪非裔美国文学的发展可分为两个阶段，即1800年至1865年阶段，这一时期是南北战争爆发前以及战争爆发期间阶段；以及1865至1902年阶段，这一时期是南北战争后的非裔美国文学发展期。

进入19世纪后，随着轧棉机的广泛运用、工业大繁荣、铁路大发展以及西部大开发轰轰烈烈地展开，美国科技和经济迎来了大发展时期，随着经济的发展，美国南北方的矛盾也逐渐加深，这一时期，美国黑人的生活发生了巨大变化，1827年美国第一份黑人报纸《自由之报》面世●，随后许多黑人报纸如雨后春笋般诞生，主要刊登非裔美国人撰写的文章或文学作品。非裔美国文学的主题思想和艺术风格在这一时期得以形成，并围绕生存与抗议的主题创作了一系列文学作品。这一时期，非裔美国作家们一方面展现黑人在美国北方取得的成就，一方面呼吁南方各州取消奴隶制。尤其是在1830年，抗议几乎成为所有非裔美国作家创作的目的。这一时期的非裔美国文学作品的体裁包括信件、演讲稿、散文、诗歌，以及小说、戏剧等形式。无论是哪个体裁的作者均把手中笔当作武器来反对奴隶制。1859年，由非裔美国女性作家撰写的文学作品诞生。这一年，哈丽雅特·E·威尔森出版了自传体小说《我们的尼格：一名自由黑人的生活片段》，弗兰西斯·哈珀尔发表了最早的非裔美国女性创作的短篇小说《两场求婚》。❷除此之外，这一时期，非裔美国诗歌、戏剧以及散文等也取得了一定的成就。

美国南北战争后，1865至1902年间，非裔美国文学的发展随着非裔美国人的生存状况，其主题也发生相应的变化。1877年南方重建失败后，非裔美国人的生存状况更加恶化，这一时期非裔美国文学的主题为揭露非裔美国人成为美国公民后却享受不到公民权利的窘境，以及搏击美国白人的制度化种族歧视，这一主题成为非裔美国文学的传统，并一直延续到1915年。❸非裔美国作家相信，用文学作为武器能够消除社会偏见。这一时期，随着非裔美国人种族觉悟的提高，黑人女权主义思想活跃。安娜·朱莉亚·库珀于1892年发表了《来自南方的声音》一文，倡导女性的选举权，并指出教育是非裔美国人追求富裕生活的基石和最佳途径。这一时期，非裔美国作家的作品体裁包括诗歌、小说、戏剧等。杰出的非裔

● 庞好农.非裔美国文学史 1619-2010[M].北京：中央编译出版社,2013：64.

❷ 庞好农.非裔美国文学史 1619-2010[M].北京：中央编译出版社,2013：66.

❸ 庞好农.非裔美国文学史 1619-2010[M].北京：中央编译出版社,2013：106.

美国诗人包括阿尔伯里·惠特曼、詹姆斯·埃德温·坎贝尔，以及保罗·劳伦斯·邓巴等人，他们的创作为哈莱姆文艺复兴时期非裔美国诗歌的繁荣奠定了良好的基础。这一时期的非裔美国小说家包括托马斯·德特尔、普尔维斯、詹姆斯·霍华德等人，这一时期的大部分小说多以跨种族的浪漫爱情或混血儿的悲剧人生为主题。这一时期的叙事方式为战后奴隶叙事，其代表作品有伊丽莎白·柯克里的《幕后：三十年为奴，四年在白宫》《汤姆·琼斯叔叔的经历和个人叙述：为奴四十年的体会》，以及亨利·克雷·布鲁斯的《新人：二十九年当奴隶，二十九年当自由人》，以及布克·华盛顿撰写的自传《从奴隶制崛起》。除了小说之外，非裔美国戏剧文学也取得了一定的成就。非裔美国戏剧诞生于美国黑人文化和白人文化冲突非常激烈的 19 世纪末期。❶非裔美国戏剧刚诞生时具有双重目的，一方面，非裔美国戏剧作家希望通过戏剧消除白人滑稽说唱团对黑人形象的丑化；另一方面，非裔美国戏剧作家通过戏剧对种族歧视、私刑、种族主义伪科学进行抨击。

（三）20 世纪的非裔美国文学

进入 20 世纪后，非裔美国文学出现了新的发展，20 世纪的非裔美国文学可分为三个时期，即 1903 年至 1945 年阶段，1945 年至 1979 年阶段，以及 1980 年至 1999 年阶段。

第一个阶段，即 1903 年至 1945 年。20 世纪初期，美国逐渐成长为世界大国和世界强国，世界各地的移民大量涌入美国。据统计，1903 年，美国的非裔美国人达到近 900 万人，其中，绝大部分居住在美国南方的农村。❷然而此时，非裔美国人所处的生活环境和社会环境却并不理想。非裔美国作家杜波依斯于 1903 年出版了《黑人之魂》一书，书中指出非裔美国人应捍卫和坚持自己的政治立场，追求种族平等和社会正义，坚决维护非裔美国人在美国的各种权利。许多非裔美国作家受其影响，开始通过文学作品颂扬非洲文化传统，并为非裔祖先所创造的灿烂文化而骄傲，在坚守自己的文化传统和种族尊严的同时，从非裔美国文化中汲取养分和力量，再现非裔美国人在美国社会中的种种遭遇，并揭露美国种族问题的真相。这一时期，非裔美国作家继承了 19 世纪末期的时代精神，以新的视角观察 20 世纪的世界。其作品以原创性和批判性为特色，为哈莱姆文艺复兴时期非裔美国文学的繁荣铺平了道路。

---

❶ 庞好农. 非裔美国文学史 1619-2010[M]. 北京：中央编译出版社，2013：127.

❷ 庞好农. 非裔美国文学史 1619-2010[M]. 北京：中央编译出版社，2013：137.

随着美国北方工业经济的迅速发展，急需大量劳动力，许多在南方生活不如意的非裔美国人开始从南方移居进入北方的城市，希望改善经济现状。而第一次世界大战的爆发则加剧了非裔美国人进军向北方移民的数量和步伐。第一次世界大战后，非裔美国人的生活和工作条件得到了较为明显的改善。非裔美国人移居北方的现象愈演愈烈，据统计，在19世纪20年代，非裔美国人出现了大规模的迁移，大约有超过50万非裔美国人从农村走入城市，从南方移居北方。纽约市作为当时北方最大的城市吸引了大量的非裔美国人，而纽约市的哈莱姆区成为全国最大的黑人居住区。20世纪20年代，一批受到良好教育的非裔美国青年从各地涌入纽约城，来到被誉为"黑人文艺之都"，美国黑人领袖、社会学家和历史学家等人的聚居地哈莱姆，并期望在文学艺术的创作上取得一定的成就。这时的非裔美国开始着手于挖掘自己种族的传统，创作热情空前高涨，并于20世纪20年代形成了以哈莱姆为中心的黑人文艺复兴运动，即，哈莱姆文艺复兴。❶这一时期，非裔美国作家的出版状况也得到了较大改善。1905年至1923年期间，非裔美国作家所创作的文学作品大多是通过小型出版社出版的，到了20世纪30年代，这一情况得到了较大改善，越来越多的非裔美国文学通过美国大型出版社出版，他们的作品开始被推广至全美国甚至全世界。甚至许多美国知名的出版社和杂志社等也开始征集和出版非裔美国作家创作的作品，非裔美国文学以及其他非裔美国文艺形式取得了新的发展。哈莱姆文艺复兴开创了美国文学的新纪元，这一时期，非裔美国文学家开始产生自我意识，在大力发展文学艺术的同时，在作品中塑造良好的非裔美国人的形象。哈莱姆文艺复兴颂扬非裔美国文化。这一时期的非裔美国文学家的代表有克劳德·麦凯、琼·图默、康蒂·卡伦，以及兰斯顿·休斯等人。这一时期非裔美国文学创作的中心主题为种族自豪感，创作体裁包括小说、诗歌、戏剧、散文等。哈莱姆文艺复兴是20世纪美国文学史上的一个重要现象，更是非裔美国文学史上的重要发展阶段，其致力于挖掘黑人古老传统、树立民族自尊心，这一文学运动也标志着非裔美国文学的突破性进展。❷

1929年，华尔街股票市场崩溃，美国社会进入大萧条时期，之前支持哈莱姆非裔美国文学家的富翁纷纷中止了资助。这在很大程度上影响了非裔美国文学的繁荣发展。在经济危机期间以及经济危机发生后，尽管还有许多文学家和艺术家坚持创作，然而哈莱姆文艺复兴的繁荣局面再难复现。随之到来的20世纪30年代

---

❶ 闫小青. 20世纪美国女性文学发展历程透视[M]. 长春：吉林大学出版社，2012：107.
❷ 闫小青. 20世纪美国女性文学发展历程透视[M]. 长春：吉林大学出版社，2012：107.

的经济危机给非裔美国文学家也带来了沉重的打击。到了 20 世纪三四十年代，非裔美国文学中所反映的问题与哈莱姆文艺复兴时期的欢乐主调小说不同，反映出美国社会中黑人生活所面临的严峻现实，这一时期，非裔美国戏剧取得了重大进步，许多非裔美国小说家和诗人也加入戏剧剧本的写作中，极大地促进了非裔美国戏剧的发展。这一时期，非裔美国经过约 150 多年的发展终于进入了成熟期。

第二个阶段，即 1945 年至 1979 年阶段。第二次世界大战后，非裔美国文学获得了新的蓬勃发展。20 世纪 40 年代，二战结束后，非裔美国青年的失业率攀升，其社会地位仍然较低。许多非裔美国青年作家多从自己的亲身经历出发，对当时的非裔美国青年的遭遇进行了描绘和揭示，这一类型的非裔美国作家以理查德·赖特为代表，在他的影响下许多非裔青年作家都因袭其创作特点，形成了"赖特部落"，这种非裔美国文学创作特点一直持续至 20 世纪 50 年代初期。20 世纪 50 年代，非裔美国人的生活状况得到了较大改善，包括女性在内的非裔美国人均可接受高等教育，并享有一定的政治权利。20 世纪 50 年代中期，非裔美国文学开始发生细微变化，一些非裔美国作家的作品开始受到美国学界的青睐和认可。例如，埃里森的《隐身人》获得国家图书奖。这一时期，非裔美国作家的创作主题转向探索美国黑人的身份危机。例如，鲍德温的小说《向苍天呼吁》。除此之外，20 世纪五六十年代，非裔美国作家所创作的作品中还含有一种独特的成分即民间文学成分，从黑人民间传统的灵歌、爵士乐等吸取营养，将其以新的形式和语言，融入非裔文学创作中，直接生动地向非裔读者叙述带有鲜明的非裔美国文化特色的故事。这一类非裔美国文学作家的代表有勒洛依·琼斯和哈克·马杜布提等，其创作的非裔美国文学的主题为张扬种族自豪感和高昂的战斗精神。20 世纪 70 年代，尽管这一时期，非裔美国人在经济和政治方面取得一些进步，然而却依然受到失业和贫困等困扰。这一时期，非裔美国人开始追求个人权利。20 世纪六七十年代，非裔美国文学继哈莱姆文艺复兴后，迎来第二次文艺复兴时期。这一时期，非裔美国女性作家开始崛起，涌现出了格温多林·布鲁克斯、玛格丽特·艾丽斯·沃克等代表作家，她们分别从不同角度撰写了提升黑人妇女文学形象的作品。这一时期，非裔美国文学的体裁包括诗歌、小说、戏剧、散文，各个体裁的非裔美国文学中均涌现出了一批代表作家和作品。

第三个阶段，即 1980 年至 21 世纪初期阶段。20 世纪 80 年代初期，非裔美国中产阶级占非裔美国总人口的三分之一，他们的价值观和消费观与美国主流社会保持一致。❶ 从 20 世纪 80 年代开始至 21 世纪初期，非裔美国文学的主题转向"非种族化"主题，这与之前非裔美国文学的主题相比产生了巨大变化。这一趋势被认为是美国哈莱姆文艺复兴时期内拉·拉森开创的"种族越界"小说传统的延伸与发展。除此之外，这一时期，非裔美国文学还呈现出一系列变化，包括非裔美国文学中以抗议为主题的作品明显减少；非裔美国文学所描写的重点转至黑人社区经历；并且致力于在文学作品中阐释黑人身份的意义。他们倡导非裔美国人能够在保留自己民族文化特征的同时，以美国人的身份进入社会，同时推动美国多元化社会的民主进程。具体来说，20 世纪八九十年代，非裔美国文学迎来第三次文艺复兴。在这次文艺复兴中，非裔美国作家取得了一系列的文学成就。1993 年，托尼·莫里森荣获诺贝尔文学奖，此时距离非裔美国作家第一次发表书面作品已过去了两百多年的时间。而托尼·莫里森的成功也开创了非裔美国文学新的盛世，成为非裔美国文学繁荣的标志。这一时期，非裔美国文学的另一个显著特征为非裔美国女性文学的繁荣。关于非裔美国女性作家及其创作特点将在下面进行详细分析，这里不再赘述。

（四）21 世纪非裔美国文学

进入 21 世纪后，随着现代科技的革新和飞速发展、冷战结束、非裔美国政治家的崛起，非裔美国人的地位以及社会关系发生了极大变化，其在阶级和种族方面显得更加多样化。非裔美国文学依然坚持和发扬了 20 世纪形成的非裔美国文学传统，追求平等与自由。这一时期，非裔美国文学在保留着非裔美国传统以及非裔美国人的独特经历的同时，致力于关注黑人家庭、塑造崭新的女性形象。这一时期，非裔美国青年持续登上美国文坛，并推动非裔美国文学持续发展，并逐渐融入欧美主流文学。这一时期的非裔美国文学的创作体裁包括诗歌、小说、戏剧、散文等。

二、非裔美国女性文学的发展历程

非裔美国女性文学曾一度被排斥在美国的主流文化之外，非裔美国女性文学创作者的创作活动可追溯至 200 多年前，早在 18 世纪时期，非裔美国女性就开始

---

❶ 庞好农. 非裔美国文学史 1619—2010[M]. 北京：中央编译出版社，2013：263.

创作诗歌。1746年，露茜·特里就曾创作了一首名为《监狱之斗》的诗歌❶，1773年，菲丽丝·维特力创作了《各种题材的诗歌：宗教和道德》。19世纪时期，非裔美国女性关注的侧重点仍然是当地和国家的热点问题，这一时期，非裔美国女性的文学创作题材更加丰富，除诗歌外，还包括自叙体小说，以及纪实小说等，这一时期女性的自叙体小说并非全部由非裔美国女性创作完成，也有他人代笔撰写之作，其主题围绕非裔美国女性遭受的种族与性别双重压迫。有学者认为，非裔美国女性自叙体小说是美国非裔美国女性从事文学创作的最初尝试❷，在非裔美国文学批评中，大部分学者均将注意力集中于非裔美国男性所创作的自叙体小说，然而实际上，非裔美国女性在自叙体小说上取得的成就与非裔美国男性相比毫不逊色。1861年，哈丽特·雅各布以笔名发表了《一位女奴生活中的事件》自叙体小说，这一小说也被认为是早期非裔美国女性文学创作的经典代表作之一。这种以自叙体小说的方式反映非裔美国女性的经历，以及抒发她们内心情感的创作方式成为非裔美国女性作家的创作传统，到了20世纪70年代时，一些著名非裔美国女性作家的作品中仍然能找到这种文学模式的痕迹。20世纪是非裔美国女性创作的繁荣时期。20世纪20年代，美国的哈莱姆文艺复兴中涌现出了许多有才华的非裔美国女性文学家，例如，杰茜·福赛特、尼尔·赫斯顿等人，尤其是杰茜·福赛特还被誉为"哈莱姆文艺复兴的接生婆"❸，此外，是杰茜·福赛特本人还于20世纪20年代至30年代初创作了三部小说，并塑造了一系列包括非裔在内的有色人种形象。

　　20世纪40年代至60年代是非裔美国女性创作的活跃期，也是多产期。这一时期，非裔美国女性不仅创作了大量的诗歌、小说、戏剧等文学作品，还获得了一系列奖项。1949年，非裔美国女性作家格温多林·布鲁克斯荣获了普利策诗歌奖，这也是美国历史上首位获此殊荣的非裔美国女作家，同年格温多林·布鲁克斯出版了其叙事长诗《安妮·艾伦》，这首诗歌对于非裔美国人争取自由与和平起到了一定的激励作用。1953年格温多林·布鲁克斯出版了自传体小说《莫德·玛莎》，这部中篇小说对于非裔美国女性的形象塑造不再局限于非裔美国文学早期的保姆、仆人、混血儿或被蹂躏的牺牲品形象，而是将其作为与其他美国人一样的城市女性进行描写。对于其他非裔美国女性作家的创作也产生了一定的影响。例如，非裔美国女性作家葆琳·玛歇尔就曾说："《莫德·玛莎》是当代最优秀的描述非洲裔

❶ 翁德修，都岚岚. 美国黑人女性文学 [M]. 长春：吉林大学出版社，2000：2.

❷ 翁德修，都岚岚. 美国黑人女性文学 [M]. 长春：吉林大学出版社，2000：2.

❸ 翁德修，都岚岚. 美国黑人女性文学 [M]. 长春：吉林大学出版社，2000：10.

美国妇女的小说，它对我挑战小说有绝对的影响。"❶除了格温多林·布鲁克斯外，20世纪五六十年代的优秀非裔美国女性文学家还有小说家和诗人玛格丽特·亚历山大·艾丽斯·沃克、剧作家埃德琳纳·肯尼迪、小说家和剧作家艾丽丝·切尔德莱斯，以及小说家安·佩特里、小说家劳琳·亨斯伯里、小说家葆林·玛歇尔等人。这些非裔美国女性作家在这一时期创作了大量的作品，然而有的作品却到20世纪80年代才引起轰动。

　　20世纪60年代以后是非裔美国女性文学崛起时期。之所以会出现这一历史性的崛起现象，缘于20世纪60年代的黑人权利运动以及女权主义运动的双重推动。20世纪60年代，在民权运动的背景下，许多非裔美国文学创作者纷纷投入到黑人权力运动中去。所谓"黑人权力"一词是由理查德·赖特在其作品《黑人权力》中提出的，随后其作为一个政治主张在美国社会中产生了深远的影响。❷非裔美国艺术家在这一运动的过程中，则致力于开拓种族文化历史传统，寻求黑人文化的自主性，强调黑人文学艺术的独特性，并试图在此基础上建立一种黑人美学。此外，这一时期，美国女权运动再度兴起，在其推动下，美国文学诞生了一大批卓有成就的女作家，其中，非裔美国女性作家的成就十分突出。这一时期的代表性作家有托尼·莫里森、艾丽斯·沃克、玛雅·安吉洛、丽塔·达夫、劳瑞恩·汉斯伯雷、格温多林·布鲁克斯等。

　　20世纪70年代，在美国文坛中升起了一批非裔美国女性文学家新星，其代表作家有托尼·莫里森、艾丽斯·沃克、玛雅·安琪洛等人。托尼·莫里森于1970年出版了《最蓝的眼睛》，并从此步入文坛，此外，她还出版了《秀拉》《所罗门之歌》《柏油娃娃》《宠儿》《爵士乐》《天堂》。艾丽斯·沃克与托尼·莫里森同为20世纪七八十年代非裔美国女性作家中的佼佼者，她还是美国历史上第一位获得诺贝尔文学奖的非裔美国女性作家。艾丽斯·沃克从20世纪70年代开始出版了《紫颜色》《梅丽迪安》成为当代非裔美国女性文学中的经典之作。而玛雅·安琪洛以自传体小说《我知道笼中鸟为何歌唱》登上文坛，这本自传体小说还于1974年荣获美国国家图书奖提名并于1979年被拍成电视剧，受到社会上众多读者的喜爱。这一时期，非裔美国女性创作的特点是优柔寡断、含混模糊以及爱恨交织。

　　20世纪八九十年代是非裔美国女性文学仍然呈现出持续繁荣的状态，这一时期的非裔美国女性文学创作呈现出三个特点。其一，非裔美国女性文学创作者竭

---

❶ 翁德修，都岚岚. 美国黑人女性文学 [M]. 长春：吉林大学出版社，2000：11.
❷ 闫小青. 20世纪美国女性文学发展历程透视 [M]. 长春：吉林大学出版社，2012：115.

力证明非裔美国女性甚至所有黑人女性均是充满智慧的，并且从白人女性的评估标准出发，对黑人女性进行评估和要求，以证明其观点的正确性。其二，现实生活与理想之间的矛盾，往往会引人黑人女性的心理冲突，由于种族、性别以及阶级等方面的原因，使得非裔美国女性甚至是所有黑人女性在人生观与价值观上难以与白人女性的西方价值观相一致。其三，当代非裔美国女性在文学中对于美国社会对女性的定义提出质疑，并指出黑人女性是毫不逊色于白人女性的群体，意图从人性的角度来表达黑人社区对女性的传统认识，强调非裔美国女性不仅是黑人社区的智慧源泉，还在美国社会中起着重要的作用。20世纪80年代非裔美国女性文学创作者所展现出来的创作风格，尤其是小说则更为激进地描写了种族与履带国的问题，具体来说，尽管不同的作者在这一时期所创作的作品侧重于某个特殊的历史时期，所用的表达方式和文本创作策略也各有特色，然而对于种族以及性别冲突所引发的问题仍然是每部作品的主要内容。20世纪80年代，非裔美国诗歌创作中有一批优秀的青年诗人脱颖而出，例如，科琳·麦克厄尔洛依创作的诗集《黑色岛屿的女王》于1985年获得了美国图书奖；杰伊赖特于1987年所出版的诗集《诗选》等。这一时期，优秀的非裔美国女性小说家也层出不穷，其写作主题还扩展到科幻小说和侦探小说领域。除了托尼·莫里森、爱丽丝·艾丽斯·沃克外，这一时期约翰·埃德加·维德曼、盖尔·琼斯、戴维·布拉德利等人，其中，戴维·布拉德利于1981年出版的小说《钱妮维尔事件》，荣获了1982年的福克纳奖。20世纪80年代，非裔美国散文创作也获得了很高的声誉，许多非裔美国文学创作者除了创作其他体裁的作品外，也创作了许多散文。例如，爱丽丝·艾丽斯·沃克就曾于1983年出版了一部论文集《搜寻母亲的花园：妇女主义的散文》在这部论文集中，爱丽丝·艾丽斯·沃克还提出了"妇女主义"的概念，强调非裔美国女性问题的独特性。吉尔·奈尔森于1993年出版了回忆录《自愿的奴隶制：我的真实黑人经历》，这本书还获得了美国图书奖。

20世纪90年代是非裔美国女性文学创作的发展高峰，1992年《纽约时报》畅销书栏目中出现了三部非裔美国女性文学创作者的作品，分别为特里·麦克米伦的《等待呼吸》、爱丽丝·艾丽斯·沃克的《拥有秘密的快乐》，以及托尼·莫里森的《爵士乐》。此外，同年，格洛利娅·内洛尔所创作的《贝利咖啡馆》被提名为"推荐的新书"，这一事件标志着非裔美国女性文学创作的繁荣。❶ 在这一时期，非裔美国女性所关注的一个重要主题是黑人家庭，她们试图从家庭议题中"建构一

❶ 庞好农. 非裔美国文学史 1619-2010[M]. 北京：中央编译出版社，2013：280.

个可用历史，追溯错综复杂的血统关系"。● 除此之外，当代非裔美国女性作家不再像早期非裔美国女性作家一样以塑造正面的非裔美国女性形象来扭转被丑化与歪曲的非裔美国女性形象，而是试图重新定义特定历史环境中的女性形象，在文学作品中侧重于描写非裔美国女性所遭遇的性别压迫和性别偏见。20世纪90年代，非裔美国诗歌取得了更坚实的文学成就。新诗人丽塔·达芙荣获了普利策诗歌奖；露西尔·克里夫顿的诗歌以涉及非裔美国文化传统和女权主义话题为主，在美国文坛享有盛名，露西尔·克里夫顿从20世纪60年代开始创作诗歌，并于1969年出版了其第一部诗集《好时代》，这部诗集被《纽约时报》评选为当年的十大畅销书之一。1972年和1974年，她分别出版了《关于地球的好消息》和《普通女性》两部诗集。还曾于1979年至1985年担任美国马里兰州的桂冠诗人。1991年露西尔·克里夫顿还出版了《百纳被：从1987年至1990年的诗歌》受到广大读者的欢迎。2000年，露西尔·克里夫顿的诗集《福佑舟船：新诗选集（1998—2000）》荣获诗歌类国家图书奖；此外，2007年，她还成为第一位获得露丝·莉莉诗歌奖的非裔美国女性。除了丽塔·达芙和露西尔·克里夫顿外，这一时期的非裔美国女诗人还有琼·乔丹以及万达·科尔曼等人。20世纪90年代，非裔美国小说取得了一系列成就，其中，牙买加·金卡德所撰写的短篇小说集《在河底》荣获了莫尔顿·道温·萨贝尔奖。卡里尔·菲利普斯则于1991年出版了小说《剑桥》引起了美国读者的关注；而爱德华·琼斯所撰写的短篇小说集《在城里失落》则荣获了海明威文学奖和兰楠基金奖。20世纪八九十年代，非裔美国女性作家在戏剧创作方面取得了相当大的成就。这一时期的非裔美国女性剧作家的代表为珀尔·克里吉，她同时也是一名诗人，于1995年创作了戏剧剧本《飞向西方》，这部戏剧被誉为是思想性和艺术性完美结合的作品，珀尔·克里吉也作为一名戏剧作家走红全国。此外，苏珊·诺莉·帕克斯也是当代非裔美国戏剧史上杰出的剧作家和剧本作家。其于2001年获得麦克阿瑟基金天才奖；2002年其剧本《强者／弱者》获得普利策戏剧奖。● 在20世纪90年代以及21世纪初期，苏珊·诺莉·帕克斯为非裔美国戏剧的发展和创新做出了巨大贡献。

进入21世纪，非裔美国女性文学家所创作的科幻小说和侦探小说文学作品也脱颖而出，奥克塔维亚·埃斯特尔·巴特勒是其中的代表作家。其于20世纪70年代末开始创作科幻小说，并在小说中塑造了一系列独立女性的形象，以未来主

---

❶ 庞好农．非裔美国文学史 1619-2010[M]．北京：中央编译出版社，2013：281．
❷ 庞好农．非裔美国文学史 1619-2010[M]．北京：中央编译出版社，2013：350．

义的方式对当代美国的性别歧视和种族观念进行质疑，对于非裔美国科幻小说发展产生了巨大的影响。❶奥克塔维亚·埃斯特尔·巴特勒于1979年出版的《亲缘》成为其本人最为著名的作品，也是当时轰动一时的畅销书；其于1993年出版的《播种者的预言》和2005年出版的科幻小说《刚长羽毛的小鸟》等作品获得了美国大众的喜爱；2000年巴特勒获得了西雅图文学中心的终身成就奖，2010年巴特勒还入选了美国科幻小说名家榜。21世纪时期，美国戏剧行业开始走下坡路。这一时期，非裔美国女性也创作了一系列散文佳作。例如，赛迪雅·哈尔特曼于2007年出版了《推动你的母亲：沿着大西洋奴隶路线的旅程》，以及丹阳·森娜于2009年出版的回忆录《昨晚你在哪儿睡的觉？：一段个人历史》等。

❶ 庞好农.非裔美国文学史 1619-2010[M].北京：中央编译出版社，2013：330.

【第二章 非裔美国女性文学写作特点 】

第一节　非裔美国女性文学的叙事模式特点

非裔美国女性文学自 20 世纪二三十年代崛起以来，呈现出蓬勃发展的态势，非裔美国女性作家在文学创作中的叙事风格呈现出以下几个主要特点。

一、非裔美国女性文学的空间化叙事特点

所谓"空间化叙事"是 1945 年美国文学批评家约瑟夫·弗兰克提出的。在空间化叙事提出来之前，文学批评家多认为小说是时间的艺术。进入 20 世纪以来，文学家们在创作中出现了时空交叉和时空倒置的"空间化"表现形式，从而打破了传统文学作品中的时间顺序。"空间化叙事"中的"空间"并不是指地点，而是指包括时间表征空间、人物表征空间、行动地点空间等在内。非裔美国女性作家在叙事风格上表现出较强的空间化叙事特点。在这里，我们通过对托尼·莫里森和艾丽斯·沃克作品中的空间叙事进行分析。

（一）托妮托尼·莫里森文学作品中的空间化叙事

托尼·莫里森文学作品中的叙事空间包括四种类型，即生存空间，包括城市、街道、商店，酒吧、村庄等在内的自然、人文空间；权力空间，即包括人际关系和权力关系在内的人际的、虚构的、政治的空间；心理空间，即包括人物的自我认识与自我对他者的认识等认知和表意空间；宗教空间，即包括教堂、修道院、

林间空地等在内的具有隐喻和文化性质和空间。

纵观托尼·莫里森的作品，人物的生存空间主要涉及北方城镇和南方乡村，其中，南方与北方相对，城市与乡村相对，农业与工业相对，由此构成文学作品中情节冲突的必要条件。例如，托尼·莫里森的代表作品《宠儿》中的生存空间大体可划分为两个，一个是位于南方种植园的"甜蜜之家"，另一个是位于北方蓝石路124号的房子。在南方种植园"甜蜜之家"中的生活构成了主人公塞丝的痛苦的奴隶生活回忆。"甜蜜之家"位于保留奴隶制度的南方。一开始，种植园中的管理者加纳先生是开明的，他对待黑奴从小打骂，教黑奴算账，并放心地将自己的枪交给黑奴，他甚至答应了黑尔让他通过安息日的劳动来为母亲赎买人身自由。然而在这看似伊甸园的"甜蜜之家"管理背后，实际上却是一种较为温和的奴隶管理方式。加纳先生的不允许奴隶不经自己的允许离开"甜蜜之家"，而当奴隶们离开"甜蜜之家"后，他们自由的梦想就会破碎。后来，当加纳先生死亡，"学校老师"接管了"甜蜜之家"后，黑奴们的噩梦来临了，他们仅有的一点自由被剥夺了。所有的黑奴遭到了残酷的、非人的对待，有的黑奴被卖掉了，有的则被吊死了，而塞丝作为这里的黑奴也遭受了莫大的侮辱。这时的"甜蜜之家"已经成为令人窒息的、像牛马和物件一样受尽剥削与压迫的地方。这种压迫激起了奴隶的反抗，激发主人公塞丝在怀孕受伤的情况下逃离了这里。之后，塞丝和她的孩子们来到了北方位于的蓝石路124号的房子里。在这里，塞丝感受到了真正的自由。她和孩子自由地生活、行动，自由地招待朋友，享受生活。南方与北方，种植园与蓝石路的房子中的生活形成了鲜明的对比。因此当塞丝看到"学校老师"带着猎奴者前来抓自己和孩子时，她用残忍的杀子方式来表示自己的反抗，形成了小说中最强烈的戏剧冲突。

心理空间是指外部生存空间和人物生命体验投射于人物内心之后产生的对某事或某人的感悟和认识。❶ 心理空间不具备具体的物质形态，与人物的认知和经验密切相关，人物的心理空间不仅体现出人物的认知状态，还能体现出人物所处的物理–社会环境和当时的权力关系和社会意识形态。托尼·莫里森小说中所塑造的人物大多有关不堪回首的往事或不为人知的隐痛，因此她们心理空间往往表现得十分纠结。托尼·莫里森的作品中大多以非裔美国女性为主人公，她们在生活中遭受着种族与性别的双重压迫。而位于社会底层的女性还遭受到社会阶级压迫与歧视等。这使得托尼·莫里森作品中的非裔美国女性承受着极强的精神压力，其心

---

❶ 胡妮. 托尼·莫里森小说的空间叙事 [D]. 上海外国语大学,2010：39.

理空间极易发生扭曲。例如，托尼·莫里森第一部小说《最蓝的眼睛》中，年仅8岁的非裔小女孩因为肤色深的缘故而受到父母的漠视、同学与老师的排斥，导致天真的小女孩从小就接受了白人主流社会所输入的价值观，认为只有白皮肤、蓝眼睛的孩子才是美的。而她自己只有获得一双蓝眼睛才不会被歧视。因此，她天真地通过自己的方式寻找拥有蓝眼睛的方式，然而却导致了自己被父亲强奸的命运、被牧师捉弄的命运。在经历了一系列事件所产生的压力后，小女孩的心理空间发生了严重扭曲和变形，最终导致小女孩陷入疯狂之中，从而被世界所抛弃和遗忘。托尼·莫里森的代表作《宠儿》中塞丝从小被母亲抛弃，为她留下了巨大的心灵创伤。在"甜蜜之家"所遭受的侮辱则成为塞丝不敢回忆的过去。这些痛苦在塞丝到达北方蓝石路124号后暂时消失了，然而亲手杀死了自己的女儿后，塞丝却成了一名自由人，杀子的回忆刻在脑海中无法抹除。宠儿的出现唤起了塞丝强烈的罪恶感和良心的谴责，使她的心理空间发生扭曲，陷入极度崩溃之中。对塞丝心理空间的描写和揭示也构成为小说的基调，和小说中最精彩的部分。

权力空间是由人物之间的社会关系所构成的空间，体现在社会各阶层之间权力的较量与抗衡。权力空间中充斥着男人与女人、白人与黑人、主人与仆人之间的二元对立，表现社会关系中权力分配影响下的控制与被控制关系。在莫里林的文学作品中，权力空间表现得十分明显。仍以《宠儿》为例，对于"甜蜜之家"的管理者来说，黑奴就是管理者的个人财产，根据美国的立法，黑人女奴生下的孩子仍然属于管理者的个人财产。管理者可以随意对他们进行打骂、买卖或奴役。而身为奴隶的黑人也通过各种方式反抗这种奴役。在"甜蜜之家"中当加纳先生采取温和管理时，黑奴们的反抗较为温和，例如，通过建议纳先生允许黑奴通过额外劳动换得自由等。而当"学校老师"接手了"甜蜜之家"并采取暴力管理时，黑奴们则通过逃走甚至杀子进行反抗。除此之外，托尼·莫里森的作品中还通过家庭中的权力关系分配与力量抗衡表现非裔美国女性所受到的性别歧视与压迫。又如《柏油娃》中所呈现出的男人控制女人、白人控制黑人、主人控制仆人、富人控制穷人等权力等级。这种权力空间的叙事模式，构成了托尼·莫里森作品中错综复杂的故事背景，对于故事情节的展开起着重要的推动作用。

托尼·莫里森小说中的宗教空间多为一种隐喻，起着指代人物身份和推动情节发展的作用。例如，在《最蓝的眼睛》中非裔小女孩佩科拉在一整年内每天晚上都祈求自己能得到一双蓝眼睛，而正是由于向牧师寻求帮助才最终导致了佩科拉的疯狂。《宠儿》中塞丝的婆婆在获得了自由之后，通过布道寻找心灵的平静与生活的希望。而在塞丝疯狂的杀子行为发生后，她再也不去林间布道，而是昏沉沉地躺在床上，不久就死去了。

托尼·莫里森空间叙事特点主要体现在以下三个方面。其一，通过空间对比和空间转换来推动情节的发展。例如，《最蓝的眼睛》中通过对非裔小女孩的佩科拉与白人小女孩所住的房子的描写，揭示了社会上的种族歧视的大环境。而莫里林的小说中，几乎没有一个故事从头到尾只发生了一个空间，而是发生了多个空间。例如，《宠儿》中南方的"甜蜜之家"和北方的蓝石路的房子，空间对比与转换推动了故事情节的一步步发展。其二，通过空间与人物的关系阐述，推动情节的变化。在托尼·莫里森的文学作品中空间对人物有着强烈的隐喻含义。例如，《宠儿》中"甜蜜之家"从名字上来看是一个乌托邦一样的地方，然而实际上却是囚禁的奴隶的坟墓，在这里，他们遭受了非人的待遇。"甜蜜之家"给主人公塞丝带来了无尽的痛苦。又如，托尼·莫里森的文学作品《所罗门之歌》中，梅肯一家生活在一所大房子里，这所大房子是梅肯的夫人露丝的父亲留给她的。然而露丝在这所大房子里并没有获得幸福，反而被这所大房子所禁锢。露丝年幼时，她是父亲的"洋娃娃"，一切听从父亲的命令，没有一点自我意识。露丝结婚后，一家听从丈夫梅肯的，以梅肯的意志为自己的意志。空间与人物之间形成了有趣的关系。其三，托尼·莫里森的文学作品中充满了空间与时间交错的叙事方式。例如，《最蓝的眼睛》中，虽然是以秋冬春夏四季作为时间线索的，然而在具体的叙事中却并没有单纯按照时间线索推进，而是穿插着各种凌乱的空间叙事。托尼·莫里森的作品《秀拉》的每个章节都以时间进行命名，而且仅从章节上来看，各个时间顺序是连贯的。然而，实际上，在具体的叙事过程中却是从不同的空间视角来展现的，因此，也属于一种时间与空间交织叙事。除此之外，在托尼·莫里森的许多文学作品中，以多视角的空间叙事为主，而时间线索则十分模糊，甚至出现时间线索混乱的现象。

（二）艾丽斯·沃克文学作品中的空间化叙事

艾丽斯·沃克的文学作品也表现出较鲜明的空间化叙事。例如艾里斯·艾丽斯·沃克的代表作品《梅丽迪安》中时间跨度长达 25 年，然而小说并不是从 25 年前开始的，而是从故事的中间开始的，通过人物的空间活动推动小说情节的发展。小说中的主人公梅丽迪安是一个成长和变化较大的人物，尤其是在大学中，梅丽迪安的自我意识逐渐觉醒，并最终投身于民权斗争的事业中。在这部小说中，涉及多个物理空间，梅丽迪安跟随父母居住时，却因为母亲不喜欢她而使她对自己充满了怀疑。结婚后，她发现自己无法成为一位合格的母亲，也令她无比痛苦。直到进入大学，投身于民权运动后，梅丽迪安才找到自己的事业。然而，当她与民权中的人们产生冲突后，梅丽迪安再一次陷入迷茫之中，直到她到南方乡村中才最终确立了事业的终极目标。由此可见，物理空间对于人物性格的形成、发展、变化起着重要的作用。除此之外，这部小说在叙事过程中经常插入许多看似与小说情节不相关，但是与空间有直接联系的内容，起着极为重要的揭示小说事件背景的作用。另外，这部小说中对于主人公梅丽迪安心理空间的揭示和描述也十分详细，对于表现梅丽迪安的人生遭遇、思想转变起着重要推动作用。又如，艾丽斯·沃克的短篇小说《日常用品》中以美国农村牧场中被烧毁的家园为主要物理空间，小说中的叙事看似是以时间为线索，然而中间却穿插了大量的心理空间叙事。小说中，分别从母女三人的回忆和心理空间描述揭示了三人对于日常用品的态度，以及对于这所房子的感情。从具体心理空间叙事中可以看出，大女儿讨厌这个家，想逃离这个家，唯一想要带走的就是可以为自己带来荣耀的"百纳被"。而小女儿则将这个家当作是自己的庇护所，并从内心理解家中祖母留下的"百纳被"的真正含义。在社会空间和历史空间叙事中，则展现了房子烧毁之前，一家人在房子中生活，一起制作"百纳被"时的美好场景。因此，空间叙事在艾丽斯·沃克的作品中表现得较为明显，并通过多视角叙事的方式打破了叙事的时间性，呈现出时间与空间叙事交替进行的特点。

二、非裔美国女性文学的隐喻式叙事特点

非裔美国女性文学作品中存在着大量的象征和隐喻式叙事。托尼·莫里森十分善于使用隐喻式叙事，她在采访中曾提到："尽管我明确知道接下来的情节如何发展，对话是什么，但我也有许多写不下去的时候，因为我没有背景（场景），那么就开始使用隐喻。""一旦我找到关键，找到一个场景是隐喻，一切都好办了。"❶由此可见托尼·莫里森对隐喻式叙事的偏爱。托尼·莫里森的作品中有历史、现实和隐喻三重世界。在历史与现实之外，用美国黑人独特的音乐与宗教、非洲色彩的神话与传说、各种缤纷的意象构成了托尼·莫里森文本中色彩斑斓的隐喻世界。例如，在托尼·莫里森的作品《所罗门之歌》中，始终贯穿着一首关于飞翔的歌，在歌中唱着"所罗门飞了，所罗门走了，所罗门穿过天空，所罗门回了老家。"在

---

❶ 王舒．叙述的张力：论托尼·莫里森新作《慈悲》的叙事技巧 [D].四川外语学院,2011：44.

书中这首歌不仅起着彰显人物个性和特点的作用，还对于情节的推动起着重要作用，充满了隐喻色彩。主人公"奶娃"常常听姑妈唱这首歌，然而却不知道这首歌的含义，直到他回到了遥远的南方家乡才了解到这首歌讲述了他祖先的故事，并发现了自己真正的姓氏。从这一层面上来看，"飞翔"是一个现实的隐喻，它凝结了美国黑人关于摆脱奴役、回归非洲的渴望。此外，小说中的"飞翔"还是主人公奶娃与姑妈、祖先以及远在非洲的家族之根相联系的精神通道，是非裔传统文化的隐喻。小说的结尾，主人公"奶娃"在看到姑妈死去后，终于对于自己的生活进行了幡然悔悟，当他被人追杀时，他像祖先一样终于"飞翔"起来。这里的"飞翔"则是死亡与新生的隐喻。托尼·莫里森的作品《柏油孩子》本身即是围绕一个种族寓言展开。因此，小说的名字"柏油孩子"就具有极强的隐喻色彩，文中大量使用了沥青坑等充满隐喻的情节。在《最蓝的眼睛》《爵士乐》中托尼·莫里森大量使用了音乐的隐喻，那些充满欢迎和悲伤的歌，构建了一个充满非裔传统文化色彩的隐喻世界。在这个世界中，非裔美国人可以找到精神与情感的慰藉。《爵士乐》中"布鲁斯"和"手鼓"均对人物产生了重大影响。而这两种音乐均属于非裔美国人的传统音乐。布鲁斯诞生于南方种植园，早期种植园中的非裔奴隶们在劳动号子与早期宗教的影响下，结合世俗音乐杂糅而成。音乐格调忧伤，倾诉了奴隶生活的重压、艰辛的劳作、种族歧视、贫穷的生活、无尽的流浪等情感。20世纪二三十年代，美国哈莱姆运动中，布鲁斯作为一种民族记忆音乐在美国开始广泛流行。在《爵士乐》中，布鲁斯成为激发非裔民族认同感的音乐。手鼓则是非洲传统音乐形式，在小说中则是非裔音乐、文化的隐喻，这种隐喻式叙事在小说中推动着情节的发展与主人公意识的转变。托尼·莫里森的文学作品《宠儿》是一部全景式描述非裔美国人肉体与意志被摧残和消解的历史和记忆的画面，在这部小说中使用了许多隐喻。例如，当主人公塞丝在"甜蜜农场"里被"学校老师"和他的两个侄子虐待后，又遭到了狠狠地鞭打，塞丝的背部因此长出了一棵树，这棵树其实是奴隶时代的鞭子在塞丝背上留下的痕迹，见证塞丝在奴隶时代所受的摧残。

艾丽斯·沃克的文学作品中也充满了隐喻式叙事。《紫色》是艾丽斯·沃克最著名的作品，也是其代表作。这部小说中运用隐喻式叙事探讨了非裔美国女性所遭受的不公平待遇的社会根源，并寻求解决途径。在这部小说中，"紫色"既是主人公茜莉最喜欢的颜色，也是主人公享有自由与权利的象征。紫色还是小说情节展开的助推器。小说中，主人公茜莉从渴望拥有一块紫色的布料，也隐喻其渴望摆脱依附于男人的生活，得到自由。小说的结尾，最终实现经济独立的茜莉将屋子涂成鲜艳的紫色和红色，真正实现了独立自主的渴望。除了紫色之外，小说中安排茜莉的独立自主之路开始于在裁缝店中做裤子和穿裤子。裤子一般是给男性穿的，这里作者安排茜莉为女性做裤子而不是做裙子，隐喻非裔美国女性最终将获得自信和尊严，从而获得人格和经济上的独立。从茜莉自己独立完成第一条裤子并穿在身上的时候，就隐喻着茜莉作为一名非裔美国女性开始打破男性为女性所设置的家庭主妇的角色，象征着对男权制度的挑战和非裔美国女性的觉醒。小说中茜莉的朋友莎格是一个充满独立意识并经济独立的女性，是茜莉成长路上的领路人，而莎格就非常喜欢穿裤子。小说茜莉在写给妹妹的信中细致地描述了她给莎格做裤子的情境，她在信中自豪地表示自己为莎格做了一条十全十美的裤子，并详细描述了裤子的面料和颜色，这条裤子不仅考虑到了莎格演出时的效果，又考虑到了携带以及穿着过程中可能出现的问题。从这段描述中可以看出此时的茜莉已经变成了一位十分独立且自信的女性。而小说结尾，茜莉凭借自己的努力成立了"大众裤业有限公司"不断壮大自己的事业，让曾经压迫和欺凌茜莉的丈夫折服于她的成就，并请求她重新接纳自己，与她彼此平等的相处，隐喻着非裔美国女性通过自己的努力在非裔社会中获得了与男性平等的共处地位。另外，"百纳被"作为非裔传统文化的隐喻出现在艾丽斯·沃克的多部小说中。缝制"百纳被"起源于非裔传统女性的一项实践活动，具体是将生活中积累起来的废旧的衣物、布料裁剪成几何形状的小块，然后将它们按照一定的方式缝合成一个整体的图案作为被子的面料。艾丽斯·沃克对于这项传统非裔美国女性的实践活动情有独钟，认为它不仅是一种非裔传统文化，还是妇女主义思想的体现。实际上，"百纳被"的制作过程需要彼此间分工协作，互相交流，传递爱与理解，这也象征着非裔美国女性团结起来，化解芥蒂，谋求理解和团结。而一个个废弃的衣服或面料在重新裁剪缝制后化身成为崭新的被子，也象征着非裔美国女性的新生。《紫色》中作者安排茜莉和索菲娅、好朋友莎格一起缝制百纳被。小说中，茜莉由于嫉妒索菲娅而故意挑拨继子和索菲娅之间的关系，导致索菲娅被丈夫狠狠地打了一顿。事后，索菲娅了解事情的缘由后，并没有对茜莉进行报复，而是拿来了一个旧窗帘，邀请茜莉一起缝制一床"百纳被"。在一同缝制被子的过程中，索菲娅和茜莉一起选择面料和图案，二人由此而捐弃前嫌，得到了和解。后来，当索菲娅带着孩子决定离开丈夫时，茜莉送给了索菲娅一床姐妹选择的"百纳被"，用以表达自己的支持和理解。当莎格第一次来到茜莉身边时，是作为茜莉丈夫的情妇。与茜莉丈夫的无知与自大不同，莎格对于茜莉并没有挑衅，而是拿起针线和茜莉一起缝制了一床"百纳被"。这一举动让两位女性之间的关系发生了变化。茜莉不再将莎格当作情敌，而是成为好朋友。事实证明，莎格在茜莉独立的道路上也起到了极为重要的作用，她带茜莉走出了困境，找回了自我，迎来了新生。艾丽斯·沃克的短篇小说《日常家用》中矛盾的焦点就是一条"百纳被"，而在这篇小说中，"百纳被"也化身为非裔文化的传统，探讨了非裔文化的保存与传承等问题。

　　佐拉·赫斯顿是哈莱姆运动时期最具代表性的非裔美国女性作家之一，在其作品中也充满了隐喻式叙事。《他们眼望上苍》是佐拉·赫斯顿最重要的代表作之一。在这部作品中采用了大量的隐喻式叙事。首先，小说中反复出现"骡子"的意象，骡子本身一种能负重并具忍耐性的动物，然而在小说中"骡子"也暗喻了非裔美国女性所受到的种族和性别歧视的双重压迫。在小说中主人公珍妮的外祖母曾形象地对珍妮说："白人扔下担子叫黑人男人去挑，他挑了起来，因为不挑不行，可他不挑走，把担子交给了家里的女人。就我所知，黑女人在世界上是头骡子。"在这里，外祖母所说的"黑女人在世界上是头骡子"对非裔美国女性在生活中所受的双重压迫和歧视进行了强烈的控诉。而当珍妮的丈夫意识到珍妮并不爱他时，又买了一头骡子，让珍妮下地干活。这一场景也暗指珍妮在生活中的地位就像一头骡子一样，是男人的工具。其次，小说中出现的束发带和围裙，以及工装裤意象，则是非裔美国女性在生活中受歧视和压迫以及解放象征。珍妮嫁给第一任丈夫后总是系着围裙在厨房忙碌，当珍妮逃脱了第一任丈夫后，她郑重地解下身上的围裙，并狠狠地的将围裙扔掉，并摘下路边的花朵自制了一个漂亮的花环。在这里"围裙"象征着第一次婚姻对珍妮的束缚，而她扔掉围裙的动作则象征着她与过去生活的决裂，而花环则象征着珍妮对于新生活的渴望。然而，嫁给第二任丈夫后，珍妮并没有得到期望中的爱情和自由。尽管第二任丈夫为她带来了富裕的生活。然而，珍妮却连自由地露出自己的头发的自由都没有。她的丈夫总是让她戴上束发带，她追求的自由始终被丈夫用男权主义所束缚着。因此，束发带象征着男权社会对非裔美国女性的束缚。而当第二任丈夫死后，珍妮立刻烧毁了束发带。几个月后，当珍妮的朋友再次见到珍妮时，发现她的装束发生了巨大的变化，她穿上了高跟鞋，戴上了崭新的帽子，并换上了一身天蓝色的衣服，就像一个小姑娘一样。珍妮在穿着打扮上的焕然一新也象征着珍妮自我意识的觉醒。在嫁给第三任丈夫后，在丈夫的建议下，珍妮换上了工装裤和大家一起劳动。这里的"工装裤"象征着珍妮在生活中赢得了和男人一样的平等地位。再次，小说中对于话语和声音的隐喻。珍妮嫁给第二任丈夫后，她被禁止在人前发出自己的声音，而当被剥夺了声音后，珍妮才发现她成了一头任由丈夫差遣的牲口，被限制在一个狭小的空间。而当珍妮忍无可忍开口回击丈夫的奚落后，她重新获得了自我意识，而丈夫也因为她的话语再也抬不起头来，不久就死掉了。由此可见，声音和话语象征着非裔美国女性对男权社会的反抗。除了以上所提到的几种隐喻外，佐拉·赫斯顿的小说中还充斥着神话、传说等隐喻，而种类多样的隐喻也成为佐拉·赫斯顿小说最重要的魅力之一。除了以上几位非裔美国女性文学家外，苏珊·洛里·帕克斯的戏剧中也充满了隐喻式叙事。例如，苏珊·洛里·帕克斯《在血中》《去他的 A》中反复出现的红字 A 的隐喻。《强者 / 弱者》《美国戏剧》中的林肯意象等，均充满了隐喻色彩。

三、非裔美国女性文学的黑人民间文化与方言土语叙事特点

美国殖民地时期，美国奴隶主对于奴隶的统治中，包括对于黑人奴隶语言的剥夺。非裔美国女性作家在创作中为了使自己的作品拥有更加广泛的读者，包含了多种语言的写作习惯。其中，既包括经典的欧洲书面语文本写作，又包括黑人特色口语和方言土语元素。在非裔美国女性文学中存在着许多文学上的母女现象，例如，艾丽斯·沃克就曾公开宣称，佐拉·赫斯顿是其文学上的母亲。而这两位非裔美国女性代表作家在文学叙事上呈现出明显的黑人民间文化与方言土语叙事特点。佐拉·赫斯顿是一位优秀非裔文学家同时也是一位人类学家。佐拉·赫斯顿受大学导师的影响，曾多次赴南方甚至出国进行非裔文化调研，其文学作品中也充满着非裔民间文化和方言土语。佐拉·赫斯顿的语言叙事特点主要体现在三个方面。首先，佐拉·赫斯顿的小说中出现了大量黑人方言土语。在殖民地时代，非裔奴隶在生活和劳作中创造了独特的语言文化。美国南方的英语在一定程度上就受到非裔民族语言的影响。在美国历史上，非裔文化长期处于边缘地位，因此非裔英语也遭到美国主流社会的排斥。不仅白人，许多非裔知识分子因为受到主流文化的影响也不屑于使用非裔土语。佐拉·赫斯顿生活的年代中就有许多非裔知识分子持这种态度。然而，佐拉·赫斯顿在长期的非裔文化研究和非裔民俗调研中发现，南方的方言土语具有独特的魅力。因此，其在文学作品创作中大胆地使用了大量方言土语。例如，佐拉·赫斯顿的代表作《他们眼望上苍》中，使用了大量南方黑人习语，"爱情不是磨盘""我是一个裂缝了的盘子"等，这些方言俏皮形象，展现了非裔民族的智慧，以及丰富的情感和幽默感。

其次，佐拉·赫斯顿的小说中大量使用了黑人口语。佐拉·赫斯顿年幼时曾在一个黑人自治的社区中生活，这个社区的中心是一家商店。这里是人们聚会的场所，他们在这里使用口语自由交流、吹嘘、讲故事，为佐拉·赫斯顿留下了很深

的印象。在开始文学创作后，佐拉·赫斯顿将口语运用到小说中，形成了独特的语言风格。《约拿的葫芦藤》是佐拉·赫斯顿的第一部文学作品，在这部以其父母为原型的作品中，佐拉·赫斯顿创造性地将南方的方言口语与文本叙事结合起来。小说中的主人公约翰是一位牧师，经常需要布道，而其布道的内容即是用口语所写成的。这部小说发表后，评论家赫斯节尔·布瑞克尔认为，约翰的布道词写得文采飞扬。而除此之外，约翰和露西的书信中也存在着大量的非洲乡村民间的口语求爱内容。这些灵活自由的口语书写与文本一起构成了佐拉·赫斯顿独特的叙事语言。佐拉·赫斯顿的这种语言风格中导致她的第一部小说《约拿的葫芦藤》因为大量使用方言土语的原因，并不畅销。然而，评论界却对这部小说进行了高度赞扬，认为这部小说中的语言不仅具有浓郁的地方风情，而且用词自然、随意，不加雕饰，极富特色。在《他们眼望上苍》中，口语体文字随处可见。在小说中，珍妮在嫁给第三任丈夫后，跟随他回到了大沼泽地带，每天傍晚人们结束劳动后，就会聚集在珍妮家的门廊上谈话。在这些谈话中充斥着大量口语。在这些谈话中，佐拉·赫斯顿运用口语形象而质朴地体现了处于社会底层的穷困黑人们的真实生活。当珍妮两年后重新回到故乡时，由于她穿着不符合自己身份与性别的衣服而遭到了家乡人民的抵制和排斥，只有好朋友菲比来看她。于是珍妮坐在后院里用口语为菲比讲述了自己的故事。尤其是在对第二段婚姻的讲述中，珍妮用精彩的口语反驳了丈夫，对男权制度进行强调反击。在佐拉·赫斯顿的笔下，这些口语十分精彩，展现出旺盛的生命力和浓郁的南方风情。

再次，佐拉·赫斯顿的作品中存在大量的黑人民间文化。对非裔民间文化和民俗文化的收集和整理，是佐拉·赫斯顿生命中最重要部分之一。在此期间，佐拉·赫斯顿听到了大量传说与故事。她将这些非裔民间文化和民俗文化应用到了自己的文学作品中，使作品的细节更加丰富、生动。例如，在《约拿的葫芦藤》中，女主人公露丝去世时对于女儿的叮嘱和当时人们的做法就颇具民俗色彩。而这一场景同样出现在佐拉·赫斯顿的自传《道路上的尘迹》中，这一情节与佐拉·赫斯顿母亲去世时人们所应用的习俗一模一样。除此之外，在佐拉·赫斯顿的作品中还存在着大量的非裔民间故事，这些故事涉及非裔美国人日常生活的各个方面，对于推动故事情节的发展，反映人物所处的真实状态起着重要影响。故事中充斥着大量的动物和神灵形象，并对真实社会中的人或事物进行映射，体现了非裔美国人在悲惨境遇下所表现出来的幽默、机智或愿望等。

艾丽斯·沃克的文学创作中同样充满了大量民间文化和方言口语叙事特色。艾丽斯·沃克文学作品中经常出现的"百纳被"即属于非裔民间文化。《紫色》中，小说主人公茜莉在其所写的数十封信中，无论是白人还是黑人的对话均使用了美国南方乡村中的黑人口语。而在茜莉妹妹聂蒂写给姐姐的信中，无论是黑人还是白人都说美国标准语言。小说中茜莉对于黑人方言口语的坚持，充分彰显出茜莉自我意识的觉醒过程中，对于非裔文化与语言的偏爱与珍视，表现出强烈的民族文化归属感。除此之外，艾丽斯·沃克文学作品中也存在着大量的民间文化，例如，对于黑人音乐的展现以及对黑人宗教文化的提倡等。《紫色》中，主人公茜莉觉醒的领路人莎格，就是一位布鲁斯歌手。她做自己喜欢做的事情，唱自己喜欢唱的歌，过着自己喜欢的生活。在小说中，布鲁斯音乐对于在生活中备受歧视与压迫的非裔美国女性起着疗伤与情感维系的作用。除此之外，艾丽斯·沃克的小说中，非裔宗教文化在剧情进展中起着重要作用。

除了艾丽斯·沃克与佐拉·赫斯顿外，托尼·莫里森的作品中也巧妙融合了欧洲经典书面语言和黑人方言口语的特点。托尼·莫里森曾在一次采访中声称，自己的小说，既是一种口头文学也是书面文学，在故事讲述过程中，将两者巧妙地结合在一起，使得小说的叙事艺术更加多元化，产生与众不同的文本交响效果，形成有别于西方经典叙事传统的鲜明非裔美国文学叙事逻辑。例如，托尼·莫里森的代表作之一《爵士乐》就以类似口头讲述的形式讲述核心事件，叙事过程就犹如和读者面对面交流一样，娓娓道来，小说中充满了大量的内省的式话语，害怕莫多格处于危险的境地，因此她在小说的开头运用了大量的全知视角叙事，对黑人遭到奴役和压迫的历史进行了口头叙述。之后，小说从全知全能视角退出，在叙事中采用了大量的口头短句，这些短句与短句之间的句子结构更加平等与自由。除此之外，在小说叙事中还加了大量的非洲歌谣。由于黑奴相当于奴隶主的财产，奴隶主害怕奴隶逃跑，于是不让奴隶学习读写，黑人奴隶只好将生活中发生的事编成歌谣，以便牢记。这些粗糙的诗歌在黑人社区中代代流传。小说为了体现真实的黑人社区，在涉及黑人社区的对话中加入了大量黑人歌谣。另外，由于非裔口语具有口头反复吟诵的习惯，被用作创作语言后。其在小说中的对话产生了反复性，这种反复性正是非裔口语的魅力所在，成为回归人类本真生活的重要叙事标准。除此之外，托尼·莫里森的文学作品中还充满了非洲神话和传说，这些传说大多由黑人口语所组成。

四、非裔美国女性文学的复调叙事特点

非裔美国女性文学的叙事技巧十分丰富。在文学作品中，构建了双声复调式

叙事特点。所谓"复调"原指音乐理论中的术语，指同一首音乐作品中，有两个或两个以上主旋律，而且这两个以上主旋律并不是各自表述和展开的，而是一种对话与对位的关系。第一个将"复调"这一概念运用到文学批评领域的人是俄罗斯著名评论家巴赫金。巴赫金将复调小说的叙事特点归纳为以下三个主要特征：其一，小说中的人物被赋予最大的主体性，不再是作者言论表述的客体，而是具有了自己言论的主体；其二，小说中充满各种思想意识的交锋和大量的双声语，使对话成为复调小说最明显的特征；其三，小说呈现出开放性的特点，并为读者提供了参与作品想象的空间，使小说在意义和思想内涵上呈现出一种未完成和不确定性。❶

例如，托尼·莫里森的文学作品《家园》中的叙事即是典型的复调式叙事。《家园》是一部关于记忆和爱、失落、失根和家园的故事，讲述了曾参加朝鲜战争的弗兰克·莫尼，经过长途跋涉回到家乡拯救奄奄一息的妹妹的故事。在这一故事的叙事中，托尼·莫里森采用了第一人称和第三人称交叉叙事的技巧。第三人称视角是一种全知全能视角，然而在小说叙事中，第一人称的"我"，不断进行自我内心聚集，挑战第三人称的全知视角。在阅读这部作品时可以发现，这部作品中有两个故事的讲述者。其中一个故事的讲述者是主人公弗兰克，其小说中以"你""我"的称呼进行叙事，并且不断强调"我"而对"你"进行消解和打压，由此可以看出，非裔美国女性在父权制度下受到的歧视与压迫。在此小说中，还有一个全知全能视角，其对于小说中的人物进行全方位观察，明确小说中人物的心理活动。这部小说中"我"和全知全能的第三视角叙事是交叉进行的。故事第一章讲述了"我"和妹妹看见几位白人正在掩埋一位黑人尸体的场面。在第二章中则使用了第三人称，通过对弗兰克过去的经历和现在面临着的状况进行解读。除此之外，小说中的两个声音互相知道对方的存在。例如，小说中，作者用第一身份去与小说的第三人称写作视角进行交流，并对第三人称提出警告和威胁。例如，小说开篇中的"我"就告诉第三人称"你"不要随心所欲地描写，而要适应"我"的要求而写。这种双声部复调写作的方式，打破了小说的传统线性叙述方式，将过去与现在有机结合在一起。同一件事情分为两个声部进行若干片段的讲述，使小说呈现出回环往复，场景循环的特点，富有独特的艺术特色。例如，在小说第二章中提到，一位黑人和妻子在火车站想买一杯咖啡，然而却遭到店主和白人食客

❶（澳）罗宾·麦考伦原著；李英翻译. 青少年小说中的身份认同观念 对话主义构建主体性[M]. 合肥：安徽少年儿童出版社，2010：18.

的驱赶和毒打。黑人的妻子看到后，赶过来帮助丈夫，然而却被白人用石头砸伤了脸庞。当他们一起回到车厢后，妻子在旁边抽泣，而丈夫则坐在一旁十分羞辱地生闷气。第三人称转述称"我"得知此事后一定会想，等丈夫回到家中，要揍妻子一顿。因为妻子见证了丈夫受辱的全过程，并且还企图营救丈夫，这对于大男子主义的丈夫来说是不可忍受的。在"我"看来，丈夫是保护妻子的，但是在这件事情中，丈夫却并没有保护好妻子，甚至让妻子被石头砸伤。因此，丈夫要妻子对于自己的行为付出代价，而这一代价就是狠狠地揍揍。之后，在小说的第五章中，第一人称的叙事者"我"对于第三人称的叙述进行了反驳，并称"我"认为丈夫不但不会揍自己的妻子，还会对妻子的行为感到骄傲。这种叙事方式，可以让读者对问题进行思考，并参与到小说的创作过程中，显得十分新颖。

　　托尼·莫里森的代表作《宠儿》中同样运用了复调叙事的特征。《宠儿》与《家园》不同，其叙述方式为第三人称全知叙事。然而这个叙事者并不完全是传达作者个人意志的传声筒，而是置身于故事之外，对于故事中所发生的事件和人物不做任何评论。而是在叙事过程中不断地转换视角，让人物自己发出声音，展现个人的思想意识，从人物的思想意识中展现出人物的个性和强烈的主体性。例如，小说主人公塞丝的婆婆贝比·萨格斯在"林间空地"中布道时称，让黑人热爱包括自己的眼睛、皮肤、手脚在内的肉体，因为白人不爱黑人的肉，他们鄙视他。❶这种意识并不是作者强加给人物的，而是小说中的人物根据自己长期的奴隶生涯而总结出来的。这种表达自我主体的声音，这种声音多通过"我"的视角来体现，与小说作者全知全能的第三人称构成了小说中的双声复调叙事。小说中对于主人公塞丝的独立思想意识通过这种复调叙事展现得更加细致。例如，小说中"宠儿"回来后，塞丝有一段心理意识描写："宠儿，她是我的女儿。她是我的。看哪。她自己心甘情愿地回到我身边了，而我什么都不用解释。我以前没有时间解释，因为那事必须当机立断。当机立断。她必须安全，我就把她放到了该待的地方。可我的爱很顽强，她现在回来了。我知道她会的。"❷小说中塞丝的自我意识觉醒，不仅来源于"学校老师"与其两个侄子对于农场的严苛管控，更在于小说塞丝偶然听到了"学校老师"及其儿子对于黑奴动物属性的研究方面。这使塞丝意识到自己作为人，却被忽略人的属性，而强调动物属性。她不允许自己的孩子再遭受像她一样的侮辱。因此决定带领孩子们一起逃跑。第一次逃跑时，塞丝回到农场寻找自己

❶ ［美］托尼·莫里森著. 潘岳，雷格译. 宠儿. 海口：南海出版社.2006：88.

❷ 沈立岩，章利新. 当代西方文学名著精读 上［M］. 天津：南开大学出版社，2005：631.

丈夫，因此没有逃跑成功，然而，她却将自己的三个孩子送到了玉米地里，跟随一同逃跑的人们到达蓝石路的房子。而塞丝自己在遭受到前所未有的侮辱后，拖着伤体，身怀六甲也要第二次出逃。当数十天后，塞丝和孩子们被"学校老师"找到后，她发出了自己的呐喊："不，不，不，不不"❶，对于奴隶制度勇敢地说"不"，并以死亡的代价捍卫自己孩子作为人的属性。在小说中，作者通过多种角度对于同一事件进行阐述，使事件呈现得更加立体和客观，同时，又表现出各种人群的心理状态。塞丝认为自己的行为是将孩子们送到一个安全的地方。而目睹了塞丝杀子的"学校老师"的侄子，则对塞丝的疯狂行为感到疑惑。作者在小说中通过这个人物的心理描写，表现出其对塞丝行为的害怕、恐惧和疑惑，认为塞丝是因为挨了打才这样疯狂。而在他看来，人不可能不挨打，他自己作为白人还曾挨过无数次打，因为塞丝的行为完全不可理喻。从中可以看出，白人侄子对于奴隶制度中的私刑的理所当然，完全忽略奴隶的人的属性，只关注奴隶动物属性的思想。由于复调叙事中所展现出来的多视角的思想意识和心理世界，因此，小说的文体呈现出一种开放状态。读者在阅读过程中，对于同一件事情可以从多个角度进行解读，让读者融入文本的创作过程中，参与文本的创作与想象。这种复调叙事为非裔美国女性文学的创新提供了思路。

除了以上叙事模式外，非裔美国女性文学作品的叙事还包括其他多种特点，这里不再一一展开分析。

第二节 非裔美国女性文学的文化身份认同特点

非裔美国女性文学中的文化身份构建与非裔美国女性在社会上所处的地位有关。女性主义批评家朱迪斯·巴特勒在谈到身份时指出："身份是对性进行界定的话语产物，我们是根据已被书写为我们社会的文化传统的那个剧本底稿来演示男性气质与女性气质、同性恋与异性恋的。"❷非裔美国女性的文化身份主要可分为三种类型，即民族身份、性别身份和混血儿身份。

---

❶ ［美］托尼·莫里森著．潘岳，雷格译．宠儿．海口：南海出版社．2006：163.

❷ ［英］阿雷恩·鲍尔德温（Elaine Baldwin）等著；陶东风等译．文化研究导论 修订版［M］.北京：高等教育出版社，2004:232.

一、非裔美国女性文学中的民族身份认同

美国是一个移民国家，非裔美国人在美国是一个特殊的群体。美国殖民地时代为这一群体留下了难以忘记的历史记忆。1619年，当第一批非洲移民登上了美洲大陆时，就开启了美洲黑人奴隶制度的历史。随后，大批非洲黑人被贩卖到这里，像牲口一样在市场上被买卖。他们成为白人奴隶主的私有财产，他们被迫放弃了自己的语言、文化和家庭，被剥夺了自由、学习识字等机会，成为奴隶主的生产工具。1776年美利坚合众国成立后，这些在美国境内的非洲人已在这片土地上生活和繁衍了数代，成为非裔美国人。美国内战爆发后，奴隶制被废除，然而获得了人身自由的非裔美国人却发现，社会上依然存在着种族歧视和种族压迫。因此这一时期，非裔美国人大多居住在特定的区域，形成了许多黑人居住区。在这种"平等但隔离"的年代里，美国许多州的法律中禁止种族通婚，美国主流媒体对于非裔男性和女性的形象进行了不符合事实的歪曲宣传。除此之外，非裔美国人的普遍寿命和文化程度也相对较低。19世纪80年代非裔美国男性在法律上取得了选举权，然而由于种族歧视无视法律的存在，直到20世纪60年代非裔美国男性的选举权才得以落实。此外，黑人学校与白人学校是分开的，其职业方向也不相同。这种备受歧视的历史给非裔民族造成了严重的心理创伤。

18世纪西方哲学家和思想家从肤色的角度对人进行了归类，西方主流文化和价值观中将白皮肤、蓝眼睛、高鼻梁作为美的标准，将一切美好的事物与白人联系在一起。在白人的眼里，丑、愚蠢、落后这些与美正好相反的东西，成为黑人的属性。相应在文学、艺术和文化中，非裔美国人被冠以与黑色有关的负面含义，象征着愚蠢、黑暗、邪恶。在这一文化价值体系中，非裔美国人因为肤色而备受歧视和偏见，被主流社会边缘化。非裔美国女性作家托尼·莫里森曾在其第一部文学作品《最蓝的眼睛》中反映了这种西方主流价值观对非裔美国人民造成的伤害。托尼·莫里森还曾指出，美国文学的一个重要主题就是把内在的冲突转移至"空白的黑色上"，转移到被束缚的、被迫沉默的黑色身体上。● 而在美国主流社会对非裔文化进行边缘化时，非裔民族内部在寻找文化的认同。奴隶制时期，奴隶主具有买卖奴隶的权力，黑人的家庭被迫四分五裂，这一点在非裔美国女性作家的作品反映出来。例如，托尼·莫里森的文学作品《宠儿》中，主人公塞丝的婆婆贝

● 王淑芹. 美国黑人女性主义文学批评研究 [M]. 济南：山东大学出版社，2014：22.

尔一生中生育了八个子女，然而只有一个儿子留在身边，其他孩子全部被迫分开。而塞丝本人也从小与母亲分离。在这种情况下，黑人得不到家庭文化的传承，与非洲家乡逐渐疏远，远离了自己的文化之根。在白人奴隶主的压迫下，他们不愿意认同压迫者的文化，只能隐藏真正的自我，因此产生了一种"自我异化"，无法对自身的身份进行控制。

19 世纪，美国南北战争后，恢复了自由身份的黑人逐渐认同一个集体身份，即 black people，"黑人"，这一共同的身份超越了个体与时间的差异，成为他们的共同的新身份。而构成这个身份的基础则基于共同语言、民族血统、地理、经济环境、宗教信仰以及历史经验等。然而身份认同并不是由血统决定的，而是社会和文化共同作用的结果。在白人文化为主流的美国社会中，非裔美国人虽然身体上获得了自由，然而却在精神上时刻受到主流价值观和白人文化的影响，使他们在精神上对自我的文化身份认同产生困惑。非裔美国人自踏上这片土地开始就放弃了自己的语言，而被迫学习英语，并将英语视为优雅而精致的语言。一些非裔美国人为了证明自己的能力，学习主流文化知识，然而与此同时也接受了主流社会的价值观，认为学习英语可以提升同胞的开化程度，这些人证明自己的过程中失去了原有的民族身份和民族语言表达能力。而另一些人则认同非洲文化传统，以应对主流文化对黑人的同化和边缘化。他们想方设法在主流社会中发出自己的声音。例如，19 世纪产生的美国黑人奴隶叙事等。20 世纪 20 年代，美国哈莱姆文艺复兴运动发起，这一运动旨在展现美国黑人自身的优秀文化，表现种族自豪感，通过重新书写和表达，改善美国黑人在公众中的形象，同时否定美国主流社会所塑造的黑人形象。这一时期，以佐拉·赫斯顿为代表的非裔美国女性作家参与到重新书写非裔文化的队伍中来，通过对非洲文化的寻找，将非洲文明视为黑人生存的文化之根。正视黑人在美国的历史，并对白人主流文化对黑人价值观的渗透与腐蚀进行了强烈批判。在哈莱姆文艺复兴运动的影响下，非裔美国人开始明确自己的文化传承并对一味模仿白人文化的做法进行了摒弃，开始追寻非洲艺术传统，并创造出了新的艺术产品，从文化客体变成文化主体，克服了长期以来作为白人艺术的附属品或消费者的境况。❶20 世纪 60 年代，黑人美学运动发起，这一运动是黑人文化传统认同运动的延伸与发展，这场运动推动了美国黑人文学批评的进展，并激励边缘群体向中心移动。然而这一运动倡导完全抛弃美国白人的语言文化价值，以黑为美的二元对立概念也存在一定偏激。

---

❶ 王淑芹.美国黑人女性主义文学批评研究[M].济南：山东大学出版社，2014：37.

　　对于种族身份的认同是非裔美国女性文学中的一大主题。早在1773年，非裔女诗人费丽思·惠特利出版了《关于各种主题、教徒和道德的诗集》，发出了非裔美国女性文学的先声，用文学创作唤醒了非裔美国人对于自我的种族身份认同意识。20世纪20年代，哈莱姆文艺复兴运动中，佐拉·赫斯顿通过对黑人民俗文化的收集和调研，出版了民间故事集《骡子和人》以及《告诉我的马》，彰显了黑人文化的独特艺术魅力，并为黑人展现自身的文化，获得文化认同自信奠定了基础。和佐拉·赫斯顿同处一个时期的内拉·拉森和杰西·福塞特均是哈莱姆文艺复兴运动中崛起的非裔美国女性作家的代表。内拉·拉森的作品《流沙》和《越界》，和杰西·福塞特的《存在混乱》《葡萄干面包》《棟树》《美国式喜剧》等从黑白混血儿的角度揭示了非裔美国人对于种族身份的认同问题。20世纪60年代，随着美国民权运动的开展，非裔美国人在明确自身国家属性的同时，对于自己的民族热忱也空间高涨。这一时期涌现出的非裔美国女性作家托尼·莫里森、艾丽斯·沃克等在文学作品中大量表现了非裔美国人对于种族身份的认同。例如，托尼·莫里森小说《所罗门之歌》中，讲述了麦肯·戴德一家三代的故事，以主人公"奶娃"的父亲认同白人的主流价值观，认为金钱能保障自己的地位。然而，在白人主流社会中却得不到认同。"奶娃"起初受父亲的影响，也认同白人主流社会的价值观，并回故乡寻找到黄金。然而在回到故乡后，"奶娃"在南方感受到了非洲文化，最终却找回了自己家族真正的姓氏"所罗门"，获得了心灵的平静，迎来了新生。《柏油娃》中同样强调传统非洲文化对主人公的影响，探讨了如何面对自己的非裔身份等问题。《爵士乐》中，托尼·莫里森通过富有非洲文化特色的布鲁斯音乐和手鼓，唤醒小说中人物的非裔种族身份认同。艾丽斯·沃克虽然均以非裔美国女性的觉醒为主要内容，然而在小说中也反映出反对种族压迫和种族歧视的主题，探讨了人物的种族身份认同问题。例如，艾丽斯·沃克的小说《秀拉》中，主人公秀拉好友奈尔年幼时看到母亲因为错上了白人的电车，而对白人售票员露出谄媚的笑容后，瞬间对自己的身份属性产生了怀疑。玛雅·安吉洛所创作的自传体小说《我知道笼中鸟为何歌唱》中，主人公玛格丽特小时候因为受到白人主流文化价值观的影响，不能接受自己作为一个黑人小女孩的事实，只好在幻想中将自己想象成因为继母的诅咒才使得自己肤色变黑，等她长大后，肤色又会变白。然而，长大后，玛格丽特在身边优秀女性的影响下，勇敢地接受了自己的非裔身份，并对白人主流社会对于非裔美国人的偏见发起挑战，成为美国旧金山有轨电车上第一位黑人女售票员。20世纪80年代，苏珊·洛莉·帕克斯的戏剧中，种族身份认同也是一大主题，在《维纳斯》一剧中，作者用一个抛弃了自己具有非洲色彩的名字，并抛弃了故乡的非洲女孩梦想在西方得到成功而最终失败，客死他乡的事实，隐晦地探讨了种族身份的认同。除此之外，苏珊·洛莉·帕克斯的戏剧与小说中还存在着大量的布鲁斯音乐，这一极富非洲文化色彩的音乐，在戏剧和小说中起着推动种族身份认同的重要作用。

二、非裔美国女性文学中的女性身份认同

在人类文明史上，女性的地位和作用始终没有得到应有的理解和尊重。在父权制文化下，女性一直处于被支配和被统治的地位。在父权制度下，女性不能拥有自己的财产，其身份依附于男性，在自己家中是父亲的女儿、兄弟的姐妹，结婚后则从属于丈夫。美国殖民地时期，女性不具有自我独立的身份，只能以"女儿""妻子"的身份确定自己的角色。美国独立战争后，女性被冠以"共和国母亲"的称号，其职责被定位为操持家务、抚养孩子、照顾丈夫。女性的活动天地十分狭小。19世纪上半叶美国中产阶级白人妇女被"虔诚、纯洁、顺从、持家"的"真正的女性"的标准所束缚，而下层女性和其他族裔女性的地位则更低。非裔美国女性长期以来在生活中不仅受到种族歧视，还受到性别歧视，属于社会的边缘群体。

非裔美国女性在生活中所遭受到的双重压迫，使得非裔美国女性处于双重边缘身份。20世纪前美国的"妇女"一词从心理和哲学角度来看是不包括黑人妇女的。1981年，黑人女性主义批评家贝尔·胡克斯出版了专著《难道我不是女人》。在这本书中，胡克斯指出，在美国社会中，黑人妇女的身份和地位被社会边缘化，在社会中，"男人"一词仅指白人男性，"黑人"一词仅指黑人男性，"妇女"一词则仅指白人女性。黑人女性既可以被归属于黑人，也可以被归属于妇女，然而却不能独立存在，在哪一个群体中她们的经历都不被看见，成为社会的边缘群体。❶

在非裔美国女性文学中，从各个角度和方面对女性的身份认同进行了探讨。在美国主流文学中，黑人女性常常以"妖魔化"的形象出现，黑人女权主义者芭芭拉·史密斯在其著作《黑人女权主义宣言》中指出，在美国主流文学中黑人女性被贴上了"女保姆""女家长""饶舌悍妇""妓女"等标签。❷此外，黑人女性尤其是南方文学中的女性，常常有着肥胖的身躯，超强的生育能力，她们还被认为是"阉割者或假女人""未婚妈妈""福利享受者""市中心消费者"。非裔美国女性文

---

❶ 王淑芹. 美国黑人女性主义文学批评研究 [M]. 济南：山东大学出版社，2014：63.

❷ 李雪梅. 身体性别意识与黑人女性文学 酷儿理论视域下的女性书写 [M]. 上海：上海交通大学出版社，2016：165.

学对于非裔美国女性的形象进行了更正和重新塑造。

（一）非裔美国女性母亲形象的塑造

非裔美国女性文学中塑造了一系列非裔美国女性的形象，这些形象大多为祖母或母亲角色。例如，托尼·莫里森的小说《最蓝的眼睛》中塑造了两位形象截然相反的女性形象。一位是主人公佩科拉的母亲波琳，一位是故事的讲述者劳蒂亚的母亲麦克迪尔太太。佩科拉的母亲波琳是一位典型的认同白人文化的女性，她和丈夫结婚后从南方来到北方，在这里他们屡受挫折，遭受白人歧视。家庭贫困，丈夫整天借酒浇愁，导致孤独、空虚的波琳受白人文化的影响，觉得丈夫和儿女无比丑陋，不值得她付出自己的爱。于是波琳对于丈夫和儿女毫不关心，在生活中总是和丈夫争吵，导致儿子离家出走数十次，女儿受到歧视与排斥，求助无门，丝毫感觉不到母爱。波琳来到一户白人家庭中帮佣后，就把所有的精力投入到了白人雇主家中，精心照顾雇主的孩子，对自己的孩子大打出手，成为女儿悲剧的制造者。而与波琳境况相似的麦克迪尔太太则正好相反，尽管家庭贫困，沉重的负担与劳作常使她对孩子们大发脾气，但是当孩子生病或需要自己的时候十分关爱孩子，给孩子以温暖。面对艰难的生活，她一直保持着坚强和乐观的态度，每天在结束劳动后就会唱起歌来，这种坚强乐观的精神，鼓励着自己的孩子勇敢面对生活的歧视与压迫。《所罗门之歌》中的彼拉多也是一位勇敢乐观，用歌声治愈生活中的悲痛的母亲。《秀拉》中的秀拉外祖母角色。秀拉的外祖母真实身份是一位传统非裔美国女性，她起初依附于丈夫而生，尽管家庭贫困，但她依然任劳任怨地照顾丈夫和儿女一家人的生活，丈夫走后，她勇敢地支撑起一家人的生活，成为所在黑人社会中最受人尊敬的非裔美国女性之一。《宠儿》中的塞丝在认清了"甜蜜之家"中自己所处的奴隶地位后，毅然独自带领孩子们逃跑。在遭受到种植园管理人"学校老师"及其两个侄子的侮辱后，鼓起莫大的勇气，不顾怀孕的身体，独自上路，哪怕把孩子生在路上，也不把孩子生在种植园中，让孩子继续过着奴隶的生活。来到蓝石路的房子后，塞丝和四个孩子一起过上了自由的生活，当"学校老师"闯到蓝石路的房子中，企图将塞丝和四个孩子抓回去时，塞丝残忍地杀害了自己深爱的女儿。为了给死去的、还没有名字的女儿刻一块墓碑，塞丝情愿与墓园看守人交易。女儿死后 18 年，塞丝一直无法走出愧疚与痛苦的阴影，甚至心甘情愿地被宠儿折磨。这种深沉、激烈而又伟大的母爱令人叹息。除此之外，玛雅·安吉洛的自传体小说《我知道笼中鸟为何歌唱》中玛格丽特的外祖母也是一位坚强勇敢的母亲形象，她凭借自己的努力，在小镇上开设了唯一的杂货店，敢于用自己的方式和白人对抗，维护黑人的尊严，维护一家人的生活。

（二）觉醒女性形象的塑造

在非裔美国女性的文学作品中还塑造了一系列觉醒的女性形象。例如，艾丽斯·沃克的作品《紫色》中的茜莉，少年时被继父强奸，嫁给丈夫后，依附于丈夫生活，直到在身边好友莎格、索菲娅和妹妹聂蒂的鼓励下，茜莉才逐渐觉醒，并走出家门，创立了自己的事业，赢得了丈夫的公正平等对待。佐拉·赫斯顿《他们眼望着上苍》中的珍妮，年幼时受到外祖母的影响，嫁给了家境殷实但没有感情的第一任丈夫，后来不堪忍受丈夫将自己当作工具的生活，跟随第二任丈夫离家出走。然而，依然生活在父权制的阴影之下。在实现了财富自由后，嫁给第三任丈夫，才在婚姻中感受到平等对待，成长为他人眼中特立独行的新女性。玛雅·安吉洛的自传体小说《我知道笼中鸟为何歌唱》中的玛格丽特童年时因为被父母抛弃，因此严重缺乏安全感，只好将自己想象为一位白人。之后，又被母亲的男友强暴，导致玛格丽特严重自闭，以致失语。长大后，玛格丽特深切地感受到了非裔美国女性在社会中所受到的双重歧视，她在母亲和祖母等人的身上学到了勇敢、自立与坚强，于是坦然接受了自己的非裔美国女性身份。此外，玛格丽特勇敢地争取自己的权益，反抗社会歧视，成为旧金山有轨电车上第一位非裔女售票员。

（三）非裔新女性形象的塑造

非裔美国女性文学中塑造了一批具有强烈的女性意识的新女性形象。例如，托尼·莫里森代表作《秀拉》中的秀拉，就是一个有着强烈女性意识的新女性形象。秀拉从小生活在一个黑人社区中，她的外祖母和母亲起初均依附于男人而生活，结果相继被男人所抛弃。秀拉聪明伶俐，性格独特、倔强，她从小就认识到社会上的种族压迫和性别压迫，并曾接受过多年高等教育。她没有选择同龄姐妹的道路，没有在黑人社区中找一个人结婚，然后过着依附于男人，将自己完全奉献给家庭的生活。而是勇敢地独自走出了黑人社区，在外面闯荡了十年，她深刻地明白了非裔美国女性在国家中所处的地位，正如小说中所写："秀拉在观察中渐渐感知：作为黑人，作为女人，靠外界的认同来确认自己的价值是多么困难，又是多么靠不住" ❶。因此，秀拉不再依靠外界的认同来确认自己的价值。回到家乡后，见到家乡依然陈腐，秀拉开始以自己的方式破坏家乡的内部秩序，企图唤醒家乡人民远去的民族文化意识。她先将自己的外祖母送进了养老院，这一行为被家乡的人民视为不孝。接着，秀拉开始与全社区的男性上床，其中包括最好朋友的丈夫，之后又彻底抛弃了他们。这一行为遭到了全社区女性的唾弃与排斥。秀拉用这种决绝的反叛行为，证明非裔美国女性不是白人男性和黑人男性的性奴隶，而拥有选择男人并抛弃男人的自主权，她追求性的快乐，然而却不依赖于男人。尽管秀拉最终在贫病交加中去世，然而相比于一辈子循规蹈矩，为了丈夫和儿女牺牲了一切的好朋友奈尔，秀拉找到了自我，也做回了真实的自我。这一充满叛逆的非裔美国女性形象在社会上引发了极大反响，展现出非裔美国女性强烈的自我意识。

艾丽斯·沃克作为非裔美国女性作家的代表，她的作品中塑造了一系列新女性形象。小说《紫色》中，艾丽斯·沃克塑造了一位新女性形象——莎格。莎格是一位漂亮、勇敢、独立自信的女性，她是一位布鲁斯歌手，已实现在经济上的独立，除此之外，莎格还蔑视男性权威，精神上也十分独立。莎格作为女主人公茜莉的朋友，在茜莉的觉醒和转变中起着极为重要作用。小说中的莎格和《秀拉》中的主人公秀拉一样，行为举止和传统非裔美国女性格格不入。她用歌声和漂亮吸引一大批男性拜倒到在自己的脚下，为她效力。然而莎格却并不依附于男性，相反，她敢于训斥和驾驭男性。莎格生病时，被茜莉的丈夫带回家中，得到了茜莉不计前嫌的精心照顾。看到茜莉在生活中的处境后，莎格先引导茜莉说出了自己被欺辱和被压迫的经历。此外，她和茜莉建立起了姐妹情谊，一起抵御外来压迫。同时，莎格引导茜莉从认识自己的身体开始，了解性，正确地认识自己，使茜莉走出了被强暴、被压迫的阴影，自我独立意识开始觉醒。莎格还发现了茜莉的艺术才能，帮助她开办了大众制衣公司，使茜莉走上了经济独立和人格独立的道路。莎格虽然不是小说的主人公，却是形象鲜明、个性独特的非裔新女性的代表。

艾丽斯·沃克的小说《梅丽迪安》中，艾丽斯·沃克塑造了一个勇于参加民权运动的非裔新女性形象——梅丽迪安。梅丽迪安一开始只是一个传统非裔美国女性，她从小不被母亲喜欢，为此十分痛苦。结婚生子后，无法忍受依附于丈夫，困守家庭的生活，于是和丈夫离了婚，并将孩子送给他人。民权运动开始后，梅丽迪安走出了家庭，走进了撒克逊学院。在这里，梅丽迪安阅读了大量书籍，受

---

❶（美）莫瑞森（Morrison, T.）著；胡允桓译．秀拉 [M]．北京：中国社会科学出版社，1988：56.

民权运动的影响，梅丽迪安毅然投入到民权运动中。在民权运动中，梅丽迪安和战友兼大学同学特鲁曼发展为情人关系。可是梅丽迪安在与男友的交往中并没有受到应有的尊重。特鲁曼鄙视非裔美国女性，只是将梅丽迪安当作发泄性欲的工具，当他与梅丽迪安发生关系后，居然扬长而去，并公开和一位白人女子约会并结婚。特鲁曼结婚后还继续骚扰梅丽迪安，并导致梅丽迪安怀孕。梅丽迪安认清了非裔美国女性在社会上的地位，毅然打掉孩子，放弃对爱情的奢望，全身心投入到民权运动中去。甚至在民权运动处于低潮后，梅丽迪安也始终坚持在南方从事反对种族歧视的斗争，表现出不输于男性的英勇和无畏。梅丽迪安的独立与英勇，不仅是那个时代非裔美国女性的榜样，也得到了男性的敬佩。曾经看不起梅丽迪安的鲁曼，看到梅丽迪安的所作所为后，对她无比敬佩，彻底改变了歧视非裔美国女性的做法，转而支持梅丽迪安的事业。

玛雅·安吉洛的自传体小说《我知道笼中鸟为何歌唱》中主人公玛格丽特的母亲也是一位思想开明的非裔新女性，她一直生活在北方城市中，在受到性别歧视和种族歧视的同时，她仍然找到了一条属于自己的事业之路，并受到社区所有非裔男性的尊敬。

综上所述，非裔美国女性文学作品中所塑造的一系列女性形象，推翻了美国主流文化中强加给非裔美国女性的标签，重新塑造了真实的、有血有肉的非裔美国女性形象。与此同时，这些文学作品还揭露了非裔美国女性所面临的社会处境，对于非裔美国女性生活中的种族歧视和性别歧视进行了批判。此外，艾丽斯·沃克还提出了"妇女主义"理论，进一步明确了非裔美国女性的身份，鼓励非裔美国女性通过争取自由平等的斗争和寻求真正的自我而获得独立和充分的人性。

三、非裔美国女性文学中的混血儿身份认同

对于非裔美国女性作家来说，她们相比于非裔美国男性作家所受到的偏见和压力更大。非裔美国女性作家的代表托尼·莫里森和艾丽斯·沃克的文学作品中因为揭示了非裔男性对于非裔美国女性的压迫，因此引发了争议，从而受到非裔男性的指责。除了对于非裔美国女性身份的探索外，在非裔美国女性的文学作品中，还通过黑白混血儿的身份归属，探讨非裔美国女性所在种族歧视和女性歧视下的身份归属问题。黑白混血儿是种族交流中的特殊现象，美国社会中存在着大量的黑白混血儿，他们对于自己的身份认同与血统纯净、肤色较深的非裔美国人存在着一定区别。

20世纪20年代，美国哈莱姆运动中，非裔美国女性文学家内拉·拉森和杰西·福塞特对于女性混血儿的身份认同进行了探讨。混血儿女性对于自身的身份认同可以分为两种。一种是认同自己的非裔美国女性身份，另一种是冒充白人身份。内拉·拉森的小说《越界》中塑造了两位黑白混血儿女性克莱尔和艾琳，这两位女性分别选择了不同的身份，其中，克艾琳选择认同自己的非裔身份，并与非裔医生结婚，居住在美国纽约的哈莱姆黑人社区，过着非裔中产阶级的舒适生活。而克莱尔则受成长环境的影响，冒充白人女性并成功嫁给了一位痛恨黑人的白人男性。然而克莱尔在白人世界中的生活却十分孤独。这使得她在白人社会中处于边缘地位，而同样地，因为种种原因，她也难以融入黑人社区中去，在这两个种族中均呈现出边缘身份的特点。这部小说中的两位女性分别选择的不同身份反映出美国大多数黑白混血儿在身份认同上的选择。内拉·拉森的《流沙》和杰西·福塞特的文学作品《葡萄干面包》《棟树》《美国式喜剧》中均涉及黑白混血儿女性对于自身身份的探索。《葡萄干面包》中也采用了两个混血儿姐妹选择不同身份的做法。姐姐安吉拉肤色较深，在父母死后决定冒充白人。为此，她遇到妹妹也只能"对面不相识"。然而，后来随着安吉拉对黑人艺术价值的认识，她决定认同自己的非裔身份，并在黑人同学受到白人基金会的侮辱时，挺身而出，当众承认了自己的非裔身份。这也反映出那些冒充白人的黑白混血儿在心理上所承受的巨大的压力。《美国式喜剧》中的主人公不仅自己冒充别人，而且让自己的丈夫和孩子都冒充白人，为此不惜疯狂地伤害自己的孩子，并因此而导致了小儿子的死亡。这种悲剧的结局也反映出冒充白人的混血儿在生活中处于巨大的压力之中。《棟树》则反映出跨种族恋爱所遭到的歧视，反映出黑白混血儿在自身身份认同中所受到的歧视与压力。除此之外，无论是内拉·拉森还是杰西·福塞特的作品中，均表现出黑白混血儿对自己独立于白人或黑人的身份的寻找。内拉·拉森的小说《流沙》中，小说主人公一直在黑白两种生活方式中摇摆，企图找到内心的宁静，然而最终却陷入生活的流沙中不能自拔。

综上所述，黑白混血儿由于受到美国历史上法律法规的限制，归于黑人范畴。然而，由于肤色和长相的多样化，使黑白混血儿在生活中面临着更多选择的机会。相应地，也造成了社会上黑白混血儿身份的双重身份的边缘化问题。

第三节　非裔美国女性文学的审美特点

从非裔美国文学发展史来看，非裔美国作家的美学观大致可分为两个派别。一种以兰斯顿·休斯和杜波伊斯为代表，强调艺术与政治分属于两个范畴。一种则以佐拉·赫斯顿为代表，强调艺术家是自由的，然而却不赞成美学与政治分裂。认为非裔美国作家应从欧洲文化传统和非裔美国传统文化两个方面汲取营养。

一、20 世纪非裔美国人美学发展阶段

20 世纪非裔美国人的美学发展主要经历了五个阶段。第一个阶段为 20 世纪 20 年代美国哈莱姆文艺复兴运动的鼎盛时期，杜波依斯提出了独立于种族主体之外的美学不是黑人美学的观点。其观点得到了哈莱姆运动中的活跃作家兰斯顿·休斯的赞同。兰斯顿·休斯在其论文中称："美国黑人诗人从来就不是独立于种族之外的纯粹诗人"并称如果一位黑人诗人的诗歌中不带有"黑色"是一件可耻的事。[1] 此后，该观点又得到了理查德·赖特的支持。然而，与他们同一时期的佐拉·赫斯顿则提出了相反的观点，认为种族既不能成为艺术家的束缚，也不能成为艺术家的负担。这一观点遭到了当时社会上一些知名非裔美国人的反对。佐拉·赫斯顿的文学作品也因此产生了两极评价。第二个阶段为 20 世纪 60 年代早期，拉尔夫·埃里森继承了佐拉·赫斯顿的观点，认为，小说是一种艺术形式，具有政治性和美学性双重特点，而在创作中应更重视其美学技巧。第三个阶段为 20 世纪 60 年代后期，这一时期的黑人美学运动对于西方美学传统的局限性和弱点进行了揭示，彰显出美国黑人与西方美学传统的文化差异，展示了非裔美国文学对于西方美学传统的继承、超越与发展。[2] 这一阶段的代表为拉里·尼尔和小艾迪生·盖尔。第四个阶段为 20 世纪七八十年代，这一时期的观点也分为两种相反的观点，一种为黑人美学与政治分离，另一种则为黑人美学主张美学与政治不能分离。第五个阶段为 20 世纪 80 年代至今，这一时期的黑人美学称为"新黑人美学"，强调种族、阶级、社会性别，坚持文化杂糅和多元文化理论。

受各阶段美学观点的影响，非裔美国女性作家的审美实践也有所不同。佐

---

[1] 曾梅. 托尼·莫里森作品的文化定位 [M]. 济南：山东人民出版社，2010：163.

[2] 曾梅. 托尼·莫里森作品的文化定位 [M]. 济南：山东人民出版社，2010：165.

拉·尼尔·赫斯顿是黑人美学第一阶段的代表人物,其创作中十分张扬黑人文化和艺术美;托尼·莫里森作为非裔美国文学的代作人物之一,坚持认为艺术家具有民族性,而艺术则具有普遍性,在文学作品中极力赞扬非裔美国文化。非裔美国女性文学的审美表现出两个明显的特点:其一是对自我的否定书写,表现白人主流审美对黑人所造成的伤害;其二,是对黑人文化审美的张扬与肯定。

二、非裔美国女性文学否定白人的审美价值观

不同民族的审美意识存在多样化的特点。非洲人的爱美意识十分突出,他们注重衣饰打扮,有着属于本民族的传统审美。然而,殖民地时期,当黑人被以奴隶的身份贩卖到美洲大陆后,他们就被迫过上了非人的生活。奴隶主不仅在身体上压迫他们,还在意识上操纵他们,为了保障自己的利益而为他们灌输低人一等的思想。美国南北战争结束后,一些黑人带着美丽的幻想离开种植园,来到城市去追求自由。然而黑人在城市中的生活和就业受到了严重种族歧视。例如,住房隔离制度的形成和发展等。随着城市中的黑人越来越多,黑人的居住区不断扩展,种族隔离学校越来越多,公共场所的隔离现象也越来越严重,许多地区的餐厅和商店等都禁止黑人进入。19世纪末20世纪初种族隔离和种族歧视现象依然严重。

人类的审美意识受到所在的社会环境影响。凡是社会中人,无不受到社会观念的束缚与制约,其审美意识依赖于当时社会上的标准和对自己的评判而定。一般来说,在生活中,可以无视社会习俗,我行我素的人可谓凤毛麟角。长达数百年的歧视历史,在黑人群体中产成了种族自我否定心理,给他们的生活带来了极强的负面影响,形成黑人群体的集体无意识。这种影响并不能依靠法律或制度而消失。长期以来,美国白人作为社会的主流群体,通过影视剧、小说、广告牌、包装纸等形式,渗透白人的审美标准,以达到垄断的目的。在白人主流审美标准的压力下,部分黑人群体的审美标准被白人主流价值观所同化。非裔美国女性文学作品中对这一审美特点进行了重点展现。

托尼·莫里森的《最蓝的眼睛》中,讲述了主人公佩科拉受这种白人价值观影响而产生的人生悲剧。整部小说中对于佩科拉的长相并没有详细的叙述,只说明了她的黑皮肤与棕黑色的头发。佩格科在白人的审美价值体系中没有立锥之地,包括佩科拉母亲和老师、同学,甚至佩格科拉本人在内的人都认为佩格科的黑皮肤是丑陋的。因此对于佩科拉十分排斥,而由于别人的排斥,佩科拉十分自卑,她从来不敢大声说话,也不敢表达自己的要求,当别人问她有什么想要的或想做什

么时，她都会习惯性地表示自己无所谓，怎么样都可以。在学校受到欺负后，她因为肤色黑不敢反抗，只会捂着脸哭，表现出她对于自我的否定。除此之外，佩科拉的动作显得十分拘束，她从来没有大方的动作，最常见的就是躲着、藏着，从斗篷等东西的后面偷偷地看人一眼，又迫不及待地重新躲起来。佩科拉的动作行为和语言显示出佩科拉在生活中的无助、被动与畏畏缩缩的形象。一开始，佩科拉不知道自己丑在哪里，因此每天花费大量时间坐在镜子前看着自己。有一天她终于明白，自己的皮肤和眼睛十分丑陋，如果自己按照社会上的审美意识，拥有一双蓝眼睛后，这种状况就会改变。在这部小说中，托尼·莫里森用黑人独特的美学观和审美实践颠覆了白人的美学观念，树立了黑人自己的审美标准。她反对将人的价值降低到外貌上，指出只关注身份美会导致对于人的个性的否定。因此，反对黑人按照白人的审美观念追求自己的外在美，同时坚决抵制黑人既不美也没有价值的说法。

除了托尼·莫里森外，佐拉·赫斯顿的文学中更展现了丰富的黑人文化之美。内拉·拉森、杰西·福塞特等人则从混血儿角度对黑人之美进行了探讨与颂扬。

三、非裔美国女性文学作品中的审美认同

除了自我否定式的审美外，随着美国哈莱姆文艺复兴运动、黑人审美运动等，黑人的传统审美被唤醒。托尼·莫里森小说中，同样面对白人同学的嘲笑，佩科拉的堂姐妹克劳迪亚姐妹却勇敢地抓住了白人同学的身体缺陷进行反击。她们在对比了自己和白人同学的长相后，自觉比白人同学更美，于是在遇到嘲讽时勇敢地捍卫自身的尊严。听到白人骂她们黑所以丑后，克劳迪亚姐妹对这一审美提出了质疑，引发黑人民族对于审美意识的思考。此外，非裔美国女性文学作品中，还通过语言、音乐、手工等文化方式展现非裔传统审美的特点。例如，托尼·莫里森、艾丽斯·沃克、赫斯顿等作品中，均大力弘扬了非裔文化，充满了黑人民族的审美认同。

以托尼·莫里森为例。托尼·莫里森强调非裔美国作家不应该一味地抵制西方美学原则、把美学与政治割裂开来。她认为，美具有力量。非裔美国作家应当具有两种声音，其作品不仅要面向本民族的读者，还应该有普遍性，要面向所有民族的读者。❶托尼·莫里森的作品既与西方美学相关，又涉及大量的非裔美国神话和寓言，非裔美国人的灵歌、非裔美国人的布鲁斯和爵士乐等音乐传统，还包

---

❶ 曾梅. 托尼·莫里森作品的文化定位 [M]. 济南：山东人民出版社，2010：162.

括非裔美国人的历史、宗教与祖先的信仰，时间观、宇宙观等。托尼·莫里森的文学作品中，认同黑人的传统审美观，并通过黑人的日常生活展现出来。莫里森的作品《爵士乐》中通过对女性学习美容美发的描写和人物形象塑造，反映 20 世纪早期，美国黑人妇女追求外貌与个性美的历史现实。通过《爵士乐》中非裔美国女性打扮自己，欣赏自己，用感官去感受美、欣赏美的情节描写，表达出对于黑人外貌美的欣赏。除此之外，托尼·莫里森的作品中，还包括对于女性劳动美的展现。例如，托尼·莫里森的小说《乐园》中对于黑人女性劳动的双手的赞美。除此之外，托尼·莫里森作品中还塑造了一系列身体有残缺或畸形的形象。例如，小说《秀拉》中失去了一条腿的外祖母伊娃、眼皮一有胎记的秀拉，以及《所罗门之歌》中没有肚脐的彼拉多、《宠儿》中背部印满了鞭打疤痕的塞丝等，她们的身体虽然残缺，然而她们的精神却超越了常人，形成了一种独特的审美。除此之外，托尼·莫里森的《爵士乐》中创造性地将黑人音乐融入写作之中，体现出黑人文化审美。佐拉·赫斯顿的作品中加入了大量的黑人传说、故事、风俗、语言、音乐等文化因素，构成独特的非裔美国女性文学审美认同。

【 第三章　托尼·莫里森及其作品 】

第一节　托尼·莫里森生平及其文学创作概述

托尼·莫里森，是非裔美国女性文学 20 世纪最重要的作家之一，也是世界上第一位获得诺贝尔文学奖的黑人女作家。

一、托尼·莫里森生平

托尼·莫里森（1931–2019），原名克洛厄·安东尼·沃福德，1931 年 2 月 18 日生于美国俄亥俄州的洛雷恩，在家中排行第二。她的父亲是一家造船厂的焊接工，从小就受到黑人民族传统文化的熏陶，母亲则是一名帮佣，同时也是当地教会合唱团中的一员。在日常生活中，父母在家中歌唱、讲故事，对托尼·莫里森产生了巨大的影响，她从小就熟悉南方人的民谣，同是对于非洲移民文化遗产和文学产生了浓厚的兴趣。1937 年托尼·莫里森进入当地一所不限制黑人的小学读书，成为当时班级中唯一一名黑人学生，也是她所在小镇上第一个开始认字的黑人孩子。此时，托尼·莫里森发现虽然她与白人同学的肤色不同，但他们之间没有任何区别。托尼·莫里森童年时，她的家庭并不富裕，因此，托尼·莫里森从 12 岁开始，就利用课余时间打工以补贴家用。虽然辛苦，然而托尼·莫里森却对未来的生活充满憧憬，她十分热爱艺术，希望将来有一天能成为出色的舞蹈家。此外，除了在家听父母讲故事、唱歌谣外，托尼·莫里森还对于书籍产生了深厚的兴趣，她自幼喜欢读书，尤其对于英国小说家简·奥斯汀以及俄国作家托尔斯泰等作家的作品十分青睐。这一爱好为其今后的职业以及创作奠定了基础。

1943 年，托尼·莫里森考入中学。1949 年 7 月，托尼·莫里森以优异的成绩从洛雷恩高级中学毕业。同年 9 月，考入美国华盛顿特区的霍华德大学学习。霍华德大学是以在美国南北战争时期担任解放黑奴事务管理局局长霍华德将军的名字命名的大学，面向所有种族、肤色以及所有信仰的学生开放。霍华德大学创办于 19 世纪 60 年代。南北战争结束后，霍华德将军担任了该校的第三任校长，在较长一段时间里，该校的学生全部为黑人，霍华德大学因此成为一所美国著名的黑人大学。第二次世界大战后，陆续有许多白人到霍华德求学，进入霍华德的研究生院学习。霍华德大学是美国一所人才辈出的大学，培养出了许多教育人才和社会改革家。霍华德大学设有文学院、工学院、法学院，以及文理兼容的研究生院等，这所大学的图书馆是全美国著名的研究黑人历史的主要图书馆之一，里面收藏了大量有关美国黑人历史、民俗、种族、文化以及艺术的资料。霍华德独特的校史和校园文化对托尼·莫里森的思想产生了极为重要的影响，为其今后的创作奠定了思想基础。

托尼·莫里森在大学中主修英语文学，同时也学习古典文学。在大学期间，托尼·莫里森除了学习外，还加入了"霍华德大学演员"剧团，并且走出校园，和剧团成员一起到美国南部演出，这为托尼·莫里森提供了近距离体验美国南部黑人生活的机会。1953 年，托尼·莫里森从霍华德大学毕业，并获得了英美文学学士学位。之后，她来到纽约，进入康奈尔大学研究生院继续深造，在这里，她主要攻读西方 20 世纪现代主义文学，主要研究美国意识流小说家福克纳与伍尔夫的小说。这次期间，她开始使用"托尼"这个笔名。1955 年托尼·莫里森顺利从康奈尔大学毕业，并获得文学硕士学位。毕业后，托尼·莫里森受聘于位于美国休斯敦的南得克萨斯大学（得克萨斯南方大学）任教，在这里担任了两年英语讲师。南得克萨斯大学以"黑人历史周"而驰名美国，托尼·莫里森也因此对这座位于南方的大学充满期待，以为其可以引发她对父辈往昔生活的怀念。然而，托尼·莫里森到任后才发现，南得克萨斯大学并不重视黑人文化。这与托尼·莫里森曾就读的霍华德大学的文化氛围截然不同。在南得克萨斯大学任教两年后，托尼·莫里森于 1957 年重返母校霍华德大学，并在学校担任英语讲师。在此期间，托尼·莫里森结识了非裔民主人士伊曼纽·爱官立·巴拉卡和安德鲁·杨。这两人都曾就读于霍华德大学，他们是这一时期社会上著名的黑人民主运动领袖。其中，伊曼纽·爱官立·巴拉卡还是一位著名的诗人、小说家和剧作家。在霍华德大学开放的文化氛围中，托尼·莫里森如鱼得水。与非裔民主人士的交往，使托尼·莫里森汲取到了重要的思想和力量，对其以后的创作产生了较大影响。

在此期间，托尼·莫里森与牙买加建筑师哈罗德·托尼·莫里森相识相爱，两人于 1958 年结婚，婚后，托妮·沃福德更名为托尼·莫里森。托尼·莫里森与丈夫在婚姻存续期间先后生下了两个儿子。1962 年，托尼·莫里森与丈夫的婚姻出现了裂痕，此时，她积极参加了一个写作小组，并借此暂时逃避不幸的婚姻生活。这个小组中有一个独特的规定，那就是每位成员必须朗读自己的作品。一开始，托尼·莫里森常常用自己中学时代写作的作文充数，突然有一天发现没什么作品可以读了，所以她重新创作了一个小故事。这一小故事的主人公即取材于托尼·莫里森儿时相识的黑人小女孩。没想到当她在写作小组中阅读这个短篇故事时，受到了小组成员的一致嘉许。由此也可以看出托尼·莫里森的创作天赋。1964 年，托尼·莫里森与丈夫离婚，并独自抚养两个孩子。在 1964 年之前，托尼·莫里森就经常与一些作家聚会，并开始有意识地尝试文学创作。

　　1964 年离婚后，托尼·莫里森辞去了在霍华德大学的教职工作，她先带着孩子回到童年成长的洛雷恩镇。1965 年，托尼·莫里森进入纽约蓝登出版公司的一个下属公司，开始了编辑生涯。1967 年，在蓝登出版公司工作两年后，托尼·莫里森如愿调至该公司位于纽约市的总部担任高级编辑。此时，36 岁的托尼·莫里森带着两个儿子来到纽约市工作。远离故乡，开始了新的人生之旅。

　　从 1965 年至 1984 年近二十年中，托尼·莫里森一直在蓝登公司工作。1967 年调入蓝登书屋出版总公司后，托尼·莫里森着手编辑包括穆罕默德·阿里、安德鲁·扬、安格拉·戴维斯等在内的美国历史上著名黑人人物的传记。这些传记在一定程度上推动了非裔美国文学进入美国文坛主流。或许是受这些杰出黑人精神的影响，在此期间，托尼·莫里森开始创作自己的作品，并将其寄给出版商。文学创作使托尼·莫里森感到了前所未有的快乐，也使她坚定了将全部精力投入到写作之中的决心。一天，托尼·莫里森将其 1962 年写作的黑人小女孩的短篇故事翻出来重新进行补充，并扩充成一篇名为《最蓝的眼睛》的小说，寄到出版社。1970 年，这篇小说正式出版，成为托尼·莫里森的处女作。《最蓝的眼睛》出版后，托尼·莫里森因此收获了极大的鼓励。这一事件在托尼·莫里森一生中起到了极为重要的作用，使托尼·莫里森坚定了文学创作之路。除了对托尼·莫里森个人的影响外，《最蓝的眼睛》也为 20 世纪 70 年代的美国非裔美国女性文学增添了无限的光彩。

　　《最蓝的眼睛》之后，托尼·莫里森的生活开始忙碌起来，1971 年至 1972 年她在蓝登书屋工作时还兼任纽约州立大学英文系写作副教授。与此同时，莫森对于非裔文化也更加关注，继黑人人物传记后，1974 年托尼·莫里森又编辑了一本有关黑人历史资料的《黑色之书》，这部作品中记叙了美国黑人 300 年历史，被称为"美国黑人史的百科全书"。此外，托尼·莫里森的创作也一发不可收拾，1973年，托尼·莫里森创作了她的第二部小说《秀拉》。这部小说于 1973 年获得美国全国图书奖提名，这一事件对于托尼·莫里森来说意义重大，这标志着托尼·莫里森在美国严肃文学的中获得了一席之地。1976 年至 1977 年，托尼·莫里森离开了她工作十余年的岗位，到耶鲁大学任访问学者，讲授文学创作和黑人文学。在此期间，托尼·莫里森开始创作其第三部小说《所罗门之歌》，1977 年，《所罗门之歌》正式出版，受到美国社会各界的极大关注，这部小说荣获国家图书奖和美国文学艺术协会奖，它的出版也奠定了托尼·莫里森在美国当代小说家中的重要地位。托尼·莫里森因此被当时的美国总统吉米·卡特任命为全国艺术委员会委员。

此时托尼·莫里森开始将视角转移到黑人传统文化与西方现代化之间的矛盾与冲突方面。1981 年托尼·莫里森创作并出版了一部名为《柏油娃》的作品。在这部作品中托尼·莫里森展现出了她对于黑人文化从何处来，以及到何处去的积极思考。《柏油娃》的出版同样获得了极大成功，托尼·莫里森由此成为 1981 年 3月 30 日《新闻周刊》的封面人物。1983 年，托尼·莫里森离开了她工作近二十年的地方，辞去了蓝登书屋高级编辑的职务，到纽约州立大学艾伯特·施韦策人文学院从事教学研究工作。在此之间，托尼·莫里森继续坚持文学创作，并开始尝试剧本创作，于 1985 年创作了她的第一部剧本《艾米特之梦》，这是一部根据历史上的真人真事改编，并谴责种族主义的剧本。1986 年 1 月 4 日《艾米特之梦》在奥尔巴尼市场剧场演出后大获成功，剧本获得了纽约州文学奖。1987 年托尼·莫里森的第五部小说《宠儿》出版，这部小说一经出版就引发了社会轰动，出版一周后即名列《纽约时报》书评畅销榜第三名，并获得当年的全国图书评论奖提名。1988 年《宠儿》获普策利小说奖，为托尼·莫里森带来了极大的声誉和好评，这部小说也成为托尼·莫里森创作生涯中极为重要的代表作。托尼·莫里森因此获邀进入普林斯顿大学人文研究中心任职，并成为"常春藤联合会大学"首位黑人女性客座教授。之后，托尼·莫里森的创作热情更加高涨。1992 年托尼·莫里森又出版了另一部小说《爵士乐》，这部小说回顾了 20 世纪 20 年代纽约哈莱姆区黑人文化的荣光。同年，托尼·莫里森还发表了文学评论《黑暗中的游戏：白人性与文学想象》，探讨了美国文学中非裔文化影响，这部作品也成为研究族裔文学的经典之作。1992 年秋天，《爵士乐》和《黑暗中的游戏：白人性与文学想象》分别登上纽约时报书评畅销书排行榜。1993 年，对于托尼·莫里森来说是一个重要的年份，这一年她荣获了诺贝尔文学奖，这一事件使得托尼·莫里森从此登上了世界文坛，成为世界文坛上的佼佼者。

在获得诺贝尔文学奖之后，托尼·莫里森还获得了一系列奖项。1996年10月，托尼·莫里森获美国国家图书基金会终身成就奖章。之后，托尼·莫里森以令人惊叹的创作热情，于1998年发表了获得诺贝尔文学奖之后的第一部作品《天堂》，对美国黑人文化中存在的狭隘和偏激思想进行批判。同年10月，托尼·莫里森的小说《宠儿》被好莱坞改编为同名电影，上映后受到了社会各界的热烈好评。2000年，托尼·莫里森荣获美国"国家人文奖章"。1999年托尼·莫里森与儿子合作的童话长诗《大箱子》出版。2000年5月，托尼·莫里森曾工作过的蓝登书屋与现代图书馆共同发起了20世纪美国百部最佳小说评选，托尼·莫里森的《秀拉》《所罗门之歌》《爱娃》《爵士乐》4部作品入选。2003年托尼·莫里森出版了她的第八部小说《爱》，这部小说再一次引起外界评论家对于托尼·莫里森创作力的惊叹。2005年，托尼·莫里森的小说《宠儿》被美国著名作曲家理查德·丹尼尔改编成歌剧《玛格丽特·加纳》并在美国底特律歌剧院首演。过去的荣誉并没有让托尼·莫里森止步，2008年，时年77岁的托尼·莫里森出版了小说《慈悲》；2012年托尼·莫里森出版了她的第十部小说《家园》；2015年，85岁的托尼·莫里森以惊人的创作力，出版了《上帝，救救孩子》。2019年8月5日托尼·莫里森在纽约去世，终年88岁。

托尼·莫里森是20世纪美国文坛中众多非裔美国作家中最为耀眼的一颗明星，她一生致力于非裔文学的创作，她用非凡的想象和出众的才华，创作了一个又一个引人沉思的故事，塑造了一系列可悲、可叹、可歌、可泣的人物形象，勾勒出非裔美国人民壮丽、悲凉的生活画卷。

二、托尼·莫里森作品概述

托尼·莫里森被誉为美国文学界的良心，她一生创作了11部小说和剧本，几乎每一部作品都获得了极大的成功。正如，英国《观察家》报对托尼·莫里森的评价一样："当她开口讲话，整个美国都洗耳恭听。"

托尼·莫里森的第一部小说《最蓝的眼睛》出版后，并没有立刻引起轰动，据有关数据显示，《最蓝的眼睛》出版后仅发行了2000本。直到托尼·莫里森于1993年获得诺贝尔文学奖后，这部作品再版后，才重新赢得了其应有的认可。托尼·莫里森的文学作品大多基于两种背景，一种是以南方种植园的奴隶制为背景，一种是以迁移到城市的黑人生活为背景。

（一）《秀拉》

托尼·莫里森的第二部小说《秀拉》出版后，获得了极大成功，被提名为"国家图书奖"。《秀拉》是一部关注美国黑人妇女命运的小说。这部小说分为上下两部分，共11章，每个章节均以年份作为标题，即1919、1920、1921、1922、1923、1927、1937、1939、1940、1941、1965。从章节标题可以看出，前六章为小说的第一部分，主要讲述了生活于20世纪二三十年代的黑人姑娘秀拉和同为黑人的小姑娘奈尔共同居住在一个名为"谷底"的黑人聚居区。"谷底"是一片贫瘠的山地，黑人之所以在这里建起一个社区，源于很久以前，一个白人农场主对黑奴的承诺。白人农场主要求黑奴完成一项极为困难的工作，并答应黑奴完成后给他自由，并给他一片肥沃的谷底土地。黑奴历尽千辛万苦完成了任务。白人农场主在给了黑奴自由后却舍不得给他谷底土地，而把一片山地送给他，并对黑奴说，那是一片肥沃丰腴的谷底，因为"上帝俯视时，那是谷底"❶ 于是这片"天堂的谷底"成为黑人们居住的社区。秀拉和奈尔虽然是好朋友，然而两人的家庭环境却截然不同。秀拉的父亲早逝，母亲和外祖母依靠出租房屋过活。秀拉的外祖母伊娃是一个坚强的黑人女性，伊娃年轻时丈夫不辞而别，只留下了三个年幼的孩子和两美元现金，以及有限的食物。面对命运的不公和令人绝望的生活，伊娃爆发了极大的勇气，她将自己的一条腿伸进飞驰的火车轮下，用一条腿换来了一笔赔偿金，用这笔钱盖起了一座三层楼房，然后她凭着不屈不挠的精神，坐在轮椅上用租金养大了子女。在秀拉的眼里，任何事情都不能使外祖母屈服。伊娃的生活态度深深地影响了秀拉。奈尔的父亲是一名水手，母亲则以正派人自居，十分关注奈尔的教育，要求她听话，懂礼貌，时刻注意自己的言行，"成功地把她有过的任何飞溅的火花全部窒息成了暗淡的微光"❷。秀拉和奈尔这一对好朋友从小一起长大，家庭的影响也逐渐显现在她们的性格上。秀拉继承了母亲姣好的面容，以及祖母面对生活的不屈和顽强精神，似乎天生就是一个叛逆者，她敢爱敢恨，个性刚强。奈尔起初与秀拉一样充满幻想，然而她与母亲一起到奥尔良看望父亲时，却发现她的生活中充满了种族歧视。母亲虽然言行正派，然而面对白人的歧视却惊恐而谄媚；外祖母虽然生性开朗然而却因为过往的经历而遭人耻笑。奈尔决心成为与母亲和祖母不一样的人，摆脱母亲时时刻刻的束缚，于是她和秀拉成为好

❶（美）托尼·莫里森（Toni Morrison）. 秀拉[M]. 海口：南海出版公司，2014：5.

❷ 托尼·莫里森. 秀拉[M]. 克诺夫出版公司，1974：83.

朋友，两人之间产生了珍贵的友谊，一起反抗命运。然而，她们却发现因为自己既不是白人也不是男人而受到种族与性别双重歧视。在小说第一部分的结尾，奈尔最终依照母亲的安排，走进了婚姻。秀拉则离开了她从小生长的社区。小说的第二部分以十年后秀拉重新返回谷底作为开始，以 1941 年秀拉去世而结束。秀拉在外漂泊十年后，带着对奈尔友谊的怀念重回谷底。然而她却发现奈尔已经不是记忆中的样子，而是成为与谷底其他普通女人一样的、依靠男人过活，为子女奉献的家庭妇女。秀拉不屑于奈尔这种遵循传统生活的方式，在外十年的时间里，秀拉到过许多大城市，有过许多情人，她明白男人要么要求她成为贤妻良母，要么喜欢她的肉体。回到家乡的秀拉见到周围女友的遭遇后，更害怕走上以丈夫和儿女为圆心的贫困操劳的生活，她认为那样的生活没有自我。她回家乡不久，就把外祖母送进了养老院，并和好友奈尔的丈夫发生了关系，并导致奈尔的丈夫离家出走，奈尔被抛弃。秀拉的言行让家乡人视她为异端，并受到排斥。多年后，秀拉贫病交加时，只有奈尔不顾前嫌去看她。此时，秀拉与奈尔就各自的生活方式进行了讨论，奈尔劝秀拉，不能想做什么就做什么。秀拉则指出，全美国的黑人女性都在忙着同一件事情——死亡。然而，秀拉却认为自己和别人不一样，虽然身无分文，也没有子女，但是她却有自己的心灵，真正地属于自己的心灵。秀拉临死前问奈尔："你怎么知道是你好呢？也许是我好呢。"❶秀拉死后也只有奈尔一个人为她送葬并料理后事。小说最后一章，是秀拉去世 24 年后，奈尔在年老后对秀拉的回忆。经过数十年的岁月后，奈尔终于明白自己一直怀念的不是丈夫，而是儿时与秀拉在一起的时光，那时她们不被谷底狭隘的生存哲学所限制。最后，小说在悲哀的氛围中结束。在这部小说中，托尼·莫里森成功地塑造了秀拉这样一个叛逆不服输的黑人女性形象，探讨了黑人女性独立的问题。除了秀拉和奈尔之外，这部小说中还塑造了多位黑人女性形象，展现了黑人社区的衰落。

（二）《所罗门之歌》

《所罗门之歌》是托尼·莫里森的第三部作品，出版于 1977 年，也是唯一一部以黑人男性为主人公的作品。《所罗门之歌》的故事背景设定于美国芝加哥，从美国内战时期直到 20 世纪 60 年代，讲述了黑人戴德一家三代人的历史，时间跨度长达一百多年的时间。这部小说共分为三个部分。

---

❶ 托尼·莫里森.秀拉 [M].克诺夫出版公司,1974：146.

　　小说的第一部分，讲述了内战后，戴德家的第一代——老麦肯·戴德成为一名获得自由的奴隶，他来到位于芝加哥的丹维尔时，只带着一个自由人的身份证和一本《圣经》，以及对土地的热爱。老麦肯·戴德凭借辛勤劳动，获得了当地最好的农场，并娶了美国土著印第安少女为妻，生下了儿子麦肯·戴德和女儿彼拉多。彼拉多出生时，她的母亲难产而死，彼拉多自己挣扎着从母亲的身体里钻出来，并活了下来，但是她因为天生没有肚脐而被人们视为不详。后来，老麦肯·戴德被白人打死，戴德一家也失去了所有的财产。戴德家的第二代，麦肯·戴德和彼拉多被白人追赶，四处躲藏。他们在山洞里遇到一个白人老头并误将其杀死，之后，麦肯·戴德不顾彼拉多反对，拿走了白人身上的财产。两人因此而分道扬镳。麦肯·戴德带着白人的财产来到了密歇根的一个小城，在这里娶了黑人医生的独生女，并且生下了戴德家的第三代——两个女儿和一个儿子小麦肯·戴德。而小麦肯·戴德就是小说的主人公。小麦肯·戴德的父亲最终变成了一个冷酷无情、自私又极其爱财的人，认为金钱高于一切，只有金钱才能保证黑人的自由。而小麦肯·戴德的母亲，则是一个被中产阶级的价值观毁掉的女性，被自己的父亲用爱隔离起来，父亲死后，面对丈夫的不信任，她把所有的情感寄托在儿子身上，对儿子小麦肯·戴德十分溺爱，直到儿子四五岁时仍然让他吃奶，小麦肯·戴德也因此获得了"奶娃"的绰号。奶娃在这样的家庭中长大，变得既贪婪又自私，他继承了父亲金钱高于一切的价值观，又因母亲的影响，内心彷徨不安。除了父母之外，奶娃的人生观和价值观还受到姑姑彼拉多的影响。彼拉多当年与哥哥麦肯·戴德分开后，想起他们逃跑时被误杀白人老头灵魂不安，于是三年后，彼拉多回到当年老头遇害的山洞发现了一堆枯骨，于是她将枯骨用包黄金的绿油布包起来并随身携带，以赎其罪。后来彼拉多带着自己的女儿和外孙女来到麦肯·戴德所在的城市生活，并帮助麦肯·戴德的妻子生下了奶娃。彼拉多在经济上十分贫困，然而在精神上却十分富有。她充满了同情心和爱心，是一个精神上完整而充实的人。她对于奶娃的影响是潜移默化的。她歌唱黑人传统歌谣《所罗门之歌》，她的行为更接近于大自然，教导奶娃一个人应该善良并充满同情心。彼拉多特立独行的行为和挂在家中墙上的绿油布引起了奶娃一家的注意，麦肯·戴德认为绿油布包里是黄金，于是奶娃在父亲的鼓动下偷出了彼拉多的绿油布包，然而他和朋友偷出绿油布包后却只发现一堆枯骨。小说的第一部分在奶娃充满矛盾的生活中结束，奶娃决心摆脱父亲的束缚，并找到父亲和姑姑藏起来的黄金，于是和朋友决定回到故乡去寻找黄金。

　　小说第二部分，讲述了奶娃回故乡寻找黄金的过程。这一过程也是奶娃寻找和发现黑人传统文化的过程。奶娃在出发时，按照当时的美国都市文化穿上了三件套西服和时髦的皮鞋，带着皮箱，然而他离南方的故乡越近，就越觉得自己的打扮可笑而无用，到达位于弗吉尼亚的故乡时，奶娃终于意识到，金钱和名位在故乡都帮不了他。他从故乡人的生活方式和文化习俗，以及儿童们所唱的《所罗门之歌》中串起了家族的历史，这使奶娃认识到自己对于黑人民族历史传统的背叛与对中产阶级白人生活价值的追求，已经让自己成为一个自私与可耻的人。

小说第三部分，讲述了奶娃的朋友吉他以为奶娃在故乡已经找到并私吞了金子，于是企图杀死奶娃，却误杀了奶娃身边的彼多拉，彼多拉的死和临终遗言，深深地震撼了奶娃的心灵。他终于明白了姑姑特立独行的本质是对黑人精神的传承，最终奶娃终于在姑姑彼多拉的影响下否定了自己一直崇尚的拜金主义，接受了传统黑人的信仰和文化，明白了爱心、责任与义务，实现自我认识与自我认同。当吉他的枪口再次对准奶娃时，他像自己的祖先一样，张开双臂，纵身前跃，飞了起来，最终逃离了危险，找回了自己的姓氏"所罗门"，迎来精神上的新生。

在这部小说中，托尼·莫里森将视角深入到男性的内心世界，用戴肯一家三代试图通过自己的努力摆脱种族压迫的苦难，却陷在白人的价值观中无法自拔的经历，探讨了男性的成长历程，塑造了一个黑人青年游走于现实社会和黑人传统文化之间，最终实现自我救赎的形象，强调了黑人文化对于生活在美国白人主流文化下的黑人族群的重要价值。托尼·莫里森在《所罗门之歌》之歌的叙述中采用了几条线索相互交织叙事的方法，还应用了魔幻现实主义，将现实与传说、神话故事，幻想结合起来，使整部小说显得熠熠生辉。

（三）《宠儿》

《宠儿》是托尼·莫里森创作的第五部小说，这部小说也是托尼·莫里森的长篇代表作之一，先后被改编成电影和歌剧。小说的背景设置于19世纪美国南北战争后，南方重建时期。小说取材于历史上的真实事件，1856年，一个名叫玛格丽特·加纳的女奴为了不让女儿重蹈自己的覆辙沦为奴隶，痛苦地将两岁的女儿杀死，然而她却最终摆脱了奴隶的身份。故事的主人公塞丝是南方种植园的一名女奴，她的母亲是一名奴隶，专门为白人喂奶，自己的孩子却吃不饱或干脆饿肚子。母亲不仅没有能力保护她，最后母亲是生是死她都不知道。命运悲惨的塞丝十三岁时，被卖到肯塔基"甜蜜之家"农场。这家农场的奴隶主白人加纳和他的妻子十分开明，他们拥有六个年轻的黑人奴隶，但加纳夫妇尊重奴隶，并且信任奴隶。塞丝来到"甜蜜之家"后引发了农场六个黑奴的爱慕，幸运的是她受到了他们的尊重，一年后，塞丝选择与农场一位名叫黑尔的奴隶结婚。黑尔曾用自己业余时间的劳动为母亲赎身，使她成了自由人。塞丝与黑尔结婚后，生下两个儿子，一个女儿，并且又怀孕了。塞丝为了不让孩子们重蹈自己失去母爱的覆辙，非常爱自己的孩子，尽一切努力细心照料他们。

然而突然有一天，加纳先生死了，加纳太太生病一天天衰落下去，加纳先生的妹夫"学校老师"带着自己的两个侄子来到"甜蜜农场"，接手了农场的管理。"学校老师"的管理风格与加纳先生截然不同，他剥夺了"甜蜜农场"中奴隶的一切权利，不允许奴隶吃肉，并宣布剥夺奴隶的一切业余时间。这一规定，断绝了"甜蜜农场"中所有奴隶通向自由之路。此外，"学校老师"还卖掉了农场一个男性黑奴，这些做法使农场的奴隶十分害怕。这时，"甜蜜农场"中的其他奴隶想要逃到北方去。塞丝挺着怀孕的肚子将三个孩子送到了玉米地里等待其他奴隶一起逃走，她自己则回到"甜蜜农场"寻找丈夫黑尔。可她不幸被"学校老师"及其两个侄子抓住侮辱，想把她卖作专门给白人喂奶的奴隶。塞丝找到加纳太太状告"学校老师"和他的侄子，然而加纳太太除了流泪，无能为力。"学校老师"得知塞丝告状后，大发雷霆，用马鞭狠狠将她的背部抽打得血肉模糊，仿佛绽开的苦樱桃树。这顿毒打更加坚定了塞丝的逃走之路。就这样十九岁的塞丝一个人挺着大肚子穿过幽暗的树林走向远方，路上看到被吊死的奴隶，并幸运地被一个叫爱弥的白人姑娘所救，在她的协助下顺利生下了小女儿，并给孩子起名丹芙。塞丝在逃亡的路上得知她的三个孩子被送到了黑尔母亲那里。黑尔的母亲获得自由后，为反对奴隶制的白人鲍德温兄妹做杂活，从而获得了一座蓝石路的房子。当塞丝抱着婴儿来到这里，与她的三个子女会合，她终于感受到了前所未有的自由。

塞丝在逃亡路上遇到的朋友前来看望她和婴儿，并带来了美味的食物。他们举办了九十人的宴会庆祝自由，盛大的宴会招致了嫉妒。在塞丝一家过着自由的幸福生活时，突然有一天，"学校老师"带着猎奴者和警官来到塞丝所居住的房子前。塞丝看到他们后，害怕他们将自己的孩子带走，她在享受着前所未有的自由，不允许自己的孩子再过非自由的生活。于是她抓住自己的四个孩子将他们赶进木棚屋。当"学校老师"带人走进木棚屋后，看到塞丝的两个儿子倒在地上，血淋淋的大女儿被她抱在胸前，她正要把小女儿往墙上摔。原来，对孩子们的爱让她宁愿杀了他们也不愿让他们回去。"学校老师"看到无利可图转身走了，警官带走了塞丝与活着的小婴儿。人们救活了塞丝的两个儿子，但是却没有救活她的大女儿。

在白人鲍德温的努力下，塞丝被释放回到了蓝石路的房子。

这时，这所房子开始闹鬼，塞丝死去的女儿变成了鬼魂每天摇晃着房子，折磨着塞丝和她的家人。塞丝的婆婆被这场变故所打倒，不久就去世了。塞丝的两个儿子逃离了房子，只留下塞丝和小女儿丹芙住在房子里。内战结束七年后，"甜蜜农场"中的另一名黑奴保罗·D来到了蓝石路的房子，找到了塞丝。25前，他也曾爱慕着塞丝，但是当时塞丝选择了黑尔。保罗·D回忆起内战胜利前被转卖时见到黑尔已经疯了。塞丝再也等不到黑尔，她接受了保罗·D与她们同住。保罗·D赶走了房子里的小鬼，并带塞丝母女去参加了狂欢节。在狂欢节上塞丝杀婴的事情受到人们的非议。他们回家的路上遇到了宠儿。她是塞丝大女儿所变成的，她时刻提醒自己的母亲对自己的罪过，让母亲既痛苦又内疚，加倍地宠爱她。为了弥补杀婴的亏欠，塞丝无时无刻不关注宠儿，导致自己丢了工作，小女儿丹芙受到冷落，只好求助于白人鲍德温先生才找到工作。为了霸占塞丝的宠爱，宠儿还引诱了母亲的情人保罗·D，导致保罗·D搬走。外面的黑人知道蓝石路的房子所发生的一切后，前来驱鬼救塞丝。塞丝看到人们围过来以为曾经的噩梦再次重演，受到刺激后，冲出去要杀掉白人鲍德温先生，幸好被女儿丹芙所阻止。经此一事，宠儿消失了，保罗·D重新回到蓝石路的房子，走到了塞丝的床前，告诉塞丝："你是你自己最珍贵的，塞丝，你才是。"❶小说在这里结束，也许生活会有新的开始。

《宠儿》是一个悲剧，身为女性的塞丝遭遇了种族与性别的双重压迫。在与孩子们一起感受到自由的可贵后，塞丝无法忍受自己和心爱的儿女们一起回到以往地狱一般的地方，过非人的生活。因此她选择杀死女儿，阻止奴隶主对女儿的奴役。亲手杀死心爱的孩子是塞丝做出的最无奈以及最悲壮的反抗。然而，在女儿死后，美国废除了奴隶制，女儿的死成为压在塞尔心头无法承受的重担，以及解不开的心结。塞丝为了惩罚自己，过着几乎与世隔绝的生活。直到保罗·D的到来，唤醒了塞丝痛苦的回忆，让她再次经历生死抉择，并终于迎来了重生的希望。在这部小说中，托尼·莫里森使用了意识流的手法，以魔幻现实主义的风格，塑造了塞丝等一系列闪闪发光的人物形象，展示了托尼·莫里森高超的叙事技巧，奠定了托尼·莫里森获得诺贝尔奖的基石。美国《新闻周刊》评论《宠儿》称，它是："一部杰作，气势恢宏，振聋发聩，难以抗拒！"❷

---

❶ 托尼·莫里森著. 潘岳，雷格译. 宠儿 [M]. 海口：南海出版社，2013：273.

❷ 黄勇. 名著精要 [M]. 汕头：汕头大学出版社，2013:96.

（四）《爵士乐》

《爵士乐》被一些评论家认为是托尼·莫里森的巅峰之作，以及女性主义体现的代表作品之一。《爵士乐》中的故事发生在美国20世纪20年代，这一时期被最称为"爵士乐时代"。小说的背景是美国历史上真实存在的20世纪20年代黑人移民潮。美国南北战争结束后，位于美国南方的黑人纷纷通过争取土地所有权来改变命运，到了19世纪末20世纪初，只有一小部分黑人实现了拥有土地所有权的愿望。大部分黑人沦为南方肥沃土地上的佃农。19世纪末期至20世纪初期，南方黑人佃农的生存条件每况愈下，并且随着棉花价格下跌和谷物扣押制度的影响，南方农场主负债累累后，佃农的生存条件愈发惨淡。另外，这一时期南方出台了罪犯确认制度，黑人常被无端指控，然后被罚以重金。除此之外，19世纪末期，私刑在南方大行其道，学校种族隔离制度根深蒂固。这些原因均使南方的黑人佃农们不得不离开南方，移民到美国北部和西部城市，由此形成了20世纪初期的黑人移民潮，从此翻开了美国黑人城市化的新篇章。

《爵士乐》的灵感也来自历史真实故事。当时，托尼·莫里森正在编辑《哈莱姆死者之书》，其中一个故事中提到一个年轻的姑娘被枪杀而死，然而死前她拒绝指认情人作为凶手。托尼·莫里森以此为灵感创作了《爵士乐》。小说的主人公约瑟夫·特莱斯和凡欧莱特就是20世纪初期黑人移民潮中的一员，他们于1906年离开南方的故乡，走进了光怪陆离的都市。他们刚来到城市时，居无定所，困难重重，然而他们却怀着极大的热情，克服困难，义无反顾，幻想着城市可以为他们带来更加美好的生活。然而当他们在城市定居下来后，却发现事实并不像幻想得那么美好。只要他们仍然是黑人，他们的命运就还是一样的。女主人公凡欧莱特在城市中的工作是上门帮助别人烫头发，由于她没有受过专业的训练，无法领取经营许可证，因此只能以上门服务且收费低廉的优势获得生意。男主人公约瑟夫·特莱斯来到城市后，定居在哈莱姆黑人社区。为了生存，先后从事过擦皮鞋、扫厕所、餐馆打夜工等工作，最后以上门推销化妆品为生。在城市里，他们不仅温饱得不到保障，甚至连生命安全也得不到保障。当时，黑人走在街上每天都有可能被白人警察枪杀，然而杀人的白人警察却不会受到任何惩罚。除此之外，约瑟夫·特莱斯和凡欧莱特还因肤色受到歧视，在租房时受到驱赶。约瑟夫·特莱斯和凡欧莱特为了争取生存的权利与其他浅肤色人种进行争斗，尽管过程艰难，约瑟夫·特莱斯和凡欧莱特终于在城市建立起了自己的家。然而，这并不意味着他们的地位得到了改变。相反，虽然他们的物质条件较以前得到了改善，然而工作和生活却仍然处于社会的最底层。像他们一样的黑人所居住的房屋，房租越来越高，商店的食物也越来越贵。然而白人商店的食物价格却保持不变，使得穷人越来越穷，富人越来越富。黑人的生活越来越艰难。

在城市生活 20 年后，女主人公凡欧莱特由一个漂亮开朗的少妇，变成了心智紊乱，骨瘦如柴的怨妇。而男主人公约瑟夫·特莱斯则与姨母爱丽丝领养的少女多卡丝发生了关系，在他的心目中，这个穿衣打扮和行为方式十分城市化的少女，和他幻想中的、一心想要融入的城市重合了。然而，当约瑟夫·特莱斯看到多卡丝与男朋友在一起时，却开枪打死了多卡丝。多卡丝临死前，阻止朋友叫警察，因此约瑟夫·特莱斯并没有被逮捕。凡欧莱特知道后，十分痛恨多卡丝抢走了丈夫，甚至想要大闹多卡丝的葬礼，由于被人发现才没有成真。多卡丝死后，凡欧莱特想尽办法挽回约瑟夫·特莱斯的心，小说在二人尽弃前嫌，和好如初中结束。

在《爵士乐》中，爵士乐在其中起到了极为重要的作用，其既是贯穿于整部小说的主旋律，也是体现主人公人生观和价值观的重要方式。在叙述方式上，小说以倒叙的方式开始，以多卡丝的朋友菲丽丝以及男女主人公的回忆，引出细节，充满了意识流小说的特色，整部小说中充斥着血腥、骚乱、情杀等，与爵士乐的节奏无比吻合。在《爵士乐》中，托尼·莫里森以超强的驾驭能力，构建了一幅波澜壮阔的历史画卷。

（五）《天堂》

《天堂》是托尼·莫里森获得诺贝尔奖后的第一部小说，也是一篇创作时间较长的小说。《宠儿》《爵士乐》《天堂》共同组成了托尼·莫里森"爱的三部曲"，其中《宠儿》为母爱，《爵士乐》为情人之爱，而《天堂》则为上帝之爱。有的评论家将《天堂》归类于乌托邦小说，也被公认为托尼·莫里森最优秀的作品之一。小说的背景设置在 1976 年，然而小说中的时间跨度却长达 100 年的时间，前后共涉及四代人。美国南北战争后，获得了自由的几个黑人部落在饱受社会歧视后，历尽千辛万苦，从南方迁徙到北方，来到荒无人烟的地方，希望建立一个只有黑人居住的永久社区，最后，他们在俄克拉荷马州建立了黑文镇。"黑文"的英文读音"haven"与天堂的英文读音"Heaven"相似。黑文镇第一代居民希望以此表达他们建立理想社会的期望与初衷。在黑文镇刚刚建立起，第一代居民充满了热情，他们不仅建立了房屋，规划了广场，还建立了属于黑文镇的特有文化，并制定了严格的镇规，并将镇规刻在广场中央的巨大烤炉上。经过两代黑文镇居民的不懈努力，他们终于建立起了一个民风淳朴的小镇。镇里的人们路不拾遗，夜不闭户，过着自给自足的幸福生活。然而好景不长，黑文镇涌进来许多白人，居民的结构发生了变化，此外，受美国经济的发展以及政治运动的影响，黑文镇文化受到了强烈的冲击和影响。黑文镇自给自足的状态被打破，早期黑文镇的创建者已经无法掌控这里的发展趋势，最终导致黑文镇渐渐走向没落。

面对日益没落的黑文镇，黑文镇的第三代居民迪肯和斯图尔德带领黑文镇中的黑人迁徙到了偏僻的地方，建立了新的黑人社区鲁比镇。为了防止鲁比镇重蹈黑文镇的覆辙，鲁比镇的建立者重新制定了严格的镇规，采取完全封闭的政策。具体包括，不修建高速公路，不主动与外界联系，当游客经过时，不提供任何食宿，也不设立任何公共服务机构和设施；在内部管理上，采取男权至上，女性被视为男性的附庸，在受到男性保护的同时也受到男性的绝对管理。因此，在鲁比镇男性殴打妻女被视为家常便饭，女性没有自主权，一切事宜由父亲和丈夫做主，女性受到男性的歧视，生活没有目标和方向；除此之外，为了完全保持鲁比镇的封闭，鲁比镇采取种族隔离方式，以黑皮肤为症状，对其他浅肤色人员采取歧视态度；为了保持鲁比镇的血统纯正，鲁比镇人还实行镇内通婚，只能在镇上 15 户人家中选择结婚对象。长期内部通婚导致镇内许多居民的孩子都患有先天残疾。可想而知，在这样完全自我封闭的环境下，鲁比镇必然走向衰落。

由于鲁比镇的女性长期受到男性的欺压，导致她们饱受身心创伤。因此，一些鲁比镇女性选择到鲁比镇 17 英里的废弃修道院里生活。修道院的女主人了解到她们所受的伤害后，带领她们在修道院里建立起了一个自由自在的女性天地。这些女性不再是男性的附庸，而是自食其力，依靠种植和售卖农产品和食品为生。除此之外，她们还无私帮助遇到困难的女性。将修道院变成女性心灵的栖息地。

鲁比镇的高压政策受到新一代年轻居民的质疑，他们希望走出鲁比镇融入美国主流社会中去。因此他们开始打破鲁比镇的旧有秩序。面对这种情况，鲁比镇的建设者们十分恐慌，他们将导致鲁比镇混乱和衰落的原因归咎于不远处的修道院。而习惯了以男性意志为转移的鲁比镇的女人们也不愿看到修道院的存在，唯恐修道院的女人会影响到自己的孩子。因此，鲁比镇上愤怒的男人们冲进了修道院，杀害了修道院的女主人。而在修道院生活的女性也不得不回到鲁比镇，她们最后的乐园被破坏了。然而，不管鲁比镇的建设者们多么不情愿，都难以阻挡历史的车轮滚滚向前。鲁比镇上开始修建起饭店、宾馆、电影院等公共设施，高速公路也终于修到了鲁比镇，这一切都意味着鲁比镇封闭的大门已经打开。

在这部小说中，托尼·莫里森对非裔美国人试图与世隔绝的方法进行了否定，她在文中指出，上帝爱人们互爱的方式，也爱人们自爱的方式，并暗示狭隘的民族主义不是黑人建立自己的家园的正确道路。

（六）《柏油娃》《爱》《慈悲》《家园》

《柏油娃》出版于 1981 年，这部小说的灵感来源于儿时听到的一则故事，这一故事也是黑人中广泛流传的民间故事之一。曾是非洲大陆上非常流行的故事，在传播的过程中形成了各种各样的版本。非洲民间传说中，这一故事讲述了一只兔子经常偷吃一位白人农场主的卷心菜，这位农场主对此又恨又怒。一天，他想出一个招式来对付兔子。他在菜园用柏油铸造了一个小孩的形象，只要兔子一碰到这个柏油娃，就会被粘住。兔子来到菜园后，发现多了一个小孩，就有礼貌地打招呼，然而柏油娃却倨傲地并不理睬它。兔子十分愤怒，挥拳打柏油娃，结果却被柏油娃粘住了。农场主因此终于抓到了兔子。兔子请求农场主说，你可以油炸我，也可以活剥我，但是千万别把我扔到石楠地中。农场主听后，偏要把兔子扔到石楠地中，结果兔子打了个滚，跳起来就跑掉了，原来兔子就是在石楠地中长大的。这个故事原本被当作骗子故事传播，被非洲人带到美洲后，在种植园中传播开来，并具有了新意义，成为讽刺白人农场主，表达黑人奴隶对于被奴役和被压迫历史的愤怒和反抗。托尼·莫里森听到的故事中，结果与上述故事不同，是一只偷吃卷心菜的兔子，被户主设计用"柏油娃"粘住而丧命的故事。小说的故事发生在一个远离美国的小岛上，男主人公森是身份不明的黑人，因在家乡闯下祸端而不得不逃亡异国他乡。女主人公简汀则是一个孤儿，由叔叔和婶婶抚养成人，并在白人糖果商的资助下完成学业。一个偶然的机会，男女主人公相遇并相爱。然而，简汀此时已成为一位名模，名利双收，事业有成，在美国主流社会拥有了一席之地。因此，当得知简汀与森相爱后，简汀的叔叔婶婶以及白人糖果商全都表示反对。森希望将简汀带回家乡，以唤起在白人世界中长大的简汀的民族意识，增加两人之间的文化联系，缩短两人之间的距离。简汀不顾旁人的反对来到森的家乡后，发现那里的一切对于她来说无比陌生，她无法接受森家乡的落后和闭塞，希望森跟随她到纽约或巴黎等大都市，在白人社会工作和生活。森则坚决反对融入白人的世界。最后，二人谁也说服不了谁，简汀离开了森的故乡，森则一路追赶而去。在这部小说里，托尼·莫里森对如何处理非裔文化和西方现代化之间的矛盾进行了思考。小说以开放式的结尾，也给读者留下了讨论的空间。

《爱》出版于 2003 年。小说的背景设置在 1950 年，美国东海岸边的一个小镇。

这篇小说的主人公是一个 50 多岁的黑人比尔·库什，他在镇上拥有一处专供中上层黑人享用的游览胜地。比尔·库什热衷慈善事业，看起来是一个好人，也很热爱身边的人，但是实际上他对于身边人的影响在他死后还持续了很长时间。比尔·库什的孙子克里斯汀从小与一位名叫海迪的小女孩一起长大，两人之间结下了深厚而纯洁的友谊。然而，突然有一天，比尔·库什将 11 岁的小海迪买回了家，并娶她为妻。这一举动让他们周围的所有人际关系都随之发生了天翻地覆的变化。比尔·库什的儿子，即克里斯汀的父亲去世后，比尔·库什倍受打击，并希望重新生一个儿子。所以他选中了孙子的朋友作为库什家传宗接代的工具。克里斯汀的妈妈梅，将海迪的到来看作是对于黑人上流社会的威胁，对海迪充满敌意。梅不仅无时无刻不羞辱海迪，还挑拨克里斯汀与海迪之间的关系，让他们原本纯洁的友谊变成了强烈的仇恨。这部小说名为《爱》，然而小说中的每一个围绕在比尔·库什身边的人，都互相仇恨，并拼命讨好他。比尔·库什死后，他身边的人，尤其是女人们还为了争夺他的遗产而不停地勾心斗角。这部小说，从爱的动机出发，直击人性的本质，除对种族关系进行讨论外，还对妇女的身份建构进行了讨论。

《慈悲》出版于 2008 年。这部小说的背景为 17 世纪末期，这时奴隶贸易还没有正式确立，但已隐有迹象。这部小说的主人公是一位名为弗洛伦斯的非裔女孩。弗洛伦斯 8 岁时被亲生母亲卖掉，纽约一位好心的农场主雅各布·瓦尔克买下了弗洛伦斯，弗洛伦斯在雅各布·瓦尔克的农场发现了一个多民族多文化融合群体。农场主雅各布·瓦尔克本人曾是一名在救济院长大的孤儿，而他的妻子丽贝卡则来自英格兰，是农场主雅各布·瓦尔克买来的新娘。与弗洛伦斯同在农场干活的莉娜则是一名印第安人、一场瘟疫的幸存者。除此之外，还有一位名叫索罗的非裔女孩。这些人，从文化根基上来说，都与原来的家族文化属性相分离，因此农场里并没有种族观念，但是女性都是被奴役的对象。弗洛伦斯 16 岁时，农场主的妻子丽贝卡得了天花，弗洛伦斯为了寻找懂草药的自由黑奴而离开了农场，踏上了艰险的旅途。

《家园》出版于 2012 年。这部小说的背景是 20 世纪 50 年代朝鲜战争后的美国。小说的主人公弗兰克·莫尼童年时和妹妹一起在得克萨斯生活，然而却因为遭受种族暴力而不得不移居乔治亚州的莲花镇，然而由于他们的肤色，无论走到哪里都受到不公正的对待。朝鲜战争爆发后，弗兰克·莫尼为了摆脱这种生活而入伍参加了朝鲜战争。在战场上，弗兰克·莫尼感受到了战争的残酷，亲眼目睹了两个好朋友的死亡，并且因为在战争上杀害了朝鲜女孩而患有反应激障碍。回到美国后，弗兰克·莫尼在西雅图过着空虚的生活，一直无法振作起来。一天，弗兰克·莫尼接到一封信称其在妹妹病重。弗兰克·莫尼接到信后，立刻动身南下寻找妹妹，在这一过程中，弗兰克·莫尼感受到非裔美国人所受到的歧视和不公正待遇。终于到达亚特兰大，寻找到妹妹后，带着妹妹回到了家乡。之后，在家乡同胞的关爱下，妹妹终于恢复了健康，弗兰克·莫尼也终于能够正视自己的朝鲜战场上的罪行，从心结中走了出来。最后，兄妹二人一起完成了心灵的救赎。

《上帝，救救孩子》出版于 2015 年，是托尼·莫里森的第 11 部小说，也是最后一部小说。这部小说的背景设置为当代，小说的主人公是非裔小女孩布莱德，她从出生时就因为肤色较父母深而不受父母欢迎。她的母亲因为她的肤色，而感到尴尬和耻辱，从而疏远布莱德。布莱德从小就没有得到母爱，因此心灵遭受了极大的创伤。她为了得到母亲的褒奖，而不惜作伪证控告自己的白人老师。童年的创伤伴随了她的一生，直到布莱德踏上寻找男友布克的旅途后，才因感受到他人爱的召唤而得以重生。小说最后，布莱德终于收获了爱情，布莱德的母亲也终于意识到自己的行为给女儿造成的伤害，而进行了深刻的忏悔，并为女儿未来的生活送上了祝福。

第二节　《最蓝的眼睛》中的女性主体性建构

托尼·莫里森的小说中，始终贯穿着一个主题，即"重建黑人女性主体"。她在长达 40 年的创作生涯中，始终关注非裔美国人在美国历史和现实各个阶段的生存境遇，塑造了多位黑人女性形象，凭借宏大的历史观和深刻的洞察力，为非裔美国女性写作增添了无数光彩。

一、主体性理论概述

在正式解读托尼·莫里森小说中的女性主体性缺失与重建前，我们首先对主体性和自我主体的概念进行简单介绍。

人类学意义上的"自我"是个人生理发展的结果，也是个体意识作用的结果。从马克思主义来看，所谓"主体"是一个哲学概念与范畴，指从事社会实践活动和认识活动的人。"主体性"是指人在从事社会实践活动和认识活动中表现出来的能力、作用、地位。❶无论是"主体"还是"主体性"均为自我的一种概念，这种概

---

❶ 李薇. 从《我知道笼中鸟为何歌唱》看黑人女性主体性的迷失与重建 [D].武汉轻工大学,2018：10.

念是在语言习得中形成的，并通过语言表达出来。马克思在其著作中提出自我意识主体、市民社会主体、个人主体等概念，认为主体是具体的、现实的、活生生的人，具有社会性、历史性。在资本主义的作用下，被雇佣的劳动者靠出卖劳动获得报酬，表面上来看一切公平合理，然而实际上，资本却通过抽象的统治主宰了人的命运，使人与人、人与物、人与自然的关系发生了颠倒，从而导致人的主体性丧失，人的存在沦为肉体的存在，和机器没有什么两样。马克思个体主体被异化为四种状态，分别为劳动者与劳动产品的异化、劳动者和他的劳动过程／行为的异化、劳动者与他的类本质的异化、人与人之间的异化。马克思指出，人的个体异化是一个普遍存在的现象。按照马克思的这一思想，女性主义者从不同角度提出了女性的异化理论研究。其中最典型的为父权制下女性的异化。在父权制文化下，女性成为男人的附属品。这种对于女性的异化导致女性的主体性丧失。

从女性主义来看，主体性概念具有差异性，涉及阶级差异、种族差异、性别取向差异等。女性主义者，从不同的差异来探索差异本身与差异原因。西方哲学理论中用男性代表人类，其必然结果是女性沦为次等于男性的人类，与男性相比缺少了一些主体应该具备的属性。当以这种方式对女性进行构建时，女性的角色极易被男性所限制，根据男性的利益，被描述为母亲或妻子。男女之间无法建立起真正的对话、交流与互动。另外，从女性主义角度来看，在历史上女性被剥夺了经济管理权，经济交换仅存在于男性之间，女性没有作为主体参与经济交换。当然也无法获得与经济相关的其他交换，例如，主体间欲望的交换、政治地位的交换等等。因此从这个角度来看，资本主义文化中的女性不是欲望的主体，在经济上不是交换的主体，在政治上也没有主体地位。在实际生活中，女性总是被贴上"他者"的标签，无法构建起独立的自我主体。"他者"在西方哲学与文学批评中是一个十分关键的词语，这一词语与"自我"相对。黑格尔曾在其《逻辑学》中指出，假如我们称一实有为甲，另一实有为乙，那么乙就被视为他物。而甲与乙相对，因此甲也是乙的他物。用同样的方式，他者都是他物。❶由此可见"他者"与自我可以相互转换。从男性角度对女性所进行的观察与定义，均带有"他者"色彩与标签。

在女性主义的发展进程中，所谓的"女性"概念，多指中上层的白人女性。处于社会底层的贫困白人女性和黑人女性一直被排除在内。许多白人女性主义者在描述女性问题时，大多将黑人女性处理为刻板的女佣形象。而这种对于黑人女

---

❶ 张世英．论黑格尔的逻辑学 [M]．上海：上海人民出版社，1981：111．

性的刻板形象塑造中透露出严重歧视，成为黑人女性被压迫和被剥削的根源，使黑人女性群体被边缘化。美国当代最有影响力的黑人女性主义学者之一贝尔·胡克斯从阶级、种族、性别和文化以及它们之间的相互作用关系等方面对黑人女性所面临的社会问题进行了剖析，指出黑人女性在生活中遭受着种族、性别、阶级歧视。其中，黑人女性遭受的性别歧视包括白人男性的歧视和压迫与黑人男性的压迫与伤害。而在长期的父权制意识的影响下，女性群体内部也存在性别歧视，导致女性不断自我贬值，对自己和其他妇女产生偏见，相互嫉妒、否定。黑人女性所遭受的种族歧视，包括白人男性和白人女性对黑人女性的种族歧视。其中还包括黑人女性群体被种族歧视的意识形态所社会化，以白人妇女的标准来审视自己，用她们的方式仇视、伤害自己种族的妇女。黑人女性所遭受的阶级压迫，是指处于底层的黑人女性承担着比自己阶级地位更高的白人和黑人的歧视，同时，也承担着那些处于阶级底层的贫穷白人的无理和残暴的压迫与歧视。黑人女性所承担着三重压力与歧视，成为黑人女性自我主体丧失的主要原因，也是自我主体构建过程中的主要障碍。

二、托尼·莫里森小说中女性主体性缺失

所谓主体性，是指个体清楚地认识到自身作为主体的种种力量，并自觉地要求自身在地位、能力、生活方式、知识水平、人格塑造或心理健康等方面，不断提高和完善，并为之努力和奋斗 ❶。个体是否能够成为真正的主体，其关键在个体是否能自觉、能动、积极而创造性地从事某种活动，充分发挥主体性。托尼·莫里森小说的主题一直围绕着非裔美国女性的主体性存在，力争展现出非裔美国女性在美国主流文化的侵蚀和传统男权统治下的缺失，以及非裔美国女性主体性的重构。托尼·莫里森小说中女性主体性的缺失主要体现在三个方面。

其一，托尼·莫里森小说中女性主体性的缺失表现在美国主流文化的侵蚀方面。

非裔文化受到美国主流文化的侵蚀是托尼·莫里森小说中表达的重点。从数百年前非洲人被贩卖到美洲大陆后，美国大陆上的殖民者为了更好地剥削和管理非裔美国人，不断以文化渗透的方式改变非裔美国人的价值观。在这种文化价值的渗透下，非裔美国人的文化逐渐被边缘化、被抛弃，甚至被遗忘，非裔美国人的传统价值观念逐渐变得支离破碎。而人们一旦失去了原有的文化价值观，也就无法准确地构建起个体的主体意识。托尼·莫里森小说中许多女性人物因为美国主

---

❶ 陆晓芳 . 重构黑人女性主体 [D]. 山东大学 ,2005:7.

流文化的侵蚀而导致女性主体性缺失。

《秀拉》中主人公之一奈尔的母亲海伦娜是一个肤色较浅的混血女性，她对于自己的行为举止要求十分严格，在非裔美国人群居住的社区中，海伦娜总是显示出端庄、大方，以及教养十足的模样。然而，当海伦娜带着年幼的奈尔乘车南下看望奈尔的父亲途中，她们不经意间错上了白人乘坐的车厢，面对白人列车员傲慢的羞辱，海伦娜却表现出了与其平时行为大不相符的、莫名其妙的谄媚笑容。小说中形容海伦娜的微笑就像"在肉铺门口刚刚被一脚踢出到街上的小狗摇着尾巴一样……她冲着那橙红色面孔的列车员露出了挑逗性地微笑"❶。这种莫名其妙的、带着讨好性质的微笑，不仅让奈尔大为不解，海伦娜本人在事后也觉得十分奇怪。而实际上，这种行为的背后，即是非裔美国人群对于美国白人主流文化的认同。

《柏油娃》中的女主人公从小得到白人糖果商的资助，成为名模，看似已经融入美国主流文化中，然而她的内心却始终因为她自己的非裔身份而惶惶不安，时有迷茫与困惑。她因为男主人公森身上的"黑人性"而爱上他，然而，当森带着她回到森的家乡时，她却又因无法留恋都市主流文化而难以忍受贫穷的环境。因此，她在黑人文化与白人文化中难以取舍，进退维谷，最终迷失了自我，成为文化孤儿。此时，尽管她看似拥有光明的未来，然而由于完全脱离了非裔文化和传统，其主体性在一定程度上产生了缺失。

《爵士乐》中的女主人公凡欧莱特20多年前和丈夫从南方迁移到北方，渴望在城市里拥有一席之地。在城市里，他们虽然长期从事着最底层的工作，时时处处遭受到白人的歧视，非裔美国人在外行走有时还要冒着生命危险，然而城市的繁华却吸引着他们，在城市里扎根下来。在数十年的潜移默化中，凡欧莱特和丈夫被城市中的白人主流文化所同化，而对城市主流文化的认同与向往最终导致丈夫爱上了在城市中长大、沾染了城市习气的年轻姑娘多卡丝，导致了凡欧莱特的家庭悲剧。小说中女主人公主体性的缺失最主要因素还是来源于美国主流文化的侵蚀。

除此之外，《最蓝的眼睛》中的女性主体性缺失受美国主流文化的侵蚀最为明显。

其二，托尼·莫里森小说中女性主体性的缺失表现在童年时父爱或母爱缺席方面。

托尼·莫里森的小说中主人公，尤其是女性主人公中由于童年时缺乏父爱或母爱而导致女性主体性丧失的例子比比皆是。托尼·莫里森的小说经常揭露出女性

---

❶ 美托尼·莫里森．秀拉 [M]．胡允桓译．北京：北京中国社会科学出版社．1988:21.

所遭遇的双重歧视，即作为非裔美国人而受到美国主流文化的歧视；以及遭受非裔男性的歧视。例如，《宠儿》中的主人公塞丝在年幼时，因为同为奴隶的母亲优先给白人的孩子喂奶，塞丝经常吃不饱或挨饿。之后，塞丝的母亲又被吊死。塞丝从小在没有父母保护的环境下长大，由于父母的缺席，尤其是母爱的缺席，导致塞丝长大后的主体性缺乏，内心充满恐惧和孤独。塞丝主体性的缺乏主要体现在其在"甜蜜生活"农场被奴役的过程。尤其是"甜蜜农场"被"学校老师"及其侄子管理后，塞丝的休假权、代工权、娱乐权等基本权力被剥夺，塞丝彻底变成了像牲畜一样的劳动工具，没有一丁点自由和权力，主体性彻底消失，并且遭受了极大的侮辱。这也直接促成塞丝下定决心离开"甜蜜农场"，当她和孩子们逃离"甜蜜农场"，并最终过上自由自在的生活后，她的主体意识才被一点点唤起，所以塞丝才在"学校老师"找来时，做出骇人听闻的杀婴行为。因为童年被母亲变相抛弃的行为，塞丝对儿女的爱十分浓烈，在面临让儿女们失去自由，抛弃主体性，过非人的生活时，塞丝在种种刺激下做出了最为悲壮的反抗。

小说《慈悲》中，女主人公弗洛伦斯从小被母亲抛弃，她因此而怨恨母亲，也因为失去了父爱与母爱，弗洛伦斯与传统的非裔文化失去了联系，使她从思想上彻底沦为了一个奴隶，失去了主体性。

其三，托尼·莫里森小说中女性主体性的缺失表现在男权社会的压制方面。

托尼·莫里森的小说大多以非裔美国女性作为女主人公，揭示不同时代，不同背景下非裔美国女性的命运。如果说，非裔美国人在美国历史上曾遭受严重的种族歧视与压迫，那么非裔美国女性却遭受着来自美国主流社会的种族歧视与来自男权社会的歧视与压迫。在双重歧视与压迫下，女性主体性的缺失就更加明显。

《秀拉》中的主人公之一奈尔就是在男权社会中丧失主体性的代表。奈尔年幼时随母亲外出看望父亲时，看到母亲对白人列车员的谄媚笑容后，开始对自我主体的思考，并生出"我不是奈尔，我就是我"的想法，生出"我想成为奇妙的人"的想法。这标志着奈尔对于自我身份的思考，以及自我主体性的觉醒。正是在这种想法的支持下，奈尔走出了父母的禁锢，并认识了秀拉，与秀拉成为好朋友。在小说中，年幼的秀拉一度在奈尔与秀拉的友谊中占据主导地位。而成年之后，尤其是结婚后，奈尔却与其周围的众多非裔美国女性一样，陷入了相夫教子的女性模式中。在日复一日，年复一年的繁重劳动中，失去了自我，成为丈夫的附庸。这些均导致了奈尔主体性的缺失。因此，当秀拉重新回到故乡后，看到奈尔的状况后感到失望，在秀拉勾引了奈尔的丈夫上床后又将他抛弃，导致奈尔的丈夫离家出走，抛弃奈尔后，奈尔的世界瞬间崩塌，她仿佛失去了生存的意义。她在痛苦中宣泄着自己内心深处的情感。然而，这时奈尔仍然不明白自己失去的是什么，又为什么如此心碎。直到秀拉去世多年后，奈尔才明白自己思念的并不是丈夫，而是童年时充满自主的秀拉与自己。由此可见，秀拉自我主体性是在男权社会的压制中失去的。

《所罗门之歌》中奶娃的母亲她就是男权社会中丧失女性主体性的典型人物。她从小生活在城里唯一一个黑人医生家里，尽管自幼丧母，然而却得到了父亲毫无保留的爱。可是，正因为父亲过度的宠爱，她从小被当作洋娃娃养大，由于父亲的过度关心与限制，她生活的世界中只有父亲一个人，这使她丧失了社会化的可能。她没有朋友，只有羡慕她的漂亮衣服和白色丝袜的同学。她在描绘她与父亲的关系时，称"我很微小，而他很巨大"。父亲"巨大"的爱把她整个包围了，她的主体性完全依附于父亲身上。当父亲去世后，她的丈夫因为忍受不了她过于浓郁的恋父情结，甚至怀疑他们父女之间存在乱伦关系，并因此而对她逐渐疏远与厌恶，甚至为了让她不再生育而差点杀死自己的儿子。在生活中，丈夫出于对她的厌恶与憎恨而时时刻刻对她进行讥讽与命令，导致她只有到父亲的墓地才能排解自杀的抑郁。当儿子奶娃出生后，她又将全部的情感寄托在奶娃身上，以至于奶娃早已过了吃奶的年龄，她还坚持每天喂奶娃吃奶。在生活中，她几乎完全丧失了主体性。而她的两个女儿，境遇比她还要差。她们从小被父亲当作展示财富的工具，外出时就穿上漂亮但极其不舒服的漂亮衣服，在外交往时没有自主权，在家时要受到父亲和弟弟的使唤、命令以及讽刺。尽管她们接受了教育，然而大部分的教育则是教她们如何做一个合格的母亲和妻子，对于生活来说毫不实用，她们的婚姻更不由自己做主，而必须在父亲划定的圈子中挑选，又因为没有合适的对象而成为三四十岁嫁不出去的老姑娘。她们的主体性完全被男权社会所压制和剥夺。

《爱》中，克里斯汀在年幼时，父亲去世，母亲则因为一心讨好富有的公公而将她扔给保姆照顾。克里斯汀从小在缺乏关爱的环境中长大，唯一的好朋友就是希德，她们成为无话不谈的闺中姐妹，然而随着祖父比尔·库什娶希德为新娘而告终。之后无论是比尔·库什生前还是死后，克里斯汀和希德为了争夺比尔·库什的财富而互相怨恨。在希德与比尔·库什30年的婚姻中，比尔·库什一直把希德当作一个生儿子的工具，因此对她十分冷漠。此外，比尔·库什为了躲避家中克里斯汀及其母亲和希德三个女人的争斗而长期与一名妓女生活在一起，并将全部遗产留给了妓女。在家中佣人的帮助下，希德才得以继承比尔·库什的财产，并最终拥有了一席之地。而克里斯汀从小被亲情漠视，又被爷爷变相地夺走了唯一亲密的朋友，并与曾经亲密的朋友变成了互相争斗的敌人。她十六岁起就被驱逐，过上了流浪生活，嫁给丈夫后被抛弃，先后给四个男人做情人，最后只拎着一个塑料袋回了家，并和希德进行日复一日地争斗。正如小说中所指出的一样，克里斯汀和希德的人生都被比尔·库什毁了，她们都是男权制度下的牺牲品，也正是由于男权制度造成了她们的主体性缺乏，依附于男性过活。

小说《天堂》讲述了鲁比镇的非裔美国人创建了理想中的世外桃源，然而这个世外桃源却是只属于男性而不属于女性的。在鲁比镇里，女性在受男性保护的同时，也被男性剥夺了一切权利。她们在家里，听从父亲的指令，嫁人后听从丈夫的指令，不仅每天要做繁重的家务，还要照顾孩子，安排一家老小的饮食，甚至还要随时承受丈夫的怒火。在鲁比镇，家暴对于女性来说是家常便饭。不仅如此，女性的婚姻也不能自主，必须严格在镇上的十几户家庭中选择。而当不甘心受男性摆布的鲁比镇女性居民到附近的修道院中生活时，修道院又被鲁比镇的男性创建者们所破坏，在杀死修道院院长后，鲁比镇的女性村民只能继续回到村中，过着毫无希望的生活。由此可以看出，鲁比镇这个貌似天堂般的非裔社区，实则对于非裔美国女性来说，则是一个受压迫的空间，而这最终导致鲁比镇女性失去自主权，主体性缺失。

三、托尼·莫里森小说中女性主体性建构

除了对女性主体性缺失的描述外，托尼·莫里森的小说中还用大量的笔触和篇幅描绘了女性主体性的建构，总体来看，托尼·莫里森小说中的女性主体性建构主要表现在以下几个方面。

（一）勇敢寻求独立的女性

在托尼·莫里森的小说中有许多勇敢寻求独立的女性，她们或用一己之力撑起一个家庭，或勇敢地抛弃之前的自己寻求独立的主体。《秀拉》中女主人公秀拉的祖母夏娃就是一个用一己之力撑起一个家庭并有着独立自主意识的女性。夏娃本来和千千万万个传统非裔美国女性一样，在生活中是男性的附庸。然而当丈夫不堪生活的重负离家出走后，夏娃面对3个嗷嗷待哺的孩子和少得可怜的食物，依靠邻居的接济而勉强度日，一个多月后，夏娃经过深思，主体性意识觉醒，她将孩子们委托给邻居，自己进了城。18个月后，当夏娃再次回来时，她失去了一条腿，然而却拿到了一笔车祸赔偿金。对于夏娃来说，从这一刻起，她实现了经济独立，

从此不再是逆来顺受的弱者，而是成长为一个坐在轮椅上指挥一家人生活的强者。回来后，夏娃的所作所为充分地显现出她的独立性，她凭借着坚强的毅力和敏捷的思路，在五年内不停地用每月的赔偿金修缮和扩建房子，直到将其房子"木匠路七号"变成一座可以容纳全家人和多位房客共同生活的居所。她坐在三楼的轮椅上，就像君临天下一样，指挥着全家人和房客们的生活。无论与其谈话的人是谁，都要高高地抬起头，仰望着她。哪怕后来丈夫衣锦还乡后，夏娃面对带给她无数痛苦与磨难的丈夫，也没有控诉和怒斥，而是以一种平等的身份接待了他。由此可以看出，此时，夏娃作为一个经济独立的女性那种不亚于男性的主体性。

《宠儿》中主人公塞丝的小女儿丹芙也是托尼·莫里森小说中勇敢寻求独立的女性代表。丹芙作为塞丝的女儿一直依附于母亲生活。童年时，丹芙也曾求学，然而却因为在学校时听到同学询问母亲杀婴的事情，一时无法接受而失聪。之后，丹芙与母亲和鬼魂一起生活，尽管母亲对于姐姐鬼魂的关爱更胜却自己，丹芙依然愿意她们生活在一起。直到母亲在姐姐鬼魂的折磨中近乎疯狂，濒临崩溃时，丹芙才不得不迈出了家门向邻居求助。然而这简单的动作对于丹芙来说却无异于新生。最终，丹芙走出了家门，走进了社会，开始独立地工作，其自主意识开始萌发，主体性也开始重构。

《所罗门之歌》中主人公奶娃的姑姑彼多拉也是具有自我主体性的独立女性的代表。彼多拉与奶娃父亲的唯金钱至上的价值观不同，她虽然经济上十分拮据，然而精神上却十分富有。她自己酿酒、卖酒，靠着自己的手艺和劳动过活。她曾经结过婚，但却带着女儿和孙女生活，组建了一个纯女性家庭。面对苦难的人生，她唱着来自家乡的传统歌谣，以笑脸面对。她不需要依附于男人过活，实现了从物质到精神的完全独立。因此，在托尼·莫里森的多部小说中，彼多拉是独特的、近乎完美的存在。

（二）充满叛逆精神的女性

在托尼·莫里森塑造众多女性形象中，有一类女性形象格外引人注意，那就是充满了叛逆精神的女性形象。在托尼·莫里森的小说中，无论是在哪一个时代，非裔美国女性的生存都是十分艰难的。而在《秀拉》一书中，托尼·莫里森所塑造的秀拉的形象就是充满了叛逆精神的女性形象。秀拉和她的好朋友奈尔一样是梅德林山顶小镇中的一员。梅德林山顶小镇是一个充满了种族和性别歧视的非裔美国社区。在秀拉生长的家庭中，外祖母夏娃凭借极大的勇气和毅力建立起了以女性家长为核心的家庭。在这个家庭中，外祖母的个性刚毅果断，而秀拉的母亲则性格柔顺，沉迷于性爱，也因此受到全镇女性的非议。秀拉的舅舅则是个"只想爬回母亲子宫的大孩子"，他在当兵回来后，无所事事，还吸食毒品。也因此被外祖母在痛心之下烧死。秀拉的外祖母还收留了三个孤儿，并将他们变成听话的仆人。秀拉从小见到外祖母强悍和独立的一面，而母亲的行为也让秀拉意识到社区中人的评价无法对自身的价值观造成影响。秀拉12岁时还无意中听到，母亲实际上并不喜欢自己。这给秀拉带来了巨大打击，她无法再对母亲以及身边人产生信任。随后，秀拉在玩游戏时，不小心将伙伴抛到河中淹死。这使得秀拉连自己也产生了严重的怀疑。就在秀拉彷徨无依时，她遇到了同一社区中的年幼女孩奈尔。奈尔此时正处于自我意识萌发时期，这一时期的奈尔与秀拉结成了深厚的姐妹情谊，她们共同游戏，共同分享成长道路上的一切，渐渐地秀拉的自我意识开始建立，自我主体性得以重构。成年后，秀拉在奈尔结婚后，不愿踏入婚姻，而选择了离开生长的社区，到外面的世界去闯荡。随后，十年中，秀拉先后到过许多地方，见到了许多人也经历了许多事情，在此期间，她也曾尝试与异性朋友一起生活，然而最终却意识到"情人并不是同志"。十年后，身心疲惫的秀拉回到了故乡。她看到了留在故乡的女性朋友们的经历。她们在结婚生子后，被生活折磨得失去了原有的风采。从外貌上来看，她们刚刚30岁就开始掉头发，身上隐藏着被丈夫家暴留下的痕迹，脖子和腰部堆满了脂肪。因此，秀拉回到家后，就对外祖母说，她不想被任何人改变，而想自己造就自己。她这种与社区文化格格不入的言论引发了整个社区的敌视和孤立。之后，秀拉一系列叛逆行为又让她成为社区中人议论的中心。她将祖母送进养老院，凭借姣好的相貌而随意与社区中的男性发生关系，甚至包括最好朋友的丈夫，从而沦为社区的所有女性的公敌，导致秀拉更加孤立。当阿杰克斯出现时，秀拉被深深地吸引了，她在男女关系中感受到了尊重与平等，她想将幸福定格下来，因而学着传统女性的样子打扫屋子，修饰容貌，并开始关心阿杰克斯的行动。这一切有违于秀拉自由独立个性的行动被阿杰克斯视为禁锢。因此，阿杰克斯抛弃了秀拉。秀拉痛定思痛，决心再不为别人而放弃自己的独立精神。直到秀拉病重时，奈尔与秀拉的谈话中，奈尔指责秀拉一辈子留不住男人，也没有留下子女时，秀拉依然无悔于自己的选择。她称自己成全了自己。秀拉一生背叛亲情、爱情、友情，坚持自我的行为，使秀拉不被其生活的社区所接受。在社区众人，尤其是以奈尔为代表将自己视为男性附庸的传统家庭女性看来，秀拉的行为太过于叛逆。然而，对于秀拉来说，正是由于叛逆，才使她重构并保持了自我主体性。

（三）走出自我困境的女性

在托尼·莫里森的小说中，充满了女性的救赎以及自我救赎。其中，女性自我救赎的过程也是女性自我主体性重构的过程。《宠儿》中的塞丝为了不让自己的孩子落入到残忍的农场主手里，不惜亲手将女儿杀死。然而，命运却与她开了个天大的玩笑，女儿死后不久，奴隶制被废除，塞丝成为自由人。这一切让塞丝觉得女儿死得太过于枉然。而社区中人的非议也让塞丝陷入自己的回忆无法自拔。由于强烈的悔恨，使得塞丝无法顾及其他孩子的感受。她的两个儿子也因为母亲的不在意，以及无法忍受房子中充溢着的强烈的怨恨而搬走。唯一留在她身边的小女儿渴望得到母亲的关注，希望母亲为她讲述自己出生时的故事，可母亲却急于向鬼魂赎罪，而疏忽了小女儿，致使小女儿失聪。在小说中，塞丝的困境，即是她过往的回忆。无论塞丝站在水泵前洗脚，还是走在路上。过去在"甜蜜农场"以及杀婴的梦魇般的记忆总是会如同流水一般进入她的脑海，让她在猝不及防时进入过去的梦魇。她看到农场中吊死的小伙子，看到被强行按倒在地的自己。直到保罗·D出现后，保罗·D和塞丝有着共同的、关于"甜蜜农场"的回忆。保罗·D到来后，塞丝从自己的回忆中走出来，两人一起小心翼翼地交流，一起将过去的记忆碎片进行黏合与整理，一起修补回忆，并一起从回忆中走出来，小说中称保罗·D赶走了住在房子里的小鬼。实则也赶走了塞丝心中在"甜蜜农场"的不堪的回忆。然而，塞丝的自我救赎还没有完成。当保罗·D带塞丝和丹芙从感恩节回来时，他们遇到了宠儿。而"宠儿"这一名字正是塞丝在墓园中付出代价后刻在自己杀死的女儿墓碑上的名字。塞丝知道宠儿回来是来向自己要报偿的。因此，她极尽可能地给予宠儿她的爱，任由宠儿吞噬着她的一切，甚至生命。当他的小女儿丹芙向外界求助时，人们在此聚集到塞丝的房子前时，塞丝记忆中最可怕的梦魇——杀婴记忆再次重现。这一次他不再杀掉自己的婴儿，而是拿起刀企图杀死前来抢她孩子的白人。当这一行为被阻止后她才意识到自己认错了人。而正是由于她的这种强烈的反抗，宠儿消失了，他感受到了母亲强烈的爱。小说的结尾，塞丝躺在床上毫无对生命的留恋，而已经出走的保罗·D回来走到她的床前，告诉她，她自己才是最宝贵的。这一刻塞丝的自我救赎才真正完成，塞丝的自我主体性也开始建构。

四、《最蓝的眼睛》中的女性主体性的缺失与建构

《最蓝的眼睛》出版于 1970 年，故事背景设定于 1941 年。当时的美国社会无论在经济上的，还是政治上，抑或是社会地位上，白人都占据着绝对主导和统治地位。而非裔美国人则处于弱势的边缘地位，在社会中遭遇了种种歧视。小说的女人主公即是这种歧视的受害者。这部小说的叙事结构十分独特，小说共分为秋、冬、春、夏四季。以秋季开始，夏季结束，从这部小说开始，托尼·莫里森独特的多角度叙事特点也逐渐显现出来。小说的女主人公是一名年仅 11 岁的小女孩佩科拉·布里德拉夫，小说的叙述者则是佩科拉唯一的好友，也是佩科拉的堂妹克劳迪娅。故事讲述了佩科拉·布里德拉夫的悲惨遭遇。佩科拉·布里德拉夫生活在一个由父亲、母亲、哥哥和自己组成的家庭中，这是一个理想中的儿女双全的家庭，他们居住在俄亥俄州洛兰镇，这里是美国著名的黑人聚居地。然而，佩科拉·布里德拉夫在家庭中却并没有得到足够的爱与温暖。相反，这个家庭成为导致她一切悲剧的根源。佩科拉·布里德拉夫一家居住在一个废弃的库房里，这里寒冷、黑暗、狭小，尤其是当屋子没有煤的时候，更是出奇的冷。而布里德拉夫家中唯一有生命的物品就是煤炭炉子。佩科拉的父亲乔利·布里德拉夫出生后的第四天就被亲生母亲扔到了垃圾堆里，乔利的姨婆发现后到垃圾堆里把他抱回了家，并让他上学读书。乔利长大后，跋涉千里去寻找亲生父亲，然而找到后却发现，亲生父亲只忙于赌博，而不与乔利相认，被亲生父母抛弃，乔利觉得生无可恋。当佩科拉出生后，乔利已经成为一个失去自我，终日无所事事的酒鬼。佩科拉的母亲宝琳脚有些残疾，和乔利父亲结婚后，两人一起到北方寻求新生活。在北方，宝琳进入了白人家庭当仆人，然而在自己家里却是一个脾气暴躁的母亲。佩科拉的父亲和母亲经常吵架。在这样的环境下，佩科拉的哥哥 14 岁时，频繁离家出走。

佩科拉从生下来就不受周围的人欢迎，在家里父母亲冷落她、虐待她，尤其是母亲甚至不想看她，在学校中同学们嘲笑她，不和她做朋友，只有她一个人使用双人课桌。班级的老师们在上课时尽量不看她，除非是全班人都要回答问题时，才会叫到她。即使在小佩科拉去白人老头开设的商店买糖时，白人老头也尽量避免看到她。在遭受到周围人的歧视后，佩科拉懵懂地意识到这一切都是因为自己是个丑陋的"黑"女孩。因此，她常常独自长时间坐在镜子前，努力去发现自己丑陋的原因。由于当时，家长送给孩子们最珍贵的圣诞礼物就是金发、蓝眼、白皮

肤的布娃娃。而在小人书里、电视里，甚至佩科拉喜欢吃的糖果上都印有这种金发、蓝眼、白皮肤的小女孩。因此，佩科拉得出一个结论：蓝眼睛是漂亮的，如果她拥有一双漂亮的蓝眼睛，那么母亲、老师、同学对她的态度肯定会大不一样，她会受到父亲母亲的关爱，而老师和同学也就不会再鄙视和嘲笑她。为了得到蓝眼睛，佩科拉每天都虔诚地祈祷，她还开始攒钱买一种名叫玛丽·珍的糖，只因为糖纸上印着一个漂亮的蓝眼睛小姑娘。当佩科拉虔诚祈祷的时候，她在身体上迎来了一个小女孩的成熟，然而当这种来自身体上的冲击刚刚被接受时。佩科拉却被她酗酒的父亲强暴了。当她的父亲再次强暴她时，佩科拉怀孕了，并早产生下了一个死婴，佩科拉的遭遇使得周围的人更加鄙视她。佩科拉仍然将一切归咎于她没有一双蓝色的眼睛，为了得到一双蓝眼睛，佩科拉向骗子牧师迈卡·伊莱休·惠特科姆求助，牧师声称自己可以帮助她实现愿望。他给了佩科拉一块有毒的肉，让佩科拉将肉喂给老狗，老狗吃肉后很快挣扎起来，并痛苦地死去。佩科拉被吓坏了，在经历了长期受歧视、被虐待、被亲生父亲强暴后，佩科拉在被骗后终于疯了。佩科拉从此生活在幻想的世界里，在这个世界里，佩科拉终于拥有了一双世界上最漂亮的蓝眼睛。然而，佩科拉的不幸遭遇却并没有得到周围人的同情，最后，就连小说的叙述者、唯一对佩科拉报以同情的堂妹也离开了她。人们不再谈论她，佩科拉被人们彻底抛弃了。

在这部小说中，许多人物的主体性在美国社会主流文化的侵蚀下出现了缺失。最典型的就是佩科拉以及佩科拉的母亲宝琳。在小说中，人人都不喜欢佩科拉，就连佩科拉自己也觉得自己的黑眼睛丑，认为白人特有的蓝眼睛漂亮。然而佩科拉真的丑吗？并不是，她只是皮肤较其他人黑而已。然而，受社会主流的白人文化影响，佩科拉周围的人，包括她的父亲母亲，以及老师同学无不以白人的文化意识来观察她、评价她。年幼的佩科拉不仅也接受了这样的文化意识，用白人的眼睛来观察世界，观察自己。白人对于美的评价正如圣诞礼物的洋娃娃一样是"金发、蓝眼、白皮肤"。这种价值观通过课本、小人书、影视形象，甚至糖果上的外包装传达出来，可谓无处不在。佩科拉受到这种价值观的影响后，生发出对蓝眼睛的渴望，正体现出了科佩拉自我主体性的缺失。年仅 11 岁的佩科拉的价值观是受周围成人社会所影响。然而，佩科拉之所以如此，与其母亲宝琳的所作所为有很大影响。

佩科拉的母亲宝琳年轻时在南方过着平静而快乐的生活，由于她的脚稍有残疾，她得到了家庭和邻里朋友的格外关照，因此生活得十分顺心。当宝琳遇到乔利后，她一厢情愿地认为乔利会带她走向生活中的所有美好。他们怀揣着希望从南方来到北方后，来到了白人为主的城市。在这里，他们并没有过上期望中的美好生活，相反，因为肤色的原因，他们处处受到排斥和歧视。这对从小生活在备受关爱的环境中的宝琳来说尤其不能忍受，她感觉到生活中的一切都变了，这里的人们并不友好，她甚至想要回到家乡，回到没有白人的地方。当宝琳怀孕后，她的情绪变得更加反复，因为无法忍受寂寞，宝琳只好到电影中去打发时间，久而久之，宝琳受到影视剧中所传达的白人文化价值观的影响，她看到的电影中，白人扮演的角色都是优雅的、迷人的、智慧的，而黑人则多是女仆、智力障碍者，以及社会捣乱分子，他们的行为也显得愚蠢而可笑。这种白人与黑人之间的形象对比，给宝琳留下了深刻的印象，也潜移默化地影响着宝琳的价值观。宝琳在白人的价值观中，迷失了自己，最终她抛弃了传统的非裔文化价值观，转而全盘接受了白人的价值观。宝琳对照电影中的形象，对自己进行了评判，认为自己相貌丑陋，身份低贱，简单地将形体和样貌上的评判作为美德的评判。为了使自己的形象更接近于电影中白人明星的样子，宝琳开始在服装和化妆品上花钱，尽力将自己从穿着打扮上与白人保持一致。也正因此，科佩拉出生后因为肤色较深而不受宝琳的喜欢。然而，在白人的世界里，她的这种努力并不能掩盖她是生活于社会底层的非裔美国人的身份。宝琳进入到白人家庭中做仆人后，见到白人的房子是整洁的、漂亮的、宽敞的，是理想的家庭居所，其与宝琳家所住的灰暗、狭窄的、凌乱的仓库形成了鲜明对比。而白人家庭中的一切就如同电影中所显示的那样，宝琳刚开始时还在白人的文化中无所适从。久而久之，宝琳完全弃绝了自己的家庭，而将自己所有的爱和创造力转移到了雇主的家里。她将雇主的家里打扫得十分干净，器物的光芒映照着她的皮肤像绸缎一般细腻，将雇主的花园和厨房收拾得十分整治。而且允许雇主家的白人小孩叫自己的名字，将雇主一家人的生活照顾得无比舒适。然而在自己家里，她却不收拾家务，任由家中一片肮脏混乱，她不允许自己的儿女称呼自己的名字而要称呼她为布里德拉夫夫人。她还完全忽视了自己孩子的教育，不但不爱自己的孩子，还歧视鄙视他们，对他们大打出手。对于丈夫，她同样给予鄙视，这也直接导致丈夫与她常常争吵。可以说，宝琳被白人的价值观所同化，完全丧失自我主体性，而这也直接影响了佩科拉的人生观和价值观，直接导致了科佩拉的人生悲剧。宝琳自主性的丧失在当时并不是罕见或意外。而是由于当时所处的环境中，当时黑人社区中的混血儿或肤色较浅的非裔后代，他们所受白人文化价值观的影响，通过极力排斥肤色深的人，彰显自己的地位。《蓝色的眼睛》中格拉丁就是这样一位代表，她明明是非裔美国人，因为肤色较浅，便想尽一切办法摆脱与黑人的联系，向儿子灌输种族主义的思想和观念。佩科拉在她家和她的儿子玩耍时被她发现后，她勃然大怒，并使用世界上最恶毒的语言咒骂佩科拉，从抛弃了非裔文化而转为被白人文化同化这一点来看，格拉丁在一定程度上也失去了自我主体性。

《蓝色的眼睛》是一部揭示非裔美国人在美国主流文化价值观影响下，丧失主体性，而引发生活中一系列悲剧的小说。然而，在这本小说中作者并没有提出女性主体性的重构。

〖 第四章 艾丽斯·沃克及其作品 〗

第一节 艾丽斯·沃克生平及其文学创作概述

艾丽斯·沃克是当代美国文坛上最具有影响力的非裔美国女性作家之一，除此之外，她还是美国历史上第一位获得普利策文学奖的非裔美国女性作家，被公认为是"完全代表了我们这个时代的作家"❶。艾丽斯·沃克还是"妇女主义"理念的创造者，构建了妇女主义文学范式，是美国文学上一位重要的非裔美国女性作家。

一、艾丽斯·沃克生平

艾丽斯·沃克出生于 1944 年 2 月 9 日，她的家庭是位于美国南方佐治亚州伊屯腾市的一户黑人佃农家庭。艾丽斯·沃克出生之前，这个家庭中已有了七个孩子，作为第 8 个孩子，艾丽斯·沃克在家庭中颇受宠爱。艾丽斯·沃克的祖上是从弗吉尼亚步行来到佐治亚州的黑人奴隶。20 世纪中叶，尽管美国早已废除了奴隶制度，然而大部分的黑人依然过着贫困的生活，他们没有自己的土地，只能为白人地主做佃农，艰难地养家糊口。除了物质上的贫乏，当时的美国南方黑人佃农还要忍受种族歧视。艾丽斯·沃克的童年就是在清贫与繁重的劳动中长大的。每天天亮时，艾丽斯·沃克和家人要像当时美国南方所有的黑人佃农一样，无论老少，

---

❶ 王晓英. 走向完整生存的追寻：艾丽斯·沃克妇女主义文学创作研究 [M]. 苏州：苏州大学出版社，2008:1.

全部到地里耕种、摘棉花。艾丽斯·沃克曾在著作中回忆童年的生活——恶劣的田地和破烂不堪的房子，以及累死人的农活和让女性濒临崩溃的男性们。艾丽斯·沃克曾经坦言，她对那样的生活充满了仇恨。这样的生活经历也造就了艾丽斯·沃克对非裔美国人，尤其是非裔美国妇女和穷人的特殊感情。在艾丽斯·沃克的成长过程中，周围的女性起着至关重要的影响，其中对艾丽斯·沃克影响最大的即是她的母亲。艾丽斯·沃克的母亲名叫米尼·塔鲁拉哈·艾丽斯·沃克，她 17 岁时与艾丽斯·沃克的父亲结婚。很快，他们生下了第一个孩子，当母亲 20 岁时，她已经生下了两个孩子，同时肚子里又怀着第三个。然而，怀孕的母亲并不能得到较好的优待，她和所有的南方非裔美国母亲一样，每天挺着肚子和丈夫一起在田间干活，此外，还要负责全家人的饮食与家务。每天晚上，母亲都要织毛巾或缝制衣服、被褥，或将蔬菜、水果制作成罐头供全家人食用。尽管每天要从事繁重的劳作，然而艾丽斯·沃克的母亲却十分坚强乐观。艾丽斯·沃克曾在著作中回忆母亲在贫困的、破烂不堪的家中养育了 50 多种花草，每天从田地里回来后，还要精心地侍弄花草。这些花草使得破烂不堪的家中充满了亮色。母亲的乐观和坚强留给艾丽斯·沃克深刻的印象，除此之外，母亲对艾丽斯·沃克一生最大的影响还在于她对孩子教育的态度上。艾丽斯·沃克童年时，他们所住的村庄中并没有学校，然而艾丽斯·沃克的母亲却想方设法让她的 8 个孩子全部得到了受教育的机会。不得不说这对于艾丽斯·沃克来说意义重大。当艾丽斯·沃克终于离开家乡，前往大城市读大学时，母亲送给了艾丽斯·沃克三种东西———一台缝纫机、一个旅行箱、一台打字机。艾丽斯·沃克曾在著作中详细解释了这三种礼物带给她的影响。她说，缝纫机让她独立、旅行箱让她了解世界，而打字机则对于艾丽斯·沃克今后的写作生涯起到了至关重要的作用。❶ 如果说母亲给艾丽斯·沃克插上了飞翔的翅膀，并给予了她足够的坚强。那么，艾丽斯·沃克成长中，她周围的女性又助推了她的飞翔。艾丽斯·沃克的姨妈们在北方的白人家庭中做佣人，当她们偶尔回到南方看望艾丽斯·沃克一家人时，艾丽斯·沃克看到她们身上穿着漂亮的衣服，修剪着合体的指甲，还喷着香喷喷的香水，快乐得好像是雇佣别人的主人。艾丽斯·沃克作品中还曾以姨妈为参考塑造了小说中的人物形象。

与对母亲的亲切记忆相反，艾丽斯·沃克的童年记忆中还充满了对父亲和兄长们的害怕与厌恶。艾丽斯·沃克的父亲名叫威利·李·艾丽斯·沃克，他是一位

---

❶ 王晓英．走向完整生存的追寻：艾丽斯·沃克妇女主义文学创作研究 [M]．苏州：苏州大学出版社，2008:16.

典型的男性黑人佃农，具有强烈的大男子主义，他不会和家中的孩子沟通，因为父亲的大男子主义，艾丽斯·沃克的童年记忆中充满了家庭暴力。除此之外，艾丽斯·沃克的父亲还反对孩子读书，学习知识，认为那样只会加大他与孩子之间的差距。父亲在艾丽斯·沃克的眼里是一个生活的失败者，他强烈的控制欲望，让他对妻子和女儿们不假辞色。而对于儿子们却又极为纵容。在父亲的影响下，艾丽斯·沃克的哥哥们也扮演着极为不光彩的角色，对艾丽斯·沃克造成了极为严重的伤害。艾丽斯·沃克8岁时，在和两个哥哥一起玩游戏时，不幸被哥哥手中的BB枪打中右眼，这一事故造成了艾丽斯·沃克的右眼永久性失明，除此之外，还在艾丽斯·沃克脸上留下了一块难看的疤痕。这一事故在艾丽斯·沃克的生命中起到了极为重要的作用。艾丽斯·沃克在此后长达6年的时间里被自卑的情绪所缠绕，她不敢抬头看人，不愿意出去与哥哥姐姐玩耍，而是长期躲在屋子时与书籍和诗歌为伴。恰恰是因为出于自卑，艾丽斯·沃克反而接触到大量的文学，她走进了书籍的世界，而阅读也锻炼了她敏锐的观察力。这件事情为艾丽斯·沃克的文学创作奠定了基础。艾丽斯·沃克曾在著作中回忆这件事情对自己的作用。她称容貌上的损毁让她从此抛弃了虚荣，不再过多地关注自己，而将剩下的眼睛用来观察别人。这一事故也激发了艾丽斯·沃克顽强的信念，让她在一瞬间成熟起来。艾丽斯·沃克的童年就这样结束，她开始迅速成长，在沉迷于阅读之外，她开始写起诗来。❶

1961年，艾丽斯·沃克以优异的成绩从中学毕业，并获得了亚特兰大市的斯佩尔曼女子学院授予的残疾优秀学生资金。这笔资金的获得使艾丽斯·沃克得以继续接受大学教育。艾丽斯·沃克进入斯佩尔曼学院学习，这是一所建立于1881年的教会学校，也是一所黑人女校，斯佩尔曼学院的教育目的是要将黑人女孩培养与白人文化价值观中的"淑女"，此外，斯佩尔曼学院还对20世纪六七十年代美国社会上轰轰烈烈的黑人民权运动表示反对，并制定了许多与黑人民权运动相反的政策，并反对民权运动中倡导的人人平等的思想。这与艾丽斯·沃克的人生观和价值观发生了严重的冲突。艾丽斯·沃克因此在这里学习两年后，即1964年转校到纽约市附近的一所名叫萨拉哈·劳伦斯的女子学院。萨拉哈·劳伦斯女子学校与斯佩尔曼学院完全不同，其教学目的不是为了培养所谓"淑女"而是依照欧洲中心的人才培养模式来培养学生。在这里，艾丽斯·沃克嗅到了自由开放的气息。她在这里接触到了丰富的欧洲文学家的作品，艾丽斯·沃克尤其喜欢俄国作家的作品，

---

❶ 王晓英.走向完整生存的追寻：艾丽斯·沃克妇女主义文学创作研究[M].苏州：苏州大学出版社，2008:18.

除此之外，艾丽斯·沃克还在萨拉哈·劳伦斯女子学校学习到了大量的诗歌，其中既包括欧洲狄金森文学作品，也包括中国大诗人李白作品。由此可见萨拉哈·劳伦斯女子学校的开放性理念与世界性眼光。艾丽斯·沃克的写作才能在这里得到了前所未有的鼓励。她的教师缪瑞尔·鲁克耶瑟在艾丽斯·沃克的写作生涯中充当了伯乐的角色。她不仅鼓励艾丽斯·沃克拿起手中的笔创作诗歌，还将艾丽斯·沃克的诗歌送给当时社会上著名的黑人诗人、被誉为"哈莱姆的莎士比亚"的兰斯顿·休斯阅读，休斯对于艾丽斯·沃克的诗歌创作给予了极大的鼓励。1967年，兰斯顿·休斯编辑《黑人作家最佳短篇小说集》时，还在其中收录了艾丽斯·沃克在大学期间创作的短篇小说《让死亡见鬼去吧》。这部小说的收录，对于艾丽斯·沃克来说起到了极大的激励作用，这使得艾丽斯·沃克得以与当时美国非裔著名作家们并列一堂。兰斯顿·休斯在艾丽斯·沃克的创作生涯中起着极为重要的、类似于领航者的作用，他不仅肯定了艾丽斯·沃克作品的价值，还主动对艾丽斯·沃克的创作进行指导。艾丽斯·沃克对于兰斯顿·休斯的无私帮助十分感激，并将其称为"文学父亲"以示敬仰，由此也可看出兰斯顿·休斯在艾丽斯·沃克创作生涯中所起的作用。兰斯顿·休斯对于20世纪美国的民权运动有着深远的影响，在他的影响下，艾丽斯·沃克的大学生活也紧紧地与黑人民权运动联系在一起。而这正与艾丽斯·沃克在读大学之前所制定的人生规划相一致，也是艾丽斯·沃克离开斯佩尔曼学院的根本原因。1963年8月28日，艾丽斯·沃克转校前即与朋友们来到首都华盛顿参加了美国历史上最为著名的反种族主义示威大游行，并与现场的25万人一同聆听了马丁·路德·金的著名演讲《我有一个梦想》。可以说民权运动在艾丽斯·沃克的人生以及创作生涯中涂抹了浓墨重彩的一笔。艾丽斯·沃克在发表于1983年的散文集《寻找我们母亲的花园：妇女主义散文》中，艾丽斯·沃克还曾专门讨论了20世纪60年代民权运动对于美国非裔群体及她个人的深刻影响。除了轰轰烈烈的民权运动，大学期间还是艾丽斯·沃克生命的转折点。大学毕业前的暑假，艾丽斯·沃克曾到非洲旅游，然而回来后却发现自己怀孕了，这使她十分痛苦，在当时的美国，怀孕流产被认为是一种十分严重的罪过。在痛苦中，艾丽斯·沃克曾一度企图自杀。最后才在一位朋友的帮助下，找到可靠的医生做了流产手术。这一事件在艾丽斯·沃克生命中所造成的影响极为巨大，也间接推动艾丽斯·沃克沉迷到创作的自由中去。她用了一个星期的时间，创作了一部诗集并命名为《昔日》。这部艾丽斯·沃克创作于大学毕业前的诗集，发表却并不顺利，一直拖延到4年后，1968年才正式出版，而这部诗集也成为艾丽斯·沃克正式出版的第一部诗集。

1966 年，艾丽斯·沃克毕业后，到南方的密西西比州工作，并在这里继续从事她喜爱的民权运动工作。在这里，艾丽斯·沃克先从选民登记做起，之后担任了学生非暴力协调委员会的黑人历史顾问，她还利用在密西西比州巡回的时间，给当地的妇女讲授黑人历史。艾丽斯·沃克的授课方式十分自由而独特，她让听课的学生写出自己的经历，将自己的生活与美国历史上和社会上已经发生或正在发生的重大事件联系在一起。在这一过程中，艾丽斯·沃克惊讶地发现黑人妇女对于白人所书写的历史知识知之甚少，然而她们却能够将自己的故事讲述得无比丰富而生动。而艾丽斯·沃克在教学中收集到的这些故事，对于艾丽斯·沃克后来的文学创作，尤其是短篇小说创作积累了大量的真实素材。1967 年 3 月 17 日，艾丽斯·沃克在密西西比州工作时认识了民权运动的犹太裔白人律师梅尔文·R·莱文德尔结婚。在当时的密西西比州，他们是唯一一对白人与黑人所结成的夫妻。两人结婚后，他们的婚姻受到了社会各界的极大压力，尤其是艾丽斯·沃克遭受了来自黑人极端民族主义者的批评和威胁。面对外界的压力艾丽斯·沃克与丈夫表现出了极大的勇气。结婚后，艾丽斯·沃克将更多时间投入到创作之中。1970 年，艾丽斯·沃克出版了第一部长篇小说《格兰奇·科普兰德的第三生》。1971 年至 1973 年，艾丽斯·沃克接受了瑞德克夫基金的资助，到维勒斯莱女子学院和马萨诸塞大学教学。在这两所学校中，艾丽斯·沃克创造性地开设了黑人女作家课程，开创了美国此类课程的先例。艾丽斯·沃克之所以开设这门课是因为她自己在读大学时，教师所讲授的黑人文学几乎全部是黑人男性作家，而不包括女作家。因此，艾丽斯·沃克决心开设一门专门的黑人女作家课程，她在课堂上鼓励每一个女学生寻找不在经典之列的黑人女作家。在这一过程中，艾丽斯·沃克整理并挖掘出了美国黑人女性文学先行者佐拉·尼尔·赫斯顿的文学作品。❶这一课程受到了当时学生的极大欢迎。1973 年，艾丽斯·沃克离开密西西比州，迁居到纽约布鲁克林生活。在这里，她成为美国著名的女性主义杂志《女士》的编辑，在此期间，她创作了大量有关妇女问题的文章。1973 年是艾丽斯·沃克创作丰收年。在这一年，她出版了一部诗集《革命的牵牛花》，然而这部诗集的反应十分平淡。除此之外，1973 年，艾丽斯·沃克还发表了短篇小说集《爱的烦恼》《在爱情和麻烦中》。同时她还开始创作第二部长篇小说《梅丽迪安》，这部小说于 1976 年正式发表。伴随着一部部作品相继问世，艾丽斯·沃克逐渐在美国文坛上享有了一些声誉。然而在此期间，艾丽斯·沃克的婚姻却出现了一些问题，1978年，艾丽斯·沃克与莱文德尔正式离婚。离婚后，艾丽斯·沃克离开了纽约，迁居到加利福尼亚州旧金山的曼迪辛诺县生活并定居，理由是这里与她的家乡佐治亚州有些像，而且非常像非洲的村庄。在这个远离城市的乡村小镇，艾丽斯·沃克开始了全身心的创作。很快，艾丽斯·沃克迎来了她创作的高峰期。1981年，艾丽斯·沃克出版了短篇小说集《你征服不了女人》；1982年她出版了《紫色》。《紫色》是艾丽斯·沃克创作生涯中一部极为重要的作品，也是艾丽斯·沃克文学创作生涯的转折点，此外，还是艾丽斯·沃克创作的巅峰之作。这部书出版后不久，就上榜《纽约时代周刊》畅销书名单，并在这一榜单上停留了一年半之久。1983年《紫色》获得了普利策文学奖、国家图书奖、国家书评奖三项大奖。艾丽斯·沃克也因此而成为美国历史上第一位获得普利策文学奖的黑人女作家，并在一夜间成为美国民众皆知的非裔女作家。《紫色》的成功，还带动了由此改编的一系列文艺作品。1985年，由好莱坞著名导演斯蒂文·斯皮尔伯格所拍摄的《紫色》同名电影上映，获得了观众的极大好评，这部电影还于1986年获得了奥斯卡奖的11项提名。当时这部电影的首映礼在艾丽斯·沃克的家乡举行，艾丽斯·沃克由此受到家乡人民前所未有的盛大欢迎。《紫色》也成为美国大学黑人文学课程与妇女文学课程的必读作品。在《紫色》出版20多年后，还被美国百老汇改编为同名音乐剧在纽约上演。

《紫色》大获成功后，艾丽斯·沃克并未停下创作的步伐。然而其创作题材却发生了较为明显的变化，这一变化主要表现在其创作的范围从非裔美国妇女扩展到了更为广阔的领域；也更加注重对精神的探索与描写。然而不变的则是艾丽斯·沃克对于非裔美国妇女命运的关注。从《紫色》出版开始，艾丽斯·沃克进入创作的丰收期，她先后发表了一系列散文集、短篇小说集以及长篇小说。其中，长篇小说的成就最为明显。1984年艾丽斯·沃克发表了的散文集《寻找我们母亲的花园：妇女主义散文》一书，在书中，她正式提出了"妇女主义"思想。此后，艾丽斯·沃克相继于1990年出版了长篇小说《我那小精灵的殿堂》；1992年出版了长篇小说《拥有快乐的秘密》；1998年出版了长篇小说《父亲的微笑之光》，以及论文集《靠词汇生活》；2000年出版了长篇小说《前进的路令人心碎》；2001年，美国"9·11"事件发生后，艾丽斯·沃克发表了《来自地球的信息——写于世贸中心和五角大楼被炸后》的文章；2004年出版了长篇小说《打开你的心灵》。

艾丽斯·沃克的文学创作影响了整个美国的非裔文学，受到美国当代文学家的格外关注。而文学批评家对其文学作品的关注和批评，也在世界范围内扩大了艾丽斯·沃克的作品影响力。

二、艾丽斯·沃克文学作品概述

艾丽斯·沃克是一位多产的作家，她现已创作了 7 部长篇小说，3 部短篇小说集，6 部诗集，4 部散文集，所涉猎的写作体裁十分多样。纵观艾丽斯·沃克的作品，以其小说的创作成就最为突出。本书在这里主要对艾丽斯·沃克的小说作品进行概括介绍。

艾丽斯·沃克的第一部长篇小说《格兰奇·科普兰德的第三生》出版于 1970 年。小说的背景设置于南方小镇佐治亚州，时间跨度长达 40 年，讲述了黑人佃农科普兰德一家三代从 1920 年至 1960 年间的故事。小说的主人公格兰奇·科普兰德是科普兰德家族的第一代。格兰奇·科普兰德是一个性情十分粗暴的典型的南方黑人佃农形象。由于不堪忍受佃农制度的种种不公平以及重大的生活压力，也无法反抗当时的制度，于是他常常将愤怒发泄到妻子和儿子身上，常常对他们施以暴力。在深深地伤害了妻子与儿子后，格兰奇·科普兰德又抛弃了妻子与儿子，与情妇一起到北方城市生活。他的妻子玛格丽特在忍受了丈夫的暴力与不忠之外，还要承担生活的重担与养育儿子的责任，最终她因无法继续忍受这样的生活而自杀。格兰奇·科普兰德在北方的生活并不顺利，因为肤色，他处处遭受歧视与鄙视，生活无依。晚年，格兰奇·科普兰德回到了家乡，并在远离人群的偏僻之处买下了一块农田，过上了远离白人的种田生活。后来，在孙女露丝无微不至的照顾下，格兰奇·科普兰德重新焕发出对孙女的爱，渐渐地格兰奇·科普兰德开始从极端仇视白人的状态中走出来，放弃了仇恨，焕发了新生。然而，格兰奇·科普兰德年轻时给家庭所造成的伤害却不可避免。他的行为不仅导致了自己妻子的死亡，也让他的所作所为在儿子的身上体现出来。在格兰奇·科普兰德出走、他的妻子自杀之后，他的儿子布朗菲尔德因为失去了父亲和母亲的爱，成了无人照看的孤儿。他四处流浪，长大后与梅姆相爱并结婚。梅姆是一个受过教育的、聪明、善良的女子，他们结婚后享受到了短暂的幸福。然而，结婚不久，为了生存，布朗菲尔德只好去给白人地主做佃农。佃农生活使布朗菲尔德感受到了父亲当年所经历的压力与痛苦，布朗菲尔德无法避免因佃农而走投无路的境地，于是他的性格在极大的压力下开始扭曲，慢慢地，他变成了一个魔鬼，将所有的压力与愤怒，都朝妻子梅姆发泄出来。他先是不停地折磨梅姆。最后，竟然朝梅姆的脸上开枪，打死了梅姆。布朗菲尔德因此被判刑进了监狱。他的女儿露丝则跟随格兰奇·科普兰德一起生活。正当格兰奇·科普兰德在露丝的陪伴下迎来新生时，布朗菲尔德出狱了，为了证明自己的权力，布朗菲尔德希望从格兰奇·科普兰德手中夺回女儿露丝的监护权，然而面对儿子的暴戾与愤怒，格兰奇·科普兰德唯恐心爱的孙女露丝也遭遇她母亲的不幸命运，因此，他拒绝将露丝交给布朗菲尔德。当被布朗菲尔德起诉到法庭后，格兰奇·科普兰德毅然在法庭上朝儿子开枪，杀死了布朗菲尔德，而他自己也因枪击而死。格兰奇·科普兰德用生命制止了家庭悲剧的循环。在这部小说中，艾丽斯·沃克用细腻的笔触描绘了在南方黑人家庭中普遍存在的男人对妇女和孩子施加暴力的事实。这部小说中所塑造的南方黑人男性形象成为美国评论界讨论的重要形象之一。在这部小说中，艾丽斯·沃克对白人种族对于非裔种族之间的歧视，以及非裔种族之中男性对于女性的性别歧视进行了揭露，同时，小说中也对非裔男性的觉醒进行了描绘。格兰奇·科普兰德后期回到家乡后，看到儿子走上了当年与自己一样的苦难生活，他内心里既愤怒又悲哀，他想要弥补由于自己年轻时的过失而造成的家庭悲剧，因此他将露丝接过去抚养，而在抚养露丝的过程中，露丝也给予了他无尽的爱，使格兰奇·科普兰德再次感受到家庭的温暖。他虽然不能阻止儿子的家庭悲剧再次重演，然而，当儿子出狱后，要争夺露丝的抚养权时，格兰奇·科普兰德却不忍让露丝再回到过去遭受大男子主义威权欺压的日子，为此他宁愿亲手打死儿子，以惨烈的形式结束家庭悲剧的重演，以保证孙女露丝有更加美好的未来。除此之外，在这部小说中，艾丽斯·沃克重点描绘了美国南方黑人家庭中的女性形象，小说中格兰奇·科普兰德的妻子、情人以及梅姆等人是种族主义和大男子主义的受害者，艾丽斯·沃克以此对非裔美国女性的悲惨命运进行了揭示。

艾丽斯·沃克的第二部长篇小说《梅丽迪安》出版于 1976 年。这部小说以 20世纪五六十年代为背景，描写了美国黑人民权运动时期一位黑人女性的成长经历。美国黑人民权运动，又称为非裔美国人民权运动，是美国民权运动的一部分。这一运动自 1950 年兴起，直至 1970 年结束，是一种非暴力的抗议运动，为非裔美国人民争取民权。第二次世界大战后，大批非裔美国人涌入城市，促进了非裔美国文化与美国主流文化价值之间的矛盾冲突，导致非裔美国人民权运动爆发。1955年，亚拉巴马州蒙哥马利市非裔美国人为反对公共汽车上的种族隔离制度，在长达一年的时间内坚持抵制公共汽车运动，最终美国最高法院判决公共汽车上的种族隔离违宪。这一事件是黑人民权运动开始的标志，表明黑人运动由合法斗争发展到非暴力直接行动的新阶段。这一阶段的非裔美国人民权运动以非暴力主义为指导方针，采取抵制、静坐、游行、和平进军等方式。在非裔美国人民权运动的巨大压力下，美国国会分别于 1964 年和 1965 年通过《公民权利法案》和《选举权利法》，正式以立法形式结束美国黑人受到的在选举权方面的限制和各种公共设施方面的种族歧视和种族隔离制度。《梅丽迪安》的主人公是一位生活在南方觉醒的非裔美国女性梅丽迪安，她在轰轰烈烈的民权运动中，勇敢地冲破了家庭的牢笼，投身到民权运动中去，为此承受了极大的代价。

梅丽迪安生活在一个中产阶级非裔美国人家庭中，她的父母都是因循守旧的人。对于当时美国社会中流行的种族隔离政策和性别歧视等传统虽然不满，但却不敢提出质疑。梅丽迪安的母亲受过高等教育，曾经是一位教师，结婚后放弃事业做起了专职家庭妇女。在长期繁重的家庭劳动中，梅丽迪安的母亲丧失了原有的活力，成为一名沉浸在无数家务劳动中、只知道干活的劳动机器。梅丽迪安对于母亲感情十分复杂，一方面她十分钦佩母亲的坚强与忍耐。另一方面，她却不想像母亲一样对生活没有一点期待。母亲带她去白人的教堂祷告，企图让她接受白人的价值观。然而梅丽迪安在父亲的影响下却否定了白人的上帝是她的救世主。梅丽迪安对自己的母亲的感情复杂，还表现在她认为是她导致了母亲生活的不幸，然而，她却无法爱上自己的母亲，导致了母女关系的破裂。与母亲关系的破裂直接导致梅丽迪安无法从母亲那里得到基本的性知识，这也直接导致她在后来的性生活中无法保护自己而过早地怀孕生子。梅丽迪安第一次恋爱时还是一个懵懂无知的少女，她的第一任男朋友名叫爱迪，是一名幼稚的男孩儿。梅丽迪安在糊里糊涂的情况下怀了孕，于是结婚然后生子。然而结婚后她却发现自己无法按照男权社会的要求成为一个只知道为丈夫和孩子奉献的妻子。她不喜欢做饭，不喜欢性爱，甚至不喜欢自己的孩子。面对乱糟糟的家庭生活，她无时无刻不想杀了自己的孩子或者自杀。受传统的观念影响，梅丽迪安觉得自己是一个失败的女儿，一个失败的母亲。与第一任丈夫离婚后，梅丽迪安将儿子送给她人收养，自己则选择了独居生活。突然有一天她被街区的一声爆炸声惊醒，而这声爆炸声也意味着民权运动的开始。伴随着民权运动的开始，梅丽迪安自我意识也开始觉醒。梅丽迪安不想再重复过去母亲的生活，得到了撒克逊学院的奖学金后，她独自一人北上求学。从狭小的家庭中走出来之后，梅丽迪安接受到了更好的教育，看到了更广阔的世界。萨克逊学院的宗旨是把黑人女孩儿训练成像白人妇女一样的优雅女士。然而受到民权运动影响的梅丽迪安无法抛弃黑人的传统文化。尽管如此，她在大学期间也接触到了不同背景、追求种族平等的民权运动者。大学期间，当梅丽迪安看到一些民权运动者工作的房屋被轰炸后，她开始自愿投入到了民权运动投票登记的服务中。梅丽迪安在大学期间还阅读了马克思主义的著作，从更深的层面上理解到了美国社会的问题。因此她更加积极地投入到民权运动中，在这一过程中梅丽迪安曾因示威游行而被捕入狱，惨遭毒打，然而梅丽迪安却丝毫不为所动，仍然不屈不挠地坚持着从事民权运动。在从事民权运动中，梅里迪安再一次恋爱了，这一次她的男友是一位名叫特鲁曼的黑人艺术家。特鲁曼受过高等教育，到过法国，也参加过民权运动。然而她对待梅丽迪安的态度与梅丽迪安的第一任丈夫并没有区别。当梅里迪安怀孕后，特鲁曼却抛弃了她，和一名白人女子结了婚。梅丽迪安只好忍痛打掉孩子，从此她断绝了与男性的关系。1968年，马丁·路德·金被暗杀后，民权运动陷入低潮。梅丽迪安返回南方和当地的群众打成一片，用自己特殊的方式继续民权运动。经过整整十年的努力，梅里迪安终于明白了自己的所需所求，认清了自己在社会中所扮演的角色，真正从精神上觉醒。在这部小说的结尾，梅丽迪安打好行装，开始了新的旅程，对于旅程的终点她并不知晓，然而这并不重要，因为她已经决定用自己的精神去感召更多的人为了本民族的完整生存而献身。《梅丽迪安》标志着艾丽斯·沃克小说中对非裔美国妇女建构的新阶段。在这部小说中可以看到艾丽斯·沃克自己人生经历的影子。

艾丽斯·沃克的第三部长篇小说《紫色》出版于1982年。关于这部艾丽斯·沃克创作生涯中最为重要的作品，本书将在本章第二节中进行详细分析，这里不再赘述。

艾丽斯·沃克的第四部长篇小说《我那小精灵的殿堂》（又译为《宠灵的殿堂》）出版于1990年。这部长篇小说与艾丽斯·沃克的前几篇长篇小说的创作时间间隔较长。在此期间，艾丽斯·沃克并没有停止写作，而是创作了散文集等作品，有的评论家将艾丽斯·沃克自1988年出版的第二部散文集《以文为生》作为艾丽斯·沃克文学创作的里程碑和分界点，认为从此时开始，艾丽斯·沃克的创作无论是在艺术风格上还是创作重点和政治倾向上都发生了极大的转型。❶《我那小精灵的殿堂》是艾丽斯·沃克创作风格发生变化后的第一部重要作品，这部小说也是艾丽斯·沃克最长的一部小说。这部小说的背景跳出了美国，而延伸到了加勒比、南美洲和非洲。这部小说中的人物虽然仍然为非裔美国人，然而他们的祖先则是白人、黑人、印第安人和亚洲人。人物的身份也由贫穷的劳动阶层，而转换为大学教授、中产阶级和艺术家。小说通过两对婚姻濒临破裂的夫妻的寻根之旅，领悟到自己的人生真谛。艾丽斯·沃克对于非裔文化十分重视，她本人还曾在大学期间到非洲旅游，实地探寻非洲文化。艾丽斯·沃克的其他作品尤其是短篇小说中，经常提到

---

❶ 王晓英.走向完整生存的迫艾丽丝艾丽斯·沃克妇女主义文学创作研究[M].苏州：苏州人学出版社.34.

用草药治病、用魔法、讲故事、缝百纳被等黑人妇女的传统活动。除此之外，艾丽斯·沃克还曾在其他作品中对非洲传统文化的继承与扬弃的态度进行反思。在这部小说中，艾丽斯·沃克采用了多种叙事手法，刻画了众多令人印象深刻的人物形象。其中，一位拥有神秘记忆能力的黑人妇女，名叫丽丝小姐，她能够记得自己以前无数次前世生命的经历。在她的叙述中，自己的前世做过白人、黑人、男人、女人，也做过动物。她的无数次生命历程使得艾丽斯·沃克在小说中创造了一个不同于西方白人男性为中心而以黑人女性为中心的神话。除此之外，在《我那小精灵的殿堂》中，艾丽斯·沃克也讨论了非洲传统文化的生存状况与前景。在艾丽斯·沃克看来，由于殖民侵略的破坏，导致一些非洲原始部落已经消亡或灭绝。在本书中讲述了一位名叫慕萨科特的来自非洲原始母系部落女子的故事。尽管在非洲，慕萨科特所在的部落常常遭受其他部落的攻击，然而慕萨科特却始终坚信自己的部落不会灭亡，敌人不能杀光他们，因为如果没有他们，敌人也无法生存。然而慕萨科特所在的部落在殖民主义的炮火下，却不得不屈服，并接受殖民主义的奴役。在一家名为大英皇家殖民开发有限公司的侵略下，慕萨科特部落中的大部分成员因此被当作奴隶贩卖，部落的土地被侵占，矿藏被开采，这些都导致慕萨科特所在的部落濒临灭亡。而慕萨科特本人以及一名部落中的小男孩被英国的一个军官搭救，并为他们联系了一家伦敦自然历史博物馆，让他们得以栖身。慕萨科特每天在博物馆中穿戴民族服饰供对非洲文化感到好奇的人参观。在参观者的眼中，她只是一个来自非洲部落的"妖艳的野人"。然而对于慕萨科特来说，她则是代表着自己部落文明传统的活化石。然而，离开了故乡的土壤，她在阴冷的博物馆中恶劣的环境下艰难生存，与她一起到达英国的小男孩子，却因为无法适应这里的环境生病而死。这使得慕萨科特一心希望小男孩传承部落文化的梦想落空。慕萨科特的经历成为一种象征，断绝了传承的非洲原始部落文化，由于缺乏生存的土壤只能成为存在于博物馆中的一段记忆。这部小说中艾丽斯·沃克跳出了以往非裔文化的界限，而是将整个世界和整个人类的文化作为一个整体，在此基础上对于非裔美国女性的生活经历进行描述，对于非裔传统文化的生存现状进行关照。

艾丽斯·沃克的第五部长篇小说《拥有快乐的秘密》出版于1992年。这部小说以非洲传统文化中一项被视为禁忌的习俗——女性成人仪式中的割礼手术。在非洲传统文化中女性的割礼大致可分为四种，第一种将女性阴蒂上的包皮割开；第二种将女性阴蒂的一部分进行割除；第三种将女性的阴蒂全部切除；第四种割礼又称为法老割礼，是将女性阴部的两侧全部切除并缝合起来，只留下一个小口，供尿液和经血流出。这种女性的割礼在非洲、中东以及远东地区有着数千年的历史，一些来自这些地区的移民还将这种习俗带到了欧洲美洲等地。《拥有快乐的秘密》中的主人公塔西就是这种女性割礼习俗的受害者。塔西和她的家人来自非洲的奥林卡部落，由于西方殖民势力的侵蚀，奥林卡部落人们不得不背井离乡，四处漂泊。奥林卡夫洛中流传的古老文化也在渐渐消失。奥林卡部落的领导人因此号召本部落的人民坚守自己的传统文化习俗。塔西作为一个真诚地热爱着部落传统文化的姑娘，积极的响应了部落领导人的号召。她先接受了奥林卡部落传承的纹面习俗，几年之后决定接受割礼。她的好友奥莉薇娅劝阻她不要接受割礼，因为割礼对女性的伤害非同一般。塔西本人也明白割礼的危险性。她曾亲眼见到本部落的许多女孩儿在接受割礼的过程中，因为手术没有采用任何消毒措施而感染了艾滋病。塔西的姐姐杜拉在割礼过程中，流血不止，最终丧命。然而，塔西最终却不顾奥利薇娅的劝阻和哀求，义无反顾地接受了割礼。塔西的割礼手术由一位名叫姆丽莎的人实施，她为塔西实施了最残忍的法老割礼。塔西的外阴两侧被全部切除并缝合起来，只留下一个排尿的小口。割礼带给塔西的身心痛苦是难以想象的。从身体的创伤来看，由于阴道口太小，她在来月经时经血总是无法完全及时排出体外，其结果则是经期延长，这导致塔西身上总是有一股怪怪的味道。割礼还伤及了塔西的韧带，导致塔西从此只能拖着腿走路，无法恢复正常的行走姿势。割礼伤痛造成的身体损伤还影响了塔西的心理，让她从此变得自卑，再也无法恢复原来的活泼与自信。不久她与丈夫亚当结婚了，然而他们几乎无法过正常的夫妻生活。因为一旦他们进行性生活，塔西的伤口就会完全失利，然后出血不止。塔西的痛苦让亚当无法忍受。这也直接导致亚当出轨法国女子丽赛蒂，并生下了私生子皮埃尔。塔西的痛苦还不止于此，由于在生产时阴道口过于狭窄，塔西的儿子本尼脑部受到的挤压过于严重，导致他的智力出现障碍，记忆力极差。后来塔西再次怀孕，由于她实在无法忍受生育时的痛苦，只能选择提前堕胎。塔西生理上的创伤不仅给她本人带来了无尽的痛苦，还影响了她和亚当的夫妻关系，使他们陷入一系列夫妻矛盾之中。身体的创伤，家庭的矛盾，以及儿子的损伤，给塔西造成了严重的精神打击。塔西因此完全将自己封闭起来，拒绝与外界接触与沟通。生活的不幸还使她的性情发生了极大的变化，她的脾气变得古怪，暴躁，常常对自己的儿子使用暴力。塔西完全没有从割礼这种传统习俗中获得身份的认同。与之相反，塔西生活在由割礼产生的一系列生活打击中，不知道自己来自何处，将去向何处，找到不到生活的归属感和意义。由于内心无比痛苦，塔西只能求助于医生。一天，塔西从报纸上得知为她实施割礼手术的姆丽莎还活着，并且被尊为"国家纪念碑"时，塔西所有惨痛的记忆被重新唤起。怀着复杂的心情，她去探望了姆丽莎，并了解到姆丽莎本人也是割礼习俗的受害者。塔西讲述了她的痛苦，然而姆丽莎却并不对她所实施割礼的女孩报以任何同情，相反，她尽情嘲笑她们的无知和愚蠢。想到自己的一生都被割礼习俗所害，而姆丽莎却如此嘲笑自己，塔西无法掩饰自己内心的愤怒，她失手将姆丽莎杀死。塔西也因此而被捕，被投进监狱，之后又被判处死刑。小说的结尾，塔西想到她以生命为代价换来了部族中姐妹的觉醒与反思，所以她满足地倒下了。这部小说发表后，立刻在社会上引发了极大轰动，人们惊讶于艾丽斯·沃克的大胆，敢于揭露并质疑在真实世界中有着巨大影响力的习俗。

艾丽斯·沃克的第六部长篇小说《父亲的微笑之光》出版于1998年。这是一部关注非裔美国家庭生活的小说，故事背景发生在20世纪40年代。在这部小说中，艾丽斯·沃克采用了独特的叙述手法，故事的叙述者不是活着的人，而是已经去世的父亲的灵魂。小说的主人公鲁宾逊与妻子均为接受到美国大学正规教育的人类学者，他们为了得到教会的资助，到墨西哥研究印第安和非洲混血后裔孟多人的文化，鲁宾逊前往当地充当了传教的牧师。在20世纪40年代时，鲁滨逊带着6岁的女儿麦格德琳娜和4岁的女儿苏珊娜一起来到了墨西哥孟多族居住的地区。他们一家在这里生活了十年。这块土地充满了原始自然的气息，姐妹俩很快与孟多族的孩子们玩耍在一起，并融入孟多文化中去。然而她们充满天性的行为举止与父亲在白人社会基督教文化中接受的道德规范产生了对立。鲁宾逊希望将女儿培养成为符合美国主流社会规范的名媛淑女，因此，他对于两个女儿的行为进行了严格的限制。尤其是对于大女儿麦格德琳娜，要求她必须穿高领长裙，不和孟多族的野小子接触，并干涉大女儿的交友权，同时把持着女儿的命名权，更过分的是鲁宾逊还干涉麦格德琳娜的性选择权。面对父亲的专制管理，麦格德琳娜内心十分厌恶，她对于所谓的"淑女"一点也不感兴趣，不喜欢穿着打扮得像个洋娃娃一样。她喜欢大自然，喜欢和孟多族的男孩子们一起在野外玩耍，喜欢在大卵石上跳来跳去，喜欢乘风快跑。她经常背着父亲偷偷跑出去做自己喜欢的事情。为了将以前那个爱自己的父亲唤回来，麦格德琳娜还特意学会了孟多族的民歌《父亲的微笑之光》，并唱给父亲听，然而鲁滨逊却不为所动，仍然强烈地要求麦格德琳娜按照自己的意志做事。当年少的麦格德琳娜禁不住诱惑对孟多族的小伙子马努列多产生了强烈而冲动的爱情，当他们冲破禁忌，偷尝禁果时，被鲁滨逊发现。暴怒之下的鲁滨逊，用马努列多送给麦格德琳娜的礼物——一根带银扣子的皮带狠狠地鞭打了麦格德琳娜，这件事在两个女儿的生命中造成了严重的创伤。鲁滨逊鞭打麦格德琳娜事件后，为了彻底斩断麦格德琳娜的爱情，鲁滨逊匆忙带着全家人回到了美国。父亲的专制与鞭打，以及匆忙之间的搬家让两个女儿感觉父亲突然之间变成了魔鬼，既陌生又恐怖。麦格德琳娜从此以后完全变成了另外一个人，以前热爱自然的活泼天性不见了，而是整天将自己关在家里读书，暴饮暴食，自暴自弃，以此来麻醉自己，对抗专制的父权主义。而小女儿苏珊娜目睹了父亲对姐姐的暴行后，无法接受可怕的父亲的关爱，并从此害怕异性，从而对其性取向产生了极大的影响。30多年过去了。鲁滨逊早已去世，然而他崇尚的父权专制对于女儿们的影响却依然存在。麦格德琳娜在离开墨西哥后，一直想方设法与马努列多联系，然而却因为信息无法传递而一直联系不上。父亲去世后，麦格德琳娜仍然坚持用暴饮暴食的方法来寻找自我，只有暴饮暴食才能让她记得对马努列多的爱和对父亲刻骨的仇恨。偶然的一天，麦格德琳娜在乘坐飞机时与马努列多相遇，两人相逢后想要继续年少时纯真的爱恋。麦格德琳娜焕发了新生，她开始严格控制自己的体重与饮食，想要重新找回以前个子高挑，身体柔软的、充满美好的麦格德琳娜。然而，正当他们想要开始新生活时，一场突然发生的车祸夺走了马努列多的生命。失去了马努列多后，麦格德琳娜很快陷入痛苦之中，重新开始了暴饮暴食的习惯。很快，麦格德琳娜也去世了。麦格德琳娜死后，灵魂与马努列多相遇，在马努列多的陪伴与安慰下，麦格德琳娜终于放下了仇恨，原谅了父亲和母亲。而鲁滨逊的灵魂见到了女儿痛苦的一生后，也十分懊悔。在马努列多的指引下，鲁滨逊终于理解了孟多族的文化，并向女儿忏悔，以孟多族的风俗祝福麦格德琳娜，麦格德琳娜和鲁滨逊间的心结终于解开，重新接受了父亲。与姐姐麦格德琳娜相比，苏珊娜一直是父亲鲁滨逊的乖女儿。然而自从目睹父亲对姐姐的专制做法后，苏珊娜再也无法与父亲敞开心扉。苏珊娜长大后与希腊人彼得罗斯结婚，他为能娶到苏珊娜为妻而感到十分幸运，然而婚后彼得罗的父权主义显现出来，他要求苏珊娜做个顺从的妻子，听从他的吩咐。彼得罗限制苏珊娜的交友权，对苏珊娜百般挑剔。然而苏珊娜并不听从彼得罗摆布，导致二人之间争吵不停，矛盾不断。最终，彼得罗与一名空中小姐私奔，苏珊娜的婚姻宣告失败。之后，苏珊娜为了反抗父权制统治，企图通过同性恋的方式来寻找自我。苏珊娜的朋友波林是一个敢于反抗父权社会并取得了成功的女性。苏珊娜在与波林的交往中享受到了女性自主权的愉悦，然而苏两娜和波林的生活背景不同，两人之间的交往逐渐显示出不同等性，苏珊娜因此结束了这段关系。之后，苏珊娜在朋友艾琳的帮助下，终于找回了完整的自我。小说的结尾，苏珊娜安然离开了人世，其灵魂与父亲的灵魂相遇，彼此间得到了详解。

艾丽斯·沃克的第七部长篇小说《前进的路令人心碎》出版于 2000 年。这部小说据说是艾丽斯·沃克为纪念自己与丈夫的离异而作的小说。由于国内几乎找不到这部小说的相关介绍，因此这里不再对其内容进行概述。

　　艾丽斯·沃克的第八部长篇小说《打开你的心灵》出版于 2004 年。这部小说是由托尼·莫里森曾经工作过的兰登书屋出版的。这部小说讲述了一位 57 岁的非裔美国女性在自然与原始宗教的神秘力量引导下重新感悟人生的故事。这部小说的主人公凯特·尼尔森是一位颇有名气的非裔美国女作家。这一人设的设定与艾丽斯·沃克本人十分相似。凯特的事业十分成功，生活优越，其本人的人生经历也十分丰富，她曾经结过多次婚，并在 50 多岁时还与一位年轻的画家男友尤罗同居。在外人看来，凯特的生活过得十分悠闲。然而凯特自己却在 57 岁时对自己的人生产生了质疑和不满。作为一个拥有丰富知识的女人，凯特明白这是衰老引发的征兆，由于老之将至，凯特不仅对于自己的身体机能产生了怀疑，连同她与男友的关系、她对于自己的事业、自己的信仰与思想，以及对于世界的现状全都产生了不满。生活在怀疑和惶惑中的凯特，总是在梦中梦见一条干枯的河流，她认为这预示着自己的生命之河已经干枯。面对这种情况，凯特决定去寻找一条真正的河流，并在河流上旅行，重新找回自己的生命之河。凯特出发后，先去寻找了美国流速最快的科罗拉多河。在科罗拉多河边，她参加了一个由女性组成的漂流团。凯特与漂流团出发后，在湍急的河水上，船筏激烈地颠簸，这使得平时养尊处优的凯特十分不舒服，不久，凯特就发起高烧并开始不停地呕吐。尽管身体上无比难受，然而凯特却并没有放弃这次旅行。在起起伏伏的船上，在充满了呕吐与高烧的旅行中，凯特仿佛在梦境中回到了自己的一次次失败的婚姻中，这些婚姻中充满了悲伤和暴力，是凯特一直压在心底的秘密。然而，随着一次次呕吐，这些痛苦的回忆被倾倒进河里，使凯特获得了前所未有的轻松感。这场旅行为凯特带来的收获还不止于此，在旅行中，她与同性伙伴之间的交流，也引发了凯特对于人与自然，人与中年，人与父母，以及女性、性爱等问题有了更多的思考和疑问。在科罗拉多河上的旅行也让凯特决定将河流旅游继续下去。之后，凯特又来到亚马逊河，参加了一个由萨满教巫师带领的前往南美亚马逊雨林萨满教所在地寻找原始灵药的团队。这个团队中的人来自世界上的各个国家和地区，而且大多承受着身体或心灵上的伤痛。他们希望借助这次旅行寻找被当地土著人称为"祖母"的草药，据说饮用了这种草药后，人们会反复呕吐和腹泻以使身体达到清洁，此时，人们会产生幻觉，看到一棵拥有魔力的巨树"祖母"。这棵树能够治疗世界上所有身体上或心灵上的创伤。最终，凯特和同行的伙伴们一起找到了传说中的"祖母"，并得到了心灵上的治疗。在与"祖母"的谈话中，凯特了解到"祖母"即是地球，是大自然，是被父权统治和种族主义侵害的祖先。在这次心灵的治疗中，凯特学会了包容，能够坦然对待自己变老之事，也学会了正确看待自己和男友的关系，在结束旅行回到家后，凯特的内心变得宁静而有力，对于她与男友的未来充满了信心。这部小说并不是以凯特的单人视角进行叙述的，而是以第三人称视角进行叙事，并在其中加入了凯特和尤罗个人的视角叙事。在凯特进行河流旅行时，她的男友尤罗前往夏威夷旅游，并与凯特一样进行了一场精神探索的历程。在夏威夷，尤罗见到了自己从前的情人阿尔玛以及阿尔玛因吸毒而死的儿子。此外，尤罗在夏威夷还认识了当地的土著萨满教祭师，了解到了夏威夷土著人的历史，在萨满教祭师的引领下尤罗遵从夏威夷土著民族文化，并意外地戒了烟。等他回到与凯特的家中后，他的心灵也产生了新的觉醒。在这部小说中，体现出鲜明的现代感，小说涉及了当今世界的种族主义、男权主义、环境问题、殖民主义、人与自然的关系以及老年问题等多个全球性问题，因此，当代人读起来完全没有距离感。这一小说的成功也体现出艾丽斯·沃克思想的深邃。

第二节 艾丽斯·沃克长篇小说《紫色》中的女性主体性建构

艾丽斯·沃克，创造了"妇女主义"一词，并通过大量的文学创作实践阐释了妇女主义的思想，并创造了独具特色的文学流派——妇女主义文学。长篇小说《紫色》是艾丽斯·沃克最为重要的作品之一，也是奠定艾丽斯·沃克盛名的一部作品，不仅如此，这部作品还是 20 世纪非裔美国女性最重要的作品之一。而艾丽斯·沃克也凭借这部作品登上了美国文坛高峰，并走出了国门走向了世界。下文就以艾丽斯·沃克短篇小说以及长篇小说《紫色》为例，对女性主体性建构进行分析。

一、艾丽斯·沃克的妇女主义理论

20 世纪 70 年代以来，西方文学理论界形成了一个显要流派，即女性主义文学批评。女性主义文学批评是以"性别和社会性别作为最基本的出发点，彻底动摇了以男性为中心的文学批评传统，同时，又以多元化角度的批评方法和充满活力的特征，开发了整个文学批评领域固定的疆界，赋予文学研究跨学科性和创新意识"❶。女性主义理论的出现对于当代西方文学批评产生了深刻的影响。女性主义理论的诞生虽然彻底动摇了以男性为中心的批评传统，然而一些非裔美国女学者却指出"性别""妇女"等女性主义理论范畴的一致性是建立在占主导地位的欧美白人女性主义理论语域之上，以及对有色妇女以及第三世界国家妇女的排斥基础上的。贝尔·胡克斯在《从边缘到中心——女权主义理论》中指出："白人妇女可能是性别歧视的牺牲品，但种族歧视可以让她们成为黑人的剥削者和压迫者……美国的女权主义批评，从来没有在那些遭受性压迫损害最严重，每天受到精神、身体和灵魂的摧残的妇女——那些无力改变她们的生活状况的妇女中出现过。"❷她进一步指出，白人女权主义者中所声称的拥有与男人一样平等权利的女性是那些受过大学教育的、处于社会中上层的、已婚白人妇女。而在非裔欧美国家女性学者看来，这种传统的女权主义忽略了那些贫穷的白人妇女以及全体非白人妇女，尤其是非裔欧美国家妇女的悲惨遭遇，因此，这种传统的女权主义本身即存在着明显的种族歧视和阶级压迫倾向。❸对于非裔美国女性作家来说，她们受到了双重歧视和排斥，既受到了白人女性批评家的排斥，又受到了非裔男性作家的排斥。20世纪60年代美国兴起了"黑色权力"运动和黑人艺术运动，这些运动均主张非裔美国人具有独立的象征、神话、批评以及文化图像，然而非裔美国男性批评家在对非裔美国文学传统进行梳理时，总是有意无意地漏掉非裔美国女性作家。艾丽斯·沃克曾挖掘整理出的佐拉·尼尔·赫斯顿即美国20世纪20年代美国"哈莱姆文艺复兴运动"时期十分活跃的非裔美国女性作家，然而虽然她创作了十分杰出的文艺作品，然而却在相当长的一段时间里没有被重视。非裔美国女性作家所遭遇的种种歧视，使得她们对于生活的苦难理解得更加深刻，观察生活的角度也非同一般，其创作有着独特的内容和意义。然而在很长一段时间内，非裔美国女性作家的作品却被美国主流文化、非裔美国男性文学、白人女性文学所排斥，使得非裔美国女性作家的作品被迫处于沉默状态。20世纪六七十年代在黑人民权运动和妇女解放运动的冲击下，非裔美国女性中的有识之士逐渐意识到非裔美国女性作家所面临的现实困境，并将矛头对准受白人主宰的女权主义话语系统中的种族

❶ 鲍晓兰.西方女性主义研究评介[M].北京：生活·读书·新知三联书店，1995：96-97.

❷（美）贝尔·胡克斯；晓征，平林译.女权主义理论 从边缘到中心[M].南京：江苏人民出版社，2001:19.

❸ 王晓英.走向完整生存的追寻：艾丽斯·沃克妇女主义文学创作研究[M].苏州：苏州大学出版社,2008:50.

歧视，从而促成了黑人女性主义批评的诞生。黑人女性主义批评的代表人物有芭芭拉·史密斯、贝尔·胡克斯，以及艾丽斯·沃克。

黑人女性主义批评诞生的标志是 1977 年芭芭拉·史密斯所发表的《黑人女性主义评论的萌芽》一文。在这篇文章中，芭芭拉·史密斯不仅指出了非裔美国女性作家被忽视的事实，还指出了非裔美国女性批评的任务包括两个方面，一方面，承认非裔美国女性作家创作中性政治与种族政治和非裔美国女性本身是不可分离的，非裔美国女性作家已经形成了有其自身特点的文学传统；另一方面，黑人女性主义评论者应该从自己本身的经历出发进行思索和写作，并且其作品应该具有勇敢无畏的精神。❶除此之外，芭芭拉·史密斯还对黑人女性批评的范畴做了界定，明确黑人女性批评不会排斥白人妇女，并且期望唤醒所有在美国大地上生活和创作的妇女的责任感。除了芭芭拉·史密斯之外，黑人女性主义批评家贝尔·胡克斯在论述黑人女性主义时更加关注黑人社会的性别歧视和黑人妇女作家的边缘性地位等问题。贝尔·胡克斯在其著作《女性主义理论：从边缘到中心》一书中指出，非裔美国女性在社会中所处的边缘地位，使得非裔美国女性作家得以从不同的视角来对种族主义、阶级偏见以及性别歧视进行批判，这一点在女性主义斗争中至关重要。艾丽斯·沃克是黑人女性主义的代表人物之一。在黑人女性主义批评理论中，艾丽斯·沃克提出了"女性想象"的问题。艾丽斯·沃克在《一个自己的孩子》一文中指出白人女性主义者帕翠西·梅耶尔·斯巴克斯曾在其著作《女性的想象力》中指出，她只对描写她熟悉的经验和她熟悉的文化背景的作品感兴趣。艾丽斯·沃克认为这是由于斯巴克斯所研究的都是白人妇女的作品，白人女性批评家不愿意也无法建构自己不曾有过的经验的理论的想象力。❷经过非裔美国女性学者不懈的努力，黑人女性主义批评成为一股文艺界无法回避的影响巨大的力量。黑人女性主义文学批评的特点主要包括三个方面。首先，黑人女性主义批评家努力挖掘历史上被美国主流文学忽视并压抑的非裔美国女性作家及其作品，同时寻求一种文学母亲谱系的建立。其中最典型的例子即是艾丽斯·沃克不仅挖掘整理出了一些非裔美国早期女性作家及作品，并公开宣称佐拉·赫斯顿及其他非裔美国早期女性作家是其文学上的母亲。其次，黑人女性主义批评家认为，非裔美国女性文学形成了自己的传统，这一文学传统既不同于白人女性文学也不同于黑人男性文学传统。

❶ 张京媛. 当代女性主义文学批评 [M]. 北京：北京大学出版社，1992:51.
❷ 王晓英. 走向完整生存的追寻：艾丽斯·沃克妇女主义文学创作研究 [M]. 苏州：苏州大学出版社,2008:54.

例如，艾丽斯·沃克及其他许多非裔美国女性作家的作品中均使用了一种"独特黑人女性语言"，并创造了一批包括百纳被、草药等共同的主题意象。再次，一些黑人女性主义批评家指出，非裔美国女性作家在创作中有着共同特点，即大部分非裔美国女性作家在创作中均坚持自传性写作、使用口语性文本。

艾丽斯·沃克作为黑人女性文学批评的代表人物，其最重要的贡献即是创造了"妇女主义"一词。她曾指出，妇女主义是"黑人和有色人种的女性主义"。❶艾丽斯·沃克之所以创造出这样一个词语，她认为自己和白人妇女有着不同的历史和传统，因此她觉得白人女性所发明的女性主义并不适合自己，除非在"女性主义"一词前加上"黑色"。然而，艾丽斯·沃克本人反对在一个词语前加颜色词进行界定，因此，她决定创造一个出自自己文化的词语，作为黑人女性自爱的基础，因此创造出了"妇女主义"一词。艾丽斯·沃克在其散文集《寻找我们母亲的花园：妇女主义散文》中对"妇女主义者"一词进行了详细的阐述。艾丽斯·沃克指出，妇女主义者是黑人或有色人种女性主义者。这一词语的英文书写为"womanish"，其在黑人俗语中是指女性勇敢、大胆、不受拘束的举动和坚定、自信的生活态度，凡事认真、负责的珍贵品质。妇女主义者热爱其他女人，并以整个人类的生存与完整为己任。她们热爱圆满的事情，热爱努力奋斗以及人民和自身。她们还是不惜一切代价争取平等自由的倡导者。此外，艾丽斯·沃克还对妇女主义和女性主义的关系进行了界定，认为妇女主义者和女性主义者的关系犹如紫色之于淡紫色。❷艾丽斯·沃克的"妇女主义"一词问世后，立即获得了众多黑人女性学者的认同，并从各个角度对"妇女主义"一词进行了详细的阐释。其中最重要也最具代表的当属琳·芒罗和柴·奥·奥古恩耶米两位学者的阐释。琳·芒罗指出，"妇女主义"一词应该包括三方面的内容。其一，妇女主义关注黑人女性传统，追求黑人妇女以及整个黑人民族的完整生存；其二，妇女主义致力于挖掘艺术与生活的内在关系，开发和鼓励黑人妇女的艺术创造力；其三，妇女主义争取个人陈述己见的权利，以维护历史面貌的多样性，开阔黑人妇女的新视野，最终实现受压迫者的自由与平等。❸总而言之，琳·芒罗认为妇女主义强调艺术对于生活的干预，并指出

---

❶ 王晓英.走向完整生存的追寻：艾丽斯·沃克妇女主义文学创作研究 [M]. 苏州：苏州大学出版社,2008:56.

❷ 王晓英.走向完整生存的追寻：艾丽斯·沃克妇女主义文学创作研究 [M]. 苏州：苏州大学出版社,2008:56.

❸ 王晓英.走向完整生存的追寻：艾丽斯·沃克妇女主义文学创作研究 [M]. 苏州：苏州大学出版社,2008:59.

黑人女性艺术家必须具有社会责任感。柴·奥·奥古恩耶米则侧重于对妇女主义非分裂主义特征的强调。她指出，黑人妇女主义不仅要体现黑人女性特征，同时还要弘扬黑人传统，强化黑人理想，除此之外，更需关注黑人内部性别主义以及世界种族主义，维护黑人民族的团结。除此之外，柴·奥·奥古恩耶米还对妇女主义文本常用的写作技巧进行了总结，指出非裔美国女性作家在小说中常采用布鲁斯乐的基调和结构，并擅长于对"疯女人"形象的塑造。

综上所述，艾丽斯·沃克所创作的"妇女主义"一词成为黑人女性批评中的重要组成部分，而艾丽斯·沃克本人更是用丰富的文学创作实践，塑造了丰富的非裔美国女性形象，揭示了非裔美国女性的生存现状，大力颂扬了非裔美国女性文化和精神。

二、《紫色》中的女性主体性建构

《紫色》是一部书信体小说，这部小说由 90 封信件组成，其中包括茜莉写给上帝的 55 封信、写给妹妹聂蒂的 14 封信，以及妹妹聂蒂写给茜莉的 21 封信组成❶，讲述了 14 岁的女主人公茜莉从麻木到觉醒的成长过程。该小说的背景设置于 20 世纪初期美国南方佐治亚的乡村。小说的时间跨度较长，伴随着主人公茜莉的成长而发生变化。茜莉是一个农家姑娘，从小家境贫苦，她从小喜欢紫色，天真可爱。她和父亲、母亲以及妹妹聂蒂一起住在佐治亚的乡村。可是茜莉的生活中却充满了不幸。茜莉的父亲生前经营了一家商店，由于价格公道，服务体贴，因此在当地极受欢迎，生意十分红火。而村中白人经营的商店却正好相反，门可罗雀，顾客寥寥无几，这使得白人同行对茜莉的父亲十分嫉恨，并蓄意报复。一天，茜莉父亲卷入了一场争斗，受私刑死于非命。母亲在这一事件的刺激下，精神失常。一位名叫阿尔方索的非裔美国男性看中了茜莉父亲的遗产，主动娶了茜莉的母亲成为茜莉的继父。阿尔方索接手了茜莉家的商店后，一味对白人屈膝谄媚，一幅奴才嘴脸。然而，等回到家后，他就换上一幅暴君的嘴脸，对待茜莉母女三人十分强横残暴。母亲再婚后得了重病，不肯与茜莉继父同床。在茜莉 14 岁时，继父趁她母亲外出时强奸了她，此后，继父多次强奸茜莉，并导致茜莉怀孕了，当母亲发现并追问孩子的父亲是谁时，茜莉的继父诬陷茜莉品德不端在外勾引男人。茜莉既感到羞耻又感到无助，不敢告诉母亲实情，14 岁的茜莉只好辍学回家，承担起沉重的家务。在继父的侮辱下，茜莉先后生下了一儿一女。她的孩子相继被继父卖掉。母亲去世后，继父又续娶了一个与茜莉年龄相仿的女孩。茜莉依然

❶ 黄莹.书信体小说《紫色》的叙事特征研究[D].四川外语学院,2012:14.

每天劳累不息，孤苦伶仃。茜莉 22 岁时，一位名叫 X 先生的鳏夫想要娶茜莉的妹妹聂蒂为妻。继父则将茜莉嫁给了他。

结婚后，茜莉并没有从繁重的劳作中解脱出来，而是陷入了新一轮的痛苦之中。在这个家时，她没有得到一点权利和自由，她不仅要承担所有的家务，还要照顾 X 先生的四个孩子，承担 X 先生加诸她身体上的伤害。对于 X 先生来说，茜莉并不是身份与之平等的妻子，而是一个免费的保姆、能干的劳动力以及随时供他发泄的泄欲工具。面对生活的痛苦，茜莉没有悲哀，也没有愤怒，她的生活早已在她 14 岁被继父强奸时结束。她像一个没有感情的机器一样，默默接受了生活中的一切不幸，就像大多数非裔传统女性一样认为这种状况是命中注定的。X 先生有一个 12 岁的儿子，他对待茜莉十分粗暴无礼，然而茜莉却也只能默默忍受他的折磨。可是，茜莉毕竟是一个活生生的、有感情的人，而不是工具。面对生活的无尽痛苦和折磨，茜莉心中十分苦闷，她只好不停地给上帝写信进行倾诉，然而，她的境况却始终没有好转。不久，X 先生将情妇莎格带到家中养病，茜莉不计前嫌，无微不至地照顾她，这使得莎格十分感动。她主动接纳了茜莉，和茜莉共同睡在一张床上，并教给她许多男女之间的事情，教会茜莉学着欣赏自己。除此之外，莎格还将茜莉妹妹聂蒂写给她的信还给了她。原来，X 先生在聂蒂年少时曾企图强奸聂蒂，因聂蒂反抗没有成功，这使得 X 先生对聂蒂怀恨在心，想要报复她。因此，将她写给茜莉的信全部扣下。茜莉和妹妹联系上之后十分开心，并将妹妹的信转述给上帝。后来，茜莉跟随 X 先生的情妇莎格到孟菲斯市开了一家裁缝铺，开始独立谋生，茜莉也是从这时才开始感受到生活的自由和乐趣。之后，茜莉的事业越做越大。茜莉的妹妹远走非洲，找到了茜莉孩子的养父，并嫁给了他。最后，茜莉的继父自杀后，茜莉继承了生父的遗产。她原谅了 X 先生曾经对她的伤害，X 先生也对其以往所做的一切真诚悔过。X 先生的儿子的大男子主义也有了较大改观，最终茜莉与 X 先生言归于好。茜莉的妹妹聂蒂带着茜莉的儿女和丈夫一起从非洲回到美国，小说实现了大团圆的结局。

在《紫色》中，出现了多位女性人物，她们都在自我觉醒，主体性建构中起到了一定的作用。《紫色》中茜莉的母亲是一位传统的非裔美国女性，作为家庭妇女，她承担全家人繁重的家务。丈夫被杀害后，对于依附丈夫而生的她造成了严重的打击。她因此而精神失常。当茜莉的继父看中了她们的家产而娶她时，她选择顺从，并把家产拱手相送。由于身体上的疾病，茜莉的母亲无暇顾及女儿的成长，导致女儿长期承担着繁重的家务，并被继父强暴，并先后生下两个孩子。当母亲知道茜莉被继父强暴后，她生气地咒骂她，并带着气愤去世了。从以上分析中可以看出茜莉的母亲是一个失去了自我，主体性缺失的、依附于男性的传统非裔美国女性。

　　母亲去世后，只剩下茜莉和妹妹相依为命，在年幼的妹妹面前，茜莉感受到了强烈的羞耻感和孤独感。面对继父的暴行，茜莉无人可以求助，只能将生活中的一切不幸归咎于命运，并给上帝写信求助。在生活中，她逆来顺受，毫无自我，就像一截木头一样过着麻木的生活。在茜莉生命中影响较大的第二位女性则是 X 先生大儿子哈波的妻子索菲娅。索菲娅的身材像男人一样高大魁梧，她身强力壮。与茜莉对于生活的逆来顺受恰恰相反，索菲娅对于生活有着强烈的反抗精神。可以说，索菲娅是一位拥有强烈独立意识的女权主义思想者。她曾在与茜莉的对话中称，她一生都在与人打架，与父亲、兄弟以及堂兄弟和叔伯们打架。在解释为什么打架时，索菲娅称："在以男人为主的家庭里女孩子很不安全"❶索菲娅的丈夫哈波是一个男权思想十分严重的人，他希望自己的妻子是一个像茜莉一样的对他的命令俯首帖耳、唯命是从的妻子。因此，哈波使用自己的男子威权，企图使索菲娅低头，然而索菲娅却不甘心受到家庭的压迫，因此，她用离家出走来表示反抗。然而，离开家的索菲娅不仅没有实现独立，相反却在白人社会中却遭受了更加沉重的打击，由此可见当时的美国社会中白人威权给女性造成的压迫更甚于男性威权。索菲娅因为拒绝市长太太的侮辱而被打成残废，并被抓起来投进了监狱，最后索菲娅迫于无奈，只好被迫答应在市长家里做杂役，过着牛马般的生活。索菲娅个人的反抗虽然以失败而告终，然而她身上强烈的倔强与不服输的精神，深深地撼动了茜莉，使茜莉被生活折磨得麻木的女性自我意识开始觉醒。

　　对茜莉影响较大的第三位女性是茜莉的妹妹聂蒂。聂蒂是茜莉生活中最亲密的人，也是茜莉生活不幸的见证者。聂蒂没有遭遇茜莉的不幸，因此得以顺利完成学业。她坚信知识改变命运。在茜莉出嫁前，面对茜莉的不幸，聂蒂一直鼓励茜莉非裔美国女性只有不断提高自身的文化修养，学习足够的知识才能改变自己的命运。她教给茜莉识字，和茜莉一起玩耍，一起唱歌和跳舞，她给予了茜莉极大的帮助，是茜莉苦难生活中唯一的亮色。她们姐妹二人在继父的家中相依为命，无话不谈。茜莉出嫁后，由于继父和 X 先生的极力阻挠、威胁、恐吓，聂蒂为了避免像姐姐一样被强暴的命运，只好暂时离开苦命的姐姐远走他乡，她跟随好心的牧师塞缪尔一家从美国前往非洲，边寻找非裔民族的传统文化，边在非洲的教会学校中任教。在学校中，面对非洲奥卡林女性落后的陈

---

❶ 艾丽斯·沃克著．陶洁译．紫色 [M]．南京：译林出版社,1998:37

旧观念，聂蒂选择用知识来改变她们的思想，培养她们的独立意识。聂蒂虽然远走他乡，但是却一直和茜莉以书信联系。她还勇敢地找到了收养姐姐孩子的男人，并嫁给了他。从以上分析中可看出，茜莉是一个拥有自我独立意识与主体性的非裔美国女性。她依靠自己的力量，改变了自己的命运，对姐姐茜莉自我意识的觉醒中起着极为重要的推动作用，此外，她还影响了非洲土著民族奥卡林部族中女性的思想。

在茜莉自我意识觉醒中，对她影响最大的女性是X先生的情妇莎格。X先生是个自以为是的小地主，他专横、自私，不把妻子当作平等的人看待，私自扣押妻子妹妹的来信，一味只知道欺压家里人。甚至公开将情妇带回家，并当着妻子的面与情妇暧昧。由于X先生的为人实在过于恶劣，以致作者根本不屑于给他名字，并称只有做了好事的人才配有名字。然而，品行恶劣的X先生所带回家的情妇莎格却是一位漂亮、勇敢、泼辣、自信，并实现经济独立，拥有自己事业的独立女性。莎格可谓是当时社会上非裔美国女性中独立女性的代表，她在思想上十分成熟且独立，而在个人生活上却又十分不羁。当她被X先生带回家时，已经病得快要死了，多亏了茜莉的细心照顾，莎格才恢复了健康。为了回报茜莉，莎格不仅教会了茜莉欣赏自己的女性特征，唤醒了茜莉内心深处的女性意识。除此之外，面对茜莉在家庭中的不幸遭遇，莎格鼓励茜莉从狭小的家庭中走出来，认识自身的潜质和才能。在莎格的不断鼓励下，茜莉的自我意识觉醒了，她开始用新的眼光看待世界，从新的角度思考问题。在茜莉觉醒的过程中，莎格可谓扮演了一个精神导师的角色。在莎格鼓励下，茜莉勇敢地走出了家庭，跟随莎格一起开办了裁缝铺，开始创立属于自己的事业。茜莉的裁缝铺一开始专门缝制裤子，随着事业的成功，茜莉一步步地扩大自己的事业，开办了家庭工厂，开设了服装商店，并创立了大众裤子有限公司，随着事业越做越大，茜莉实现了经济独立，不再依靠丈夫为生。在这一过程中，茜莉的眼界越来越开阔，她变成了一位有思想、有胆识、有地位，有个性的独立女性。直到这时，茜莉才完成了独立意识的完全觉醒，实现了主体性建构。而随着茜莉主体性的增强，茜莉周围的人看待茜莉的眼光和对待茜莉的态度发生了极大的变化。她的丈夫向她低头认错，一改过去对她欺压的态度，茜莉与丈夫之间真正实现了平等相处。

在这部小说中，艾丽斯·沃克以细腻的笔触完整地刻画了茜莉的形象，展现了茜莉在父权社会的压迫下逐渐觉醒并迅速成长的故事。在这部小说中，作者还以宏大的笔触，描述了非洲的传统文化逐渐被殖民者侵蚀而消失的景象，构建了茜莉、X先生、哈波、索菲娅、聂蒂、莎格等个性鲜明的人物群像，展现了以茜莉为主的女性自我意识萌发，主体性建构的过程，可谓是一部史诗般的小说。

三、艾丽斯·沃克其他小说中的女性主体性建构

《格兰奇·科帕兰的第三次生命》是艾丽斯·沃克的第一部长篇小说，在这部小说中，艾丽斯·沃克塑造了三个女性形象，其中第一位女性形象即是格兰奇的妻子玛格丽特。玛格丽特是传统非裔美国家庭妇女的代表，她依附于自己的丈夫过活，在男权社会中饱受欺凌和折磨的女性，她身心麻木，在生活中没有经济地位，也没有自尊和自由，她的生活没有出路，在生活中丧失了主体。玛格丽特在家里对自己的丈夫俯首帖耳，唯一的一次反抗是丈夫让她出卖肉体来赚钱，帮助自己的家庭走出贫困，这一次玛格丽特拒绝了。虽然她的丈夫暴躁，而且总是离家出走到镇上找妓女鬼混，然而玛格丽特却依然在生活中处处讨好丈夫。面对每个周末就失踪的丈夫，玛格丽特起先只是待在家中等待，后来为了跟踪丈夫，她将自己随意托付给路过的司机，玛格丽特因此拥有了许多情人，她涂脂抹粉，喷洒大量刺鼻的香水，并学会了喝酒，总是满身酒气，以此表示对丈夫的反抗，然而这样的反抗只给她带来一个肤色怪异的儿子。当丈夫再一次离家出走，过了很久都不回来后，玛格丽特终于确定丈夫这一次真的离家出走了，于是她感到生活失去了依托，带着鬼混得来的儿子自杀了。从玛格丽特一生的经历来看，她一生都是依附于男性、缺乏主体性的女性，她的放纵与寻求刺激只是为了麻木自己，正是由于她始终无法摆脱对于男人的依赖，才使她无法走向自我实现，而最终自杀。这部小说中的第二位女性形象是格兰奇家族的第二代，格兰奇儿子布朗菲尔德的妻子梅姆。梅姆是一位受过教育的非裔美国女性，在结婚前，曾是一位教师，她知书达理，端庄贤淑的形象使得布朗菲尔德对她一见钟情。结婚后，梅姆辞职成为家庭妇女，她生了很多孩子，然而布朗菲尔德发现他无法带给妻子和孩子幸福。梅姆日复一日地在繁重的家务中喘不过气来，还要遭受丈夫的毒打与种种子虚乌有的指责。很快，梅姆失去了原有的光彩，变得憔悴和丑陋。她开始变得像婆婆一样麻木的生活。突然有一天，为了让孩子过上更好的生活，梅姆开始反击，她带着孩子搬到了城里，并找到了一份工作，租了一所房子，期望带着孩子开始新的生活。梅姆的举动极大地刺激了布朗菲尔德，布朗菲尔德疯狂地找到了梅姆在城里的住所，并极力阻挠她开始新生活。对丈夫忍无可忍的梅姆端起猎枪对准了丈夫，并向他发布了"十诫"要求他不准在她的房子里对她再下命令，再用男性的威权压制她，奴役她。面对妻子的怒火和猎枪的威胁，布朗菲尔德变得唯唯诺

诺。正当全家人的生活有了较大改善时，心灵扭曲的布朗菲尔德却故意使梅姆两次怀孕，失去了健康和工作，最终她们失去了城里的房子。面对丈夫的阻挠和生活困境，梅姆并没有屈服，等身体好转时，她再一次进城找到了一份女佣的工作，这份工作薪水颇丰，梅姆也因此心怀希望。然而，在圣诞节前夜，当布朗菲尔德看到从雇主车上下来的妻子时，却因为嫉恨而开枪打死了梅姆。从梅姆的一生中可以看出，与玛格丽特相比，梅姆已开始萌发出自我意识，并对丈夫的男权压迫进行反抗，然而她却并没有真正认识到自己的力量，而是一次又一次原谅丈夫，最终导致了自己的悲剧。因此，梅姆也未能完成主体性建构。这部小说中的第三个人物是梅姆的女儿露丝。母亲去世后，露丝返回家乡，被心存愧疚的祖父格兰奇接到自己的农场。她从祖父的身上了解到了非裔美国人的文化传统以及他们对于精神自由的追求，她坚信能够改变白人的思想。当祖父和父亲死后，露丝坚定地朝着理想努力，成为佐治亚州一名民权律师。从露丝的成长经历以及所作所为来看，露丝拥有独立的自我意识以及自我主体性，能够正确地认识到自己的力量，并朝着建设新世界的方面努力。

《梅丽迪安》是艾丽斯·沃克的第二部作品。这部小说中塑造了两个主要女性人物形象。第一位女性形象是梅丽迪安的母亲希尔太太。希尔太太结婚前是一名教师，由此可以推断她是一位受过教育的女性。然而结婚后，由于家庭所累，她不得不放弃了事业，成为一名专职家庭主妇，希尔太太发现自己成了丈夫和孩子的机器，她不停地劳作，为孩子们做出了巨大的牺牲，然而对于自己的孩子她却并不关心，她甚至声称自己永远不会原谅自己的家人、社区和全世界，因为他们没有告诉她不要生孩子。希尔太太为了平衡自己心理，使自己得到安宁，她寄希望于白人基督教堂，并希望女儿梅丽迪安像她一样。然而却由于梅丽迪安不肯上前参加祷告而放弃了女儿。对于女儿梅丽迪安，她并不关心，不向她传授任何经验与教训，甚至连女性的生理知识也不向女儿传授。当17岁懵懂的女儿稀里糊涂怀孕后，她大骂女儿，然而当女儿生下孩子后为了求学想要送人时，她又跳出来反对。从希尔太太的所作所为可以看出，她的自我意识十分朦胧，她不甘于自己为家庭的牺牲，然而却也并不尊重自己已经付出的牺牲。因此，希尔太太是一位自我主体意识不健全的女性。

小说中的第二位女性是梅丽迪安。梅丽迪安年幼时具有很强的负罪感，觉得自己不是一个好女儿，也不是一位好母亲。民权运动开始后，梅丽迪安走出了狭小的生活圈子，开始寻求自我发展。首先，离婚后梅丽迪安接受了奖学金，并把儿子送给别人，自己到北方求学。来到亚特兰大后，梅丽迪安进入了民权运动的中心，来到了一个更加广阔的天地。其次，在学校中，梅丽迪安结识了一些民权运动的积极分子，并自愿从事民权运动投票登记服务。这使得梅丽迪安能够站在一定高度思考和关注非裔美国人的命运，并认识到了种族平等的意义。在此期间，梅丽迪安开始了她的自由恋爱，然而在这次爱情里，梅丽迪安并没有享受到平等与自由，当她怀孕后却被男友抛弃，导致梅丽迪安只能打掉孩子，并做了绝育手术。在民权运动中，梅丽迪安因为不同意为了革命而杀人，因此被同伴们所排斥。这一事件让梅丽迪安感觉自己不仅是生活的失败者还是革命的失败者。第三，梅丽迪安受到排挤后，从北方回到了南方，并在南方坚持与普通民众一起通过非暴力革命的方式继续民权运动。在与南方的非裔美国人相处，并为非裔美国儿童争取权益的过程中，梅丽迪安从非裔美国人的宗教、音乐等文化传统中寻找到了强大的精神力量，并渐渐明晰了自己在革命中的角色，找到了实现自己生命价值的方式，真正完成了自我实现。从梅丽迪安的经历中可以看出，梅丽迪安年幼时，其自我意识是朦胧的，直到上大学并加入民权运动中后，梅丽迪安的自我意识才逐渐树立起来，最后，梅丽迪安从北方回到南方后，逐渐明确了自己在民权运动中的角色，自我主体性才真正完成了建构。

除了以上介绍的几部小说外，艾丽丝·沃尔的其他作品中还塑造了多位形象鲜明的女性角色，在此不再一一介绍。

【 第五章　内拉·拉森及其作品 】

第一节　内拉·拉森生平及其文学创作概述

一、内拉·拉森生平及其文学创作

内拉·拉森(1891–1964)是哈莱姆时期一位出色的非裔美国女性作家，其与杰西·福塞特与佐拉·赫斯顿同为非裔美国女性文学的代表。内拉·拉森是一名混血儿，1891年4月13日出生于美国芝加哥，其母亲是丹麦裔白人，从事家庭问题社会调查员工作，而父亲则是西印度群岛的黑人。内拉·拉森两岁时，父亲去世，母亲改嫁给一位丹麦的白人，并生下了一个白种女儿。内拉·拉森成为这个四口之家中唯一的非裔成员。在这样一个家庭中生活，使内拉·拉森树立了独特的人生观和价值观。童年时，内拉·拉森还曾在丹麦住过一段时间。之后，回到美国。1907年，16岁的内拉·拉森进入菲斯克大学附中学习，然而只上了一年后就离开了。之后，内拉·拉森离开了家乡，独自前往丹麦姨妈家中，在丹麦，她做了哥本哈根大学的旁听生，旁听了三年课程。然而，在丹麦这个以白人为主的世界里，内拉·拉森却始终没有找到心灵的归宿，因此，她决定到美国纽约去，并进入纽约林肯护校学习。1915年，内拉·拉森从林肯护校毕业并留校任教，之后，内拉·拉森前往亚拉巴马州的塔斯基学院安德鲁医院做护士长。在塔斯基学院工作期间，内拉·拉森接触到了布克·T·华盛顿的教育模式，她认为这种教育模式在种族歧视严重的美国社会是行不通的。大约一年后，内拉·拉森重新回到纽约并进入纽约市卫生局工作。尽管内拉·拉森从 2 岁时起就在白人家庭环境中长大，然而她内心却依然不忘自己的非裔身份。这一点从她的爱情和婚姻上可以反映一二。1919 年，内拉·拉森与非裔物理学家艾姆斯结婚，艾姆斯是美国历史上第二位获得物理学博士学位的非裔美国人。从此时开始，内拉·拉森开始进入中产阶级非裔美国人的圈子。结婚后，内拉·拉森与丈夫一起搬家到哈莱姆，内拉·拉森从此时起开始了文学创作。1921 年，内拉·拉森不再从事护理工作，而是进入属于纽约公共图书馆系统的哈莱姆图书馆工作，并在这里一直工作到 1925 年。在哈莱姆图书馆，内拉·拉森接触到了许多哈莱姆地区的非裔青年作家。当时哈莱姆图书馆举行各种文学活动，例如，杰西·福塞特就曾多次参加在这里举行的文学活动，并在活动上发掘优秀的非裔美国青年作家。受这种气氛的影响，内拉·拉森也开始进行文学创作，在 1928 年至 1929 年，连续出版了两部小说《流沙》和《跨越种族线》。这两部小说在当时产生了极为轰动的影响，得到了相当高的评价。1928 年，内拉·拉森凭借《流沙》获得了 1928 年度文学二等奖，获得了专门为 "有突出成就的黑人" 设立的哈蒙基金会资金。《跨越种族线》出版后，内拉·拉森成功申请到了古根海姆基金会创作基金，也是第一位获得该基金会创作基金的非裔美国女性。1930 年，内拉·拉森在《论坛》期刊上发表了短篇小说《避难所》。之后，在古根海姆基金会基金的支持下前往西班牙和法国进行创作研究，然而对于内拉·拉森来说这是一次并不成功的创作探索。后来的学者分析，当时内拉·拉森之所以没有完成这次创作是由于两方面因素的影响。一方面，内拉·拉森发表的《避难所》被指剽窃，这使得内拉·拉森备受社会各界的质疑。之后，内拉·拉森向发表该篇小说的《论坛》编辑部出示了《避难所》小说四次修改的手稿，剽窃一说才得以澄清。然而，当时这一事件被社会各界广泛报道，给内拉·拉森造成了难以弥补的心灵创作。另一方面，在事业被外界广泛质疑的同时，内拉·拉森发现了丈夫不忠，导致两人的婚姻产生了裂痕，最终走向离婚。此时，内拉·拉森的丈夫已成为菲斯克大学物理系主任，由于两人均是非裔美国社会中颇有成就与名望的人，因此他们的离婚被社会大小报刊大肆报道与渲染。在家庭和事业的双重打击下，内拉·拉森难以安心创作。尽管内拉·拉森的两部长篇小说受到了社会的一致好评，然而小说的销量却不甚理想，因为 "种族越界" 是当时非裔文学中一个常见的主题。例如，杰西·福塞特的四部小说中就有两部小说涉及这一主题。1933 年，内拉·拉森回到纽约，离婚且新的创作失败后，迫于生计，内拉·拉森不得不重新回归护士专业并渐渐退出文学圈，直到去世，她再没有出版其他文学作品。1964 后 3 月 30 日，内拉·拉森在纽约布鲁克林的公寓去世。尽管内拉·拉森的文学生命十分短暂，甚至只有区区两部长篇小说和一部备受质疑的短篇小说。然而，内拉·拉森在《流沙》和《跨越种族线》的出色创作，仍然使她在哈莱姆时期人才辈出的非裔文学上占据了一席之地。尤其是对于非裔美国女性的内心描写，内拉·拉森达到了一定的高度。

二、内拉·拉森文学作品中的主题背景

内拉·拉森的两部长篇小说《流沙》和《跨越种族线》都涉及了一个共同的主题，那就是混血儿女性的身份归属。有关混血儿的身份归属问题在当时是一个普遍讨论的主题。这是由美国社会中存在的大量的非裔混血儿人口所决定的。

美国是一个移民国家，其中欧洲裔白人和非裔黑人均是美国人口的重要组成部分，当非裔美国人口被贩卖到美洲大陆起，两个种族间的交往就不可避免，为黑白混血儿的出现创造了必要条件。1619 年，北美历史上第一批 20 个黑人奴隶被一条荷兰船运到北美英属最早的殖民地弗吉尼亚殖民地的詹姆斯敦 (Jamestown)。黑白混血儿居民最初也在这里诞生。当时，黑白混血儿的出现有其特定的历史环境，最早来到北美殖民地的黑人与当地的贫穷白人均为契约奴仆。两者之间存在一定的共鸣性，促使两者结合。另外，种族歧视在北美殖民地建立初期并不严重。北美殖民地建立初期，男性的数量多于女性数量，因此造成了一部分黑人与白人之间的结合。这一时期，黑白混血儿的出现并没有引起殖民政府的重视。随着黑白混血儿现象越来越普及，殖民政府觉得有必要对黑白混血儿后代的地位进行界定。当时，欧洲地区，尤其是英国孩子的地位跟随父亲而定。然而在英国的北美殖民地，白人女性较少，因此黑白混血儿大多发生在非婚姻关系的白人男性与非裔女奴之间。按照英国当时的法律规定，黑白混血儿应属于自由人。然而，这一规定会对当时以肤色为主要界线的种族制度造成威胁，而且由于黑白混血儿大多为私生子女，因此，1662 年弗吉尼亚议会出台了一项法律规定，指出孩子的地位跟随母亲的地位。按照这一条法律，非裔女奴生下的黑白混血儿的身份仍然是奴隶，这一法律保护了白人奴隶主的权益，但也为白人奴隶主对非裔女奴之间的压迫制造了条件。如果按照这一规定，白人女性与非裔男性生下的混血儿子女应享有自由人身份。然而，这就在一定程度上损害了白人殖民者的权益，导致白人殖民者的奴隶人数减少。为了弥补这一法律漏洞，1664 年，美国马里兰通过了一部禁止跨种族婚姻的法律。1691 年，弗吉尼亚全面禁止所有白人与其他族裔和其他性关系，之后，这一法律制度被美国各个殖民地所效仿。18 世纪初期，包括英属殖民地马萨诸塞、北卡罗来纳、宾夕法尼亚、佐治亚、法国殖民地路易斯安那等

地先后出台了类似的法律规定。18 世纪中期，随着非裔奴隶起义频繁发生，南方的白人为了捍卫自己的权利，支持"一滴血规则"，即将身上带有非裔血统的混血儿视为非裔美国人。因此，南方白人，尤其是奴隶主普遍对混血儿采取敌视和不信任的态度。南北战争结束后，南方白人对"一滴血规则"更加认同。1896 年在"普莱西诉弗格森案"中，美国最高法院确立了"隔离但平等"原则，为种族隔离合法化铺平了道路。接着，许多州出台了种族隔离法和反族际混血法，使原来非正式的"一滴血规则"成为正式法律条文，在黑白两个世界之间建起一条不可逾越的种族界线。据不完全统计，从 1896 年至 1967 年美国最高法院宣布反族际混血法违宪，美国有 38 个州先后出台过有关种族隔离制度。根据这些制度，黑白混血儿原则上属于黑人。然而，这些州之间的规定并不完全一致，另外，还有许多州并没有出台反族际混血法。因此，美国社会中对于混血儿身份的认定并不统一。而且，黑白混血儿的个体差异也十分明显，有的黑白混血儿无论从肤色上还是长相上都更接近于白人，这些人也更容易被白人所接受。1967 年后，美国各种族之间的通婚合法化，美国白人与黑人之间的通婚率开始呈现出明显上升。1971 至 1980年，白人与黑人通婚的夫妇总数从 6.5 万对增加到 16.6 万对；1993 年，黑人与白人通婚的夫妇占黑人新婚夫妇总数的 12%。这使得社会上的黑白混血儿比例大幅增加。除此之外，在美国历史上，黑白混血儿在相当长的一段时间内与白人或非裔美国人分开，单独计算，并对黑白混血儿的血统制定了极为详细的标准。其中，1900 年，美国人口普查局中就明确规定，"纯黑人"与"混血儿"分开计算，后者指具有黑人血统痕迹的人。1920 年，则将所有非裔血统的人全部归类于非裔美国人。1960 年，美国人口普查采用邮寄方式寄送调查表，黑白混血儿可以自主填写一个种族身份。然而在涉及黑白混血儿种族身份时，美国法院仍按照"一滴血原则"进行判决。1997 年开始，美国联邦政府通过有关法律规定，从 2003 年起，在人口普查中允许选择两个或以上种族身份，然而这一规定遭到了非裔美国人与各个民权组织的反对。

面对历史上的黑白混血儿制度，黑白混血儿人群在种族认同方面表现出三种典型态度。其一，大部分黑白混血儿认同"一滴血规则"，认为自己是非裔美国人，并与非裔美国人一起为争取种族平等、反抗种族歧视和不公正而积极斗争。其二，一部分肤色较浅的黑白混血儿不赞同美国主流社会强加在自己身上的非裔美国人身份，他们冒着生命危险，跨越肤色界线，冒充白人。其三，还有一小部分黑白混血儿，既不赞同美国主流社会强加在自己身上的非裔美国人身份，也不愿归属于白人，而是坚持自己的独立存在。在美国历史上，黑白混血儿的种族身份认同经历了一系列变化。美国主流社会对于黑白混血儿的态度大致可分为两种。一种是对黑白混血儿持贬低和否定态度，另一种则将黑白混血儿视为高等人种类型。

在奴隶制时期，尽管身上存在着非裔血统，然而黑白混血儿较之于纯粹的黑人享受更大的自由，成为自由黑人中的大多数。据1850年美国人口调查显示，黑白混血儿总人数只占黑人的八分之一，而自由黑人中，黑白混血儿的比例约占一半以上，当然也有一部分黑白混血儿为奴隶，但比例只占黑人奴隶总人数的十分之一。在美国历史上，黑白混血儿的地位普遍较高，从他们从事的工作来看，黑白混血儿大多不同于炎热的太阳照射下从事田间劳动，而是多从事室内工作，白人在选择工匠、司机、贴身仆人、裁缝、厨师、管家等人选时，也多考虑黑白混血儿。在美国内战前，大多数黑白混血儿，尤其是有着自由身份的黑白混血儿多与白人结盟，成为白人与黑人之间的缓冲地带。然而，随着美国内战的到来以及美国南方频繁的奴隶起义发生，白人转而对混血儿产生怀疑与敌视，将黑白混血儿视为黑人，从而疏远了他们之间的关系，导致黑白混血儿在内战时期与黑人站在一起，一同反对种族隔离制度。尽管自1960年开始，美国人在户口调查中可以自行决定种族身份归属，然而大部分黑白混血儿仍然选择将自己的种族身份归属于非裔。根据"一滴血原则"美国黑人的肤色又变得五花八门，而肤色的多样性与差别在一定程度上构成了社会鸿沟。受美国社会主流观点的影响，黑白混血儿在黑人种族内部具有一种肤色优越感。黑白混血儿在美国社会中的地位还体现在高等教育方面，自黑人院校设立之时起至今，黑白混血儿一直在黑人院校师生中占主导地位，与纯粹的黑人相比，黑白混血儿在美国黑人种族精英中所占比例也相对较高。在黑人种族解放道路的选择上，美国纯血黑人与黑白混血儿之间的观点也不尽相同。美国纯血黑人的代表、奴隶出身的布克·T·华盛顿曾指出，美国黑人种族解放需要通过使绝大多数黑人获得基本技能和训练，以便全面推动黑人民众的经济发展，提高黑人的品德修养。然而，美国黑白混血儿的代表杜波依斯则认为，美国黑人种族解放需要依靠受过良好教育的黑人精英来领导，以推动黑人种族的进步。这两种道路的选择也从另一个侧面反映出黑白混血儿在观念上的不同。在黑人内部长期存在着一种观点，那就是肤色深的人与肤色浅的人结婚是一种成功的象征，尤其是对于黑人男性来说，成功黑人男性往往与肤色比自己浅的女性结婚。这一观点得到的认同度较高，这也反映出美国非裔社会中白人至上的独特情结。历史上许多黑白混血儿的妻子均为白人，在哈莱姆运动的代表人士中，71%的男性的肤色比妻子深。

另外，尽管自美国南北战争后，美国奴隶制就得以废除，然而存在于社会中的歧视却仍然存在。例如，在上学、社区居住、车辆乘坐、购物、吃饭以及文化娱乐等方面，非裔美国人与白人之间仍然存在着明显的界线。这使得许多黑白混血儿处于种族身份认同困境中。从外貌上来看，一些肤色较浅的黑白混血儿与白人的容貌并没有太大差异，然而却因为身上的黑人血统而被排斥在白人种族之外，受到社会的歧视。面对无法逾越的种族壁垒，只有四分之一或八分之一黑人血统的黑白混血儿，开始想方设法跨越种族界线，从而形成了美国历史上特殊的"种族冒充"现象。黑白混血儿冒充现象存在着三种情况，第一种是短暂或临时冒充，许多浅肤色混血儿均有过这种临时冒充的经历。而临时冒充的原因是多种多样的，在奴隶制尚未废除时，有人为了获得自由人身份而临时冒充白人；更多的则是出于文化娱乐上的原因，或者为了在生活上取得便利；还有的家人为了孩子在学校中免受歧视，让孩子对自己的种族身份保密。第二种则是彻底摆脱黑人种族身份，以白人身份在白人社会生活。黑人社会学家查尔斯·约翰逊在其所著的《正在消失的黑白混血儿》一书中指出，1900—1920 年间，有 35.5 万名黑白混血儿消失在白人社会。数十万名黑白混血儿的无故消失从一个侧面反映出美国黑白混血儿"冒充"现象的普遍。然而，对于冒充成功的混血儿来说，他们必须要与所有的亲朋好友断绝关系，即便偶然相遇，也必须装着互不相识，否则他们的身份就会被揭穿。这使得那些冒充成功的黑白混血儿长期生活在孤单和恐惧之中。第三种冒充现象则是无意冒充，即那些成功穿越种族线，冒充白人的黑白混血儿的后代，并不知道自己的非裔血统，因此成为无意冒充白人的构成者。随着黑白混血儿冒充白人现象越来越普遍，从 20 世纪二三十年代美国哈莱姆运动开始，非裔美国作家开始将这一主题纳入文学创作之中，例如，兰斯顿·休斯就曾在他的诗歌《跨越肤色界线》中对黑白混血儿的种族身份困境进行描述。内拉·拉森与杰西·福塞特等作家的作品也表现了这一主题。

第二节　内拉·拉森文学作品中的主体性构建

《流沙》出版于 1928 年，这部小说的叙述艺术和对人物心理的刻画方面十分出色，获得了较大成功。小说发表后，受到了社会各界的广泛好评。例如，《危机》杂志的创办者杜波伊斯就曾在《危机》杂志上发表评论称这部小说是"从切斯

纳特以来美国黑人所创作的最好作品"❶罗伯特·博恩认为这部小说是哈莱姆文艺复兴时期除《蔗》之外的最好的作品。❷

内拉·拉森小说中的女性主体构建

《流沙》一书带有明显的自传色彩，其人物设置与行动均呈现出内拉·拉森的生活痕迹。《流沙》的主人公名海尔格·克莱恩是一位黑白混血儿女性，她的父亲是一位黑人，而母亲则是一位白人，这与内拉·拉森本身的身世十分相似。海尔格·克莱恩为摆脱被禁锢的社会地位，寻找自己的发展空间，实现自己的社会价值而不断探索。海尔格·克莱恩出生后不久，她的黑人生父就离家出走，母亲带着她改嫁给一位白人，并生下了一个白人女儿。海尔格·克莱恩在家庭中饱受白人继父和妹妹的奚落与排斥。母亲去世后，海尔格·克莱恩无法再在原来的家庭中生活下去。她既无法融入非裔社会，也无法进入白人社会。海尔格·克莱恩的白人舅舅收养了她，并将她送到一所黑人学校读书。尽管舅舅对她十分喜爱，然而肤色的限制还是让舅舅对她充满偏见，认为她一生不会取得太大的成就。海尔格·克莱恩毕业后，希望成为一名有尊严的教师，怀着这一理想，她进入位于南方的纳克萨斯学校任教，然而在学校中她却发现，纳克萨斯学校充满了中产阶级拘谨、虚伪、势利的氛围，尤其是学校的白人牧师的言行让海尔格·克莱恩感到鄙视同时又不寒而栗。白人牧师倡导在学校中实施种族隔离制度，他认为学校中的黑人学生品质低劣，而白人学生和教师则被理想化，无论是他们的言行还是品质都被无条件地视为优越。学校规定，所有学生只能穿黑色、棕色、绿色和天蓝色的衣服，不准穿黄色、绿色和红色的衣服。海尔格·克莱恩曾看到一位黑人女学生穿了一件橘黄色的鲜艳衣服，成为学校中一道漂亮的风景线，然而第二天，这件衣服就被粗暴的学生宿舍管理员没收并丢进了染衣店，无情地剥夺了学生爱美的天性。而当学生进行反抗，争取应得的权利时，却被白人牧师视为品格低下的黑人的贪欲。在学校刻意建立的强烈的种族意识氛围下，黑人学生普遍以白人为榜样，并有意识地模仿白人。海尔格·克莱恩认为纳克索斯学校禁锢了学生的灵魂，这所学校就像"一把锋利的大刀，把一切都残忍地削割成一个模式———白人的模式"❸。作为

---

❶ 王家湘. 黑色火焰 20 世纪美国黑人小说史 [M]. 杭州：浙江文艺出版社，2017：107.

❷ 王家湘. 黑色火焰 20 世纪美国黑人小说史 [M]. 杭州：浙江文艺出版社，2017：107.

❸ 张德文. 哈莱姆文艺复兴时期新黑人女性形象的身份诉求与建构 [J]. 社会科学战线，2016(04):159-163.

这所学校中的教师，海尔格·克莱恩觉得自己成了学校的帮凶。她不能容忍这所学校的工作，学期还没有结束，就愤然离开了这里。之后，海尔格·克莱恩来到芝加哥舅舅的家中，此时舅舅已经结婚，娶了一位白人女子。海尔格·克莱恩的出现并没有受到这个家庭的欢迎。舅妈十分不快地告诉她，由于海尔格·克莱恩的出现，她们的家庭受到了恶劣影响，对于舅妈的态度，舅舅也无可奈何。在这里，海尔格·克莱恩十分努力，然而却得不到任何工作，最后只能为一名宣传种族问题的非裔美国女性海斯·洛尔太太做随从。海尔格·克莱恩跟着海斯·洛尔太太来到纽约哈莱姆。在这里，海尔格·克莱恩被介绍给非裔贵妇人安妮，并进入哈莱姆社交圈。一开始，她在哈莱姆的生活十分快乐，感觉找到了心灵的自由。然而，尽管海尔格·克莱恩与安妮无话不谈，海尔格·克莱恩却始终牢记海斯·洛尔太太的忠告，不敢将自己拥有白人血统的秘密告诉安妮，并尽力凸显自己的黑人属性。因为当时在黑人社区中，种族跨界被认为是一种耻辱，安妮一旦知晓海尔格·克莱恩的血统秘密，就可能将她赶出家门。

　　一天，海尔格·克莱恩在集会中遇到了原来任教的学校校长安德森，并对他生出好感，安德森已在纽约工作，她甚至想要在哈莱姆恋爱、结婚并生子。可是，内心中对于自己种族特性的不安又让她无法安然接受这种突然而至的情感。不久，海尔格·克莱恩发现安妮一面高呼反种族主义的口号，一面在私下里却处处模仿白人女性的生活作风。这让她感觉到哈莱姆一些上层人士的虚伪，开始生发出对哈莱姆的厌烦情绪。因此，她开始下意识地躲避安德森。此时，海尔格·克莱恩收到了一封舅舅的来信与5000美元，舅舅在信中告诉海尔格·克莱恩，舅妈不愿意再见到她。因此，建议她到欢迎她的姨妈家去。于是，海尔格·克莱恩离开哈莱姆前往丹麦的姨妈家中。到了丹麦，姨妈一家对她表现得十分热情，很高兴有她这样一位亲戚。而海尔格·克莱恩的异域肤色与长相也让她在这里生活得时十分自由，然而，每到社交场合，姨妈一家总是让她穿上色彩鲜艳的衣服。海尔格·克莱恩渐渐发现姨妈一家只是将她当作一个被展示的宠物与巴结上层的工具。而且，由于这里远离故土，远离非裔文化，她再次产生了迷茫，她开始怀念哈莱姆。因此，在丹麦生活了三年后，海尔格·克莱恩重新回到了哈莱姆，再次融入非裔文化中。不久，海尔格·克莱恩在一次聚会上见到了曾经爱慕过自己的安德森，此时，他已和海尔格·克莱恩的朋友结婚。然而海尔格·克莱恩却对安德森爆发出强烈的爱恋之情，但却遭到了安德森的拒绝。迷茫之际，海尔格·克莱恩偶然了解到非裔宗教，并获得了内心的宁静。海尔格·克莱恩因此和爱人相遇，两人不久后就结了婚。婚后，海尔格·克莱恩跟随丈夫一同回到亚拉巴马州的教区，并在这里过着年复一年的平淡生活。在这里，她陷入了怀孕生子的重复生活，刚刚从床上起来，能够自由活动时，她却又怀孕了。海尔格·克莱恩的混血儿身份，使她在年轻时一直漂泊不定地追求自己向往的生活，然而最后却陷入了无法自拔的流沙之中。

海尔格·克莱恩对于归属感和自由的寻找，也是对自我身份认同的寻找和对自我主体的构建过程。她始终游走于欧洲与哈莱姆两个世界，在丹麦时，海尔格·克莱恩极力忽视自己的非裔身份属性，而在哈莱姆则对自己身上的白人身份属性进行压抑。她想要寻找并获得身体上和精神上的双重自由。尽管，海尔格·克莱恩具有自我奋斗精神，也做过教师、秘书等工作，然而，当她长期处于一种环境与生活中时，就会感到丢掉了身份中的另一种属性，这使她感到窒息、压抑与迷茫，因此，海尔格·克莱恩开始不断地逃离，希望寻找到适合自己的身份与角色。小说的结尾，海尔格·克莱恩努力做一个好妻子和好母亲，然而在日复一日的生活中，她又开始感觉到角色与定位对自己的禁锢。海尔格·克莱恩的自我身份的寻找与认同过程，反映了黑白混血儿除非裔美国人与冒充白人之外的第三种选择，即构建自己的第三种身份。然而，对于海尔格来说其自我主体的建构没有成功，而是迷失在自己的双重身份属性之中。

《跨越种族线》则是一部典型的讲述黑白混血儿冒充主题的文学作品。小说的主人公为两个浅肤色黑白混血儿女孩克莱尔·肯德里与艾琳·雷德菲尔德。两个女孩从小就是好朋友，并相互了解对方的家世。艾琳出身于非裔中产阶级，长大后与在哈莱姆工作的黑人医生结婚，婚后，艾琳一边享受着丈夫带给她的社会地位和舒适的生活，一边在市中心逛街时短暂地冒充白人。而她的好朋友克莱尔则出身于破裂的家庭。其父亲肤色较浅，是一栋楼的守门人，他常常酗酒，并在克莱尔 15 岁时在酒吧打架被人打死。克莱尔的母亲去世较早，因此父亲死后，克莱尔成为孤儿，被父亲的姐妹们收养。在姑妈家中，克莱尔是唯一有非裔血统的人，因此在生活中备受歧视，姑妈不允许她在邻居面前谈起非裔话题，也禁止她回到曾经居住过的黑人社区，并且沦为姑妈家的帮佣，穿着破烂。克莱尔在这一环境的影响下，不想再成为受歧视和诅咒的非裔美国人，希望有一天能得到最基本的尊重。因此，当她遇到邻居的校友约翰·贝鲁时，克莱尔决定利用自己的肤色白皙的特点来冒充白人。她性格不羁，无视一切社会规则，蔑视哈莱姆社区的传统和规范。为了获得自由和物质上的满足，克莱尔成功地冒充为白人并与仇视黑人的白人富商约翰·贝鲁私奔。婚后，克莱尔跟随丈夫经常到欧洲生活，两位好朋友因此分开。克莱尔虽然成功地冒充了白人，然而她却时刻生活在恐惧之中，因为害怕暴露身份，克莱尔不敢与任何人深交，在生活中时刻小心翼翼。在怀孕时，克莱尔时刻都在担心生下深色皮肤的孩子，每天都处于紧张之中，当她如愿生下白皮肤的女儿后，克莱尔决定从此不再生育。由于克莱尔的小心与谨慎，她在生活中几乎没有知心朋友，她的丈夫由于在国际银行工作，因此经常需要出差，而女儿长大后上了寄宿学校，这使得克莱尔越来越感觉到孤单与寂寞。克莱尔清楚地意识到，长此以往，自己注定无法融入白人生活，她的内心越来越迷茫，开始怀念被自己所抛弃的黑人社会。

　　12 年后，克莱尔和艾琳在芝加哥偶遇。克莱尔看到艾琳不必冒充白人也过上了舒适的生活时十分后悔。一向渴望真正摆脱非裔身份的克莱尔向艾琳询问过去的非裔朋友近况并希望与艾琳恢复交往，并重新融入哈莱姆社区中去。然而，艾琳却十分矛盾。此时，艾琳已经习惯了非裔中产阶级的生活，对于生活的要求只有稳定与安全。她依附于丈夫而生，十分在乎丈夫带给她的经济与社会地位。艾琳的丈夫出于工作需要常常接触下层社会的黑人，他对于自己身处的种族歧视的社会十分失望，因此流露出搬离哈莱姆社区，举家迁往巴西的意图，这使艾琳感到了极大的恐慌与忧虑，她甚至以离婚作为威胁，否决丈夫的意愿。她无法放弃自己在哈莱姆社会营造的舒适与自得其乐的生活。因此，艾琳对于克莱尔的提议并不热心，甚至担心克莱尔打乱自己稳定的生活。两年后，艾琳再一次收到克莱尔的来信，来信中称自己十分孤独，十分渴望见到儿时的伙伴。艾琳虽然对克莱尔的白人生活充满好奇，然而却没有回信。五天后，克莱尔不请自来，并对艾琳倾诉了自己在白人世界的孤独，她提出要参加一年一度的黑人福利协会举办的舞会，并提出到时许多白人都会来参加这一盛会，自己不会引发关注。艾琳出于对克莱尔的同情答应了她。此后，克莱尔将艾琳视为重新回归黑人社会的纽带，常常不请自来，尤其是当跟随艾琳参加哈莱姆聚会时，哈莱姆的色彩、活力与温情让克莱尔越来越坚定了回归黑人社区的想法。然而，克莱尔无视一切规则、不受任何约束的做法对艾琳的稳定生活产生了极大威胁。尤其是当艾琳发觉克莱尔与其丈夫之间存在着私情时，担心自己的家庭、婚姻、社会地位等受到威胁，于是警告艾琳，她的这种行为很可能招致约翰的怀疑，暴露自己的非裔身份。然而，克莱尔却满不在乎地说，她巴不得被丈夫发现，这样就可以离婚了。这使得艾琳感觉到了更大的威胁。此时，克莱尔的丈夫约翰对于克莱尔的行踪产生了怀疑，因此偷偷跟踪克莱尔。一次，克莱尔与艾琳夫妇一起到朋友家参加聚会时，约翰愤怒地闯进来，刹那间，正站在窗前的克莱尔消失了。原来，克莱尔坠下楼摔死了。小说中并未直接交待克莱尔坠楼的原因。当克莱尔决定回归黑人社区的那一刻，其自我主体意识已经觉醒，她并不害怕被丈夫发现，甚至当丈夫约翰站到她身前疯狂地咆哮并辱骂她是个"肮脏的黑鬼"时，克莱尔也表现得十分镇定。由此可见，已完成自我主体意识觉醒的克莱尔不可能自杀。而文末艾琳不能忘记克莱尔坠楼时自己伸出的手，则暗示了艾琳发现克莱尔对丈夫的吸引时，亲手杀死了昔日的好朋友克莱尔。克莱尔的死亡令人唏嘘。

克莱尔与艾琳的两种选择，展现出黑白混血儿对于自己身份归属的两种选择。艾琳选择留在哈莱姆，与黑人医生结婚，享受稳定、安全、舒适的中产阶级生活。然而，这不是因为艾琳内心深处对自己非裔种族文化的留恋，而仅仅是出于舒适生活的渴望。艾琳的舒适生活也并不是由她个人所创造的，而是依附于自己的丈夫得到的。因此，艾琳的形象更符合传统非裔美国女性形象，她并没有强烈的自我主体意识，所作所为只是为了稳定与安全的生活，然而亲手杀死自己的好朋友后，艾琳的内心终将无法获得真正的安宁。克莱尔与艾琳正好相反，童年的歧视对她的内心产生了极大的刺激，她渴望有一天不被歧视，因此冒充白人身份。然而，长期远离非裔文化，孤独地融入白人文化中，使她备感煎熬。因此，她想要找回自己的多种族身份，重新回归黑人社区。她在不同地区不同种族身份间游荡，想在社会中寻求一种自由。与艾琳不同，她不再留恋依靠丈夫而获得物质生活，而是想脱离丈夫的依附。然而，她对于规则不屑一顾的行为却对好朋友产生了威胁。最终导致她重回黑人社区的愿望还没有来得及实现就坠亡了。然而，相对于艾琳，克莱尔的自我主体意识更强，她不想被一种种族身份所束缚，不想在白人社区和黑人社区中被边缘化，努力寻找属于一个混血儿的自由身份属性。最后却没有成功。

内拉·拉森小说《流沙》与《跨越种族线》中的女性角色海尔格·克莱恩、克莱尔·肯德里均属于哈莱姆时期的非裔美国新女性，她们不同于传统非裔美国女性，努力寻求实现自我双重身份之路，然而最终一个陷入生活的流沙中不能自拔，一个在追求自我身份时从楼上坠落。

【第六章 佐拉·尼尔·赫斯顿及其作品】

第一节 佐拉·尼尔·赫斯顿生平及其文学创作概述

佐拉·尼尔·赫斯顿是美国文艺复兴时期重要的黑人女作家、民俗学家和人类学家，被誉为："美国黑人文学经典、女性文学经典和美国经典中的重要作家" ❶。她的作品对于 20 世纪后期的许多著名女性作家，例如，艾丽斯·沃克、托尼·莫里森、格洛丽亚·内勒等作家均产生了重要的影响。

一、佐拉·尼尔·赫斯顿的生平

佐拉·赫斯顿的一生经历坎坷，她童年的经历对其创作与事业产生了决定性的影响。她一生创作了多部小说、戏剧，并致力于非裔美国人民俗调研，这些调研为她带来了名誉的同时，也带来了无数麻烦。佐拉·赫斯顿一生三次结婚，然而每一次都持续了较短时间，晚年时穷困潦倒，去世后连一块墓碑都没有。佐拉·赫斯顿的人生经历比她的文学创作还要精彩。

（一）自由的童年

佐拉·尼尔·赫斯顿生于 1891 年 1 月 7 日，其出生地亚拉巴马州的诺塔萨尔

---

❶ 王晓英．走向完整生存的迫艾丽丝艾丽斯·沃克妇女主义文学创作研究 [M]．苏州：苏州人学出版社 .69.

加位于美国东南部，赫斯顿3岁时，跟随全家人一起迁到位于美国东北部佛罗里达州的伊顿维尔。伊顿维尔建立于1886年，是一个由非裔美国人建立并自治的独特的黑人小镇，包括镇长、议会议长、警察局长等在内的所有镇上官员全部由非裔美国人担任。19世纪80年代，这一小镇的建立在全美国是独一无二的。赫斯顿一家迁到伊顿维尔后，其父亲约翰·赫斯顿还曾担任过这个镇的镇长。伊顿维尔镇对于赫斯顿的生活和创作产生了极为深远的影响。赫斯顿的父亲和母亲都是亚拉巴马人，他们两人所住的地区只隔着一条河，赫斯顿的父亲约翰·赫斯顿住在河的左岸，这里的人们生活十分贫困，大多没有自己的土地，靠在白人种植园中干活为生。而赫斯顿的母亲露西·安·波茨则住在河的右岸，这里的人们生活相对富裕，露西家中也有自己的土地。右岸的人谈起左岸时常轻蔑地称为"河那边"。约翰是一位身材高壮的浅肤色黑人，在白人的棉花种植园中干活，在干活的间隙，他还学会了读书识字。约翰每个礼拜天都到河右岸的浸礼会教堂做礼拜。而露西则是教堂唱诗班的一员，传承了其家族中的深棕色皮肤。约翰20岁那年到教堂做礼拜时，第一次见到了年轻漂亮露西，当时露西年仅14岁，约翰被露西所深深吸引。礼拜仪式结束后，约翰站在离露西不远的地方，并深深地注视着露西，很快露西发现了约翰，但是她当时却并没有十分留意这个高大的小伙子。后来，两人在教堂中多次相遇，露西发现有着浅肤色和一双灰绿色眼睛的约翰在一群黑皮肤黑眼睛的人群中十分显眼，因此不由自主地对约翰留意起来。约翰深深地爱上了露西，为了向露西传递这份爱，他将纸条夹在赞美诗的书中递给露西。这种浪漫的方式很快打动了露西。两人悄悄以纸条传递爱意，几个月后，他们决定结婚。当露西的家人知道她与约翰相恋并即将结婚时，全家人表示了强烈的反对。由于当地人的肤色都较深，因此，视肤色较浅的约翰为"杂种"，尤其是露西的母亲坚决不同意女儿嫁给约翰。可是，家人的反对没有改变露西的决定，结婚时她决心自己走两英里到约定的地方，最后，露西的父亲不忍心看到女儿独自一人结婚，因此赶马车送女儿去了婚礼地点。然而露西的母亲却始终没有原谅她。他们结婚后住在河的左岸。很快，露西就怀孕了，婚后，他们共生了8个孩子，佐拉·尼尔·赫斯顿是他们的第六个孩子。他们结婚后十年中一直住在亚拉巴马种植园中，然而约翰却一直看不到生活的起色，于是他前往北方的黑人小镇伊顿维尔，发现那里物产丰富，人们相对友好。因此，一年后，他们全家移居到了伊顿维尔小镇。约翰在这里大展身手，他既是木匠，又是牧师，还曾担任过伊顿维尔的三任镇长，并牵头制定了一些地方法规。郝斯顿全家在伊顿维尔的生活十分舒适。约翰建造了一栋拥有8间层的两层楼房，此外他们还拥有5英亩果园，果园中种满了各种水果，孩子们在果园中与邻居的孩子玩耍。他们还养了许多鸡，每天有吃不完的鸡蛋。此外，小镇四周的湖中养有很多鱼，赫斯顿家的餐桌上经常可见鸡和鱼，可谓过着吃穿不愁的生活。

佐拉·尼尔·赫斯顿从小在这样的环境中长大，她十分调皮，像一个假小子，同男孩子打假，并与父母亲拌嘴。这一点与姐姐正好相反。佐拉·赫斯顿的母亲十分疼爱她，并鼓励佐拉·赫斯顿"在阳光下跳跃"，因此，母亲并不约束佐拉·赫斯顿的行为。然而父亲却并不像母亲那么乐观，他更喜欢像佐拉·赫斯顿姐姐一样性格温顺的女孩子，认为佐拉·赫斯顿顽皮莽撞的性格会为她自己招来祸患。佐拉·赫斯顿从小充满了好奇心，常常想要去冒险，并曾经尝试去探索世界的边缘。佐拉·赫斯顿的母亲露西曾经做过乡村小学教师，因此承担起了教育孩子的责任，她每天晚上将孩子们召集到卧室，教他们语法和句子。因此，佐拉·赫斯顿在进入学校之前就已经可以读书识字了。上学后，佐拉·赫斯顿以聪明著称，她的学习成绩在同龄人中十分突出，佐拉·赫斯顿读五年级时，有两位从北方来的白人女士到她所在的班级中听课，看到佐拉·赫斯顿在课堂上的优异表现后，她们对佐拉·赫斯顿十分欣赏，并送给佐拉·赫斯顿一个漂亮的礼物。佐拉·赫斯顿回家后打开礼物，发现里面装有 100 枚崭新的分币，一本赞美诗，一本童话故事，以及一本《瑞士家庭鲁滨逊》。之后不久，佐拉·赫斯顿又收到了她们寄来的一个大盒子，里面装有漂亮的衣服和帽子，以及多本童话书。这些书让佐拉·赫斯顿从中获得了许多知识与文化，除此之外，佐拉·赫斯顿还在母亲的指导下读了《圣经》，并读了吉卜林和史蒂文森的作品，在童年时受到了较好的文学和文化教育。除了读书外，佐拉·赫斯顿童年时还常和其他小伙伴一起到乔·克拉克的杂货店玩耍。这里是伊顿维尔的心脏，每天聚集了很多人，每到星期六的晚上，镇上的妇女也聚集到这里一起闲谈。佐拉·赫斯顿小时候总是利用一切机会到杂货店去听人们说各种荒诞夸张的故事，这些故事激发了佐拉·赫斯顿的想象力。因此，佐拉·赫斯顿小时候就常常自己编故事并讲给母亲和小伙伴们听。母亲在佐拉·赫斯顿的生命中起着保护伞一样的作用，总是为佐拉·赫斯顿的种种出格行为进行祖护。母亲的爱护与纵容对于佐拉·赫斯顿后来的文学创作起了极为重大的影响。

尽管佐拉·赫斯顿的母亲为家庭生了 8 个孩子，并承担的了照料家族与教育孩子的重任，然而佐拉·赫斯顿的父亲却仍然到处与其他女人调情，并在外与其他女人厮混。这对佐拉·赫斯顿的母亲造成了极大的打击，因此，尽管佐拉·赫斯顿母亲年龄不大，然而身体却一直不太好。1904 年，佐拉·赫斯顿母亲去世。临死前，佐拉·赫斯顿母亲特意将佐拉·赫斯顿叫到床前，并叮嘱她，她死时不要将枕头拿走，也不要用布将钟和镜子盖住，她用这种方式表示对传统风俗的反叛。然而，当母亲去世时，尽管佐拉·赫斯顿遵照母亲的要求，大声抗议，佐拉·赫斯顿的父亲和社区的人们仍然坚持进行了传统仪式。这件事严重伤害了佐拉·赫斯顿的感情，并将这一幕多次写进自己的小说中。母亲去世后，由于父亲经常离家外出，佐拉·赫斯顿与父亲的关系开始变得紧张，两周后，佐拉·赫斯顿被送到了杰克逊维尔的浸礼会学校上学，以便姐姐照顾她。杰尔逊维尔是一个非黑人社区，在这里，种族隔离十分明显，甚至乘坐公交车都要按照种族和肤色分隔。在杰尔逊维尔，佐拉·赫斯顿第一次感受到自己是一个有色人种女孩。佐拉·赫斯顿的童年结束了。

（二）学业与创作

1905 年，佐拉·赫斯顿的母亲去世还不到半年，佐拉·赫斯顿的父亲就再婚了，这件事对佐拉·赫斯顿以及兄弟姐妹来说犹如一个晴天霹雳，尤其是佐拉·赫斯顿，感觉情感受到了严重的伤害。佐拉·赫斯顿的继母对于佐拉·赫斯顿以及佐拉·赫斯顿的兄弟姐妹们十分不友好，由于佐拉·赫斯顿父亲最喜欢姐姐萨娜，因此，继母十分嫉恨萨娜。有一次，萨娜忍不住对父亲急于再婚发表了意见，惹怒了继母，她怂恿佐拉·赫斯顿的父亲用鞭子抽打萨娜，并要将萨娜赶出家门。佐拉·赫斯顿的父亲照做了，很快将萨娜嫁出去，并带走了佐拉·赫斯顿的小弟弟。一天，继母因为佐拉·赫斯顿不听话而让父亲打她，这一次父亲却并未打骂佐拉·赫斯顿。于是继母对佐拉·赫斯顿大声咒骂，并试图用瓶子砸佐拉·赫斯顿。佐拉·赫斯顿忍无可忍，于是对继母大打出手。由于佐拉·赫斯顿与继母打架时父亲不肯听继母的话帮助继母教训佐拉·赫斯顿，导致父亲与继母之间关系紧张，继母甚至提出了离婚。这件事直接导致佐拉·赫斯顿被父亲和继母抛弃。然而当时佐拉·赫斯顿并没有很快离开家。这件事过后，佐拉·赫斯顿继续到杰克逊维尔的学校读书，父亲却不再为她交食宿费，佐拉·赫斯顿只好利用周末和放学时间帮学校做杂活。此时，佐拉·赫斯顿的成绩在学校中依然很优秀。打架事件后的第二年春天，佐拉·赫斯顿的父亲给学校写信，希望学校收养佐拉·赫斯顿。佐拉·赫斯顿被学校赶了出来。她回到家发现自己的家已经破败，兄弟姐妹已相继离家，佐拉·赫斯顿从此只能离开伊顿维尔。离开家和学校的最初 5 年，佐拉·赫斯顿只能在各个亲戚间寄宿，她无忧无虑的童年生活也结束了。佐拉·赫斯顿感觉到自己又变成了"一个黑人小姑娘"❶，贫穷，没有自主权，不能读书，孤独而痛苦。佐拉·赫斯顿想要自立，开始到处找工作，她做过女佣与杂活，也曾为了重新上学而帮助哥哥照料孩子，做家务。佐拉·赫斯顿24岁时，终于在一个流动剧团找到一份工作，为剧团的主唱歌手做侍女。佐拉·赫斯顿在这个剧团中待了一年半的时间，到过很多地方，增加了许多见闻，直到雇佣她的歌手结婚为止。1917年，佐拉·赫斯顿跟随流动剧团到达巴尔的摩，她的雇主M小姐在了解了当地的学校后，鼓励佐拉·赫斯顿重新读书，并留给她部分资金。之后，佐拉·赫斯顿在巴尔的摩边做杂工，边读免费夜校。

1917年佐拉·赫斯顿经面试进入摩根学院高中部学习，因为贫穷，她只能边上学边给学校一位董事做帮佣。佐拉·赫斯顿帮佣的家庭中有许多藏书，这让佐拉·赫斯顿像找到一个宝藏般开心，而这时的阅读也为她积累了一定的文学知识。在摩根学院高中部学习时，佐拉·赫斯顿的成绩一如既往地优异，并因此而赢得了学校师生的尊重，因此佐拉·赫斯顿在这里学习的时光十分愉快。1918年佐拉·赫斯顿从麻根学院预科学校毕业，在同伴的鼓励下，于1918年夏天搬到华盛顿，计划进入美国著名的黑人大学霍华德大学学习。为了积攒学费，佐拉·赫斯顿到华盛顿市中心的修甲店打工，由于临近政府，因此店里经常有参议员、众议员、政府官员以及记者和银行家光顾，他们的言谈使佐拉·赫斯顿增长了见识，开阔了视野。1918年秋天，佐拉·赫斯顿正式进入霍华德大学学习，在大学期间，她的学习成绩严重偏科，喜欢的课程成绩十分优异，不喜欢的课程成绩并不好。在霍华德大学学习期间，佐拉·赫斯顿受到洛伦佐·道·特纳博士的影响，下决定将来成为一名英文教师。1920年，佐拉·赫斯顿获得了相当于大专毕业的准学士学位。在学校期间，佐拉·赫斯顿还积极参加学校的文学活动，加入了文学社团，社团生活对于佐拉·赫斯顿以后的发展起到了较大的影响。1921年佐拉·赫斯顿在该社团主办的会刊《斯泰勒斯》上发表了她的第一篇短篇小说《约翰·雷丁出海》。❷

1924年，佐拉·赫斯顿从霍华德大学毕业。此时，美国哈莱姆文艺复兴运动也在如火如荼地进行中，当时《机遇》杂志的主编查尔斯·S·约翰逊面向全美国的黑人院校征稿，佐拉·赫斯顿也因为卓越的写作才能被主编注意而收到了邀约函。1924年12月，佐拉·赫斯顿的短篇小说《沐浴在光明中》在《机遇》杂志上发表。之后，佐拉·赫斯顿收到了《机遇》杂志主编的邀请信，信中介绍了美国纽

---

❶ 佐拉·尼尔·赫斯顿.大路上的尘迹 [M].美国：伊利诺斯大学出版社，1984：94.

❷ 谭惠娟，罗良功等.美国非裔作家论 [M].上海：上海外语教育出版社，2016：117.

约正在进行的"新黑人运动"并邀请她到纽约去。佐拉·赫斯顿决定前往纽约，投身写作。1925 年 1 月，佐拉·赫斯顿一个人来到纽约，也是哈莱姆黑人文艺复兴的发祥地。刚到纽约时，佐拉·赫斯顿除了 1.5 美元外一无所有，没有工作和朋友，然而她却充满了希望。1925 年，《机遇》杂志发起文学竞赛，佐拉·赫斯顿的短篇小说《斯朋克》与剧本《肤色的打击》在竞赛中获得二等奖。佐拉·赫斯顿对待生活热情如火，擅长讲故事和俏皮话，因此赢得了许多人的友谊，其中包括当时已小有名气的白人作家范尼·赫斯特等人，与包括著名的黑人桂冠诗人兰斯顿·休斯在内的当时社会上重要的非裔美国作家建立了友谊。

1925 年，佐拉·赫斯顿获得了纽约巴纳德学院的奖学金，有幸成为巴纳德学院的第一个黑人女学生。1926 年秋天，佐拉·赫斯顿进入巴纳德大学学习，入学时她学习英文，并将理想的职业确定为写作和教师，在巴纳德学院顾问的建议下，佐拉·赫斯顿还选修了人类学和美术等课程。人类学的课程对佐拉·赫斯顿的一生产生了极为深远的影响。在学习并喜欢上人类学课程前，佐拉·赫斯顿并没有机会详细了解自己种族的文化，也并不明白黑人民俗文化的价值。直到学习了人类学课程，她才明白其父辈所创造并流传下来的口头文学多么可贵。在巴纳德学院，佐拉·赫斯顿起初跟随格拉迪斯·赖卡德博士学习，后来又跟随著名的人类学家、普通人类学的创始人费朗兹·博瓦斯博士学习人类学，并放弃了成为一名文学教师的理想。然而佐拉·赫斯顿却并没有放弃对于文学的热爱，相反，人类学的学习与研究对佐拉·赫斯顿·赫斯顿的写作产生了极大影响。1926 年，佐拉·赫斯顿与兰斯顿·休斯等人一起创办了一份刊物《烈火！！！》，在这本刊物上，佐拉·赫斯顿将《肤色的打击》重新改编与短篇小说《汗水》一起发表。同年，佐拉·赫斯顿还在《信使》杂志上发表了《伊顿维尔文选》，首次将民俗文化与小说融合在一起。

1927 年，在费朗兹·博瓦斯导师的鼓励与安排下，佐拉·赫斯顿得到一笔研究基金，并在一位对"原始黑人艺术"感兴趣的纽约社交名人的资助下到南方开展为期 6 个月的民俗采风，主要收集非裔美国人的民间故事、歌曲、舞蹈、习俗、迷信、吹牛、笑话以及游戏等等，并教导她称这是研究人类行为的最好材料。这次采风的地点，正好位于佐拉·赫斯顿的家乡一带。1927 年 2 月，佐拉·赫斯顿出发开始了第一次民俗采风。然而这次采风的结果却大不如人意，由于佐拉·赫斯顿缺乏民俗采风的经验而收效甚微。然而这次旅行却对佐拉·赫斯顿个人产生了深刻的影响。1927 年 12 月 14 日至 1932 年佐拉·赫斯顿得到一位名叫梅森夫人的白人资助，开始到南方进行第二次民俗采风活动。在此期间，1928 年，佐拉·赫斯顿在巴纳德学院毕业前，成为美国民俗学学会的会员，不久后，又成为美国人类学学会和人种学学会的会员。1928 年 5 月，佐拉·赫斯顿收到了巴纳德学院的毕业证书。在收集民间故事的过程中，佐拉·赫斯顿认识到黑人民间故事与白人文化之间存在着巨大的差异性，黑人民间故事和奴隶制有着千丝万缕联系，而白人的传说与故事中大多为开拓者或与开拓有关的故事，因此她认为黑人民间故事和传说有着独特的价值。1930 年，佐拉·赫斯顿在民俗采风期间，与兰斯顿·休斯合作创作了戏剧剧本《骡骨》，然而两人对剧本的版权发生了争执，导致该剧演出取消。

1934 年出版了第一部长篇小说《约拿的葫芦藤》，这部小说基本上以赫斯顿的父母为原型进行撰写，并且全部使用南方黑人方言写成。同年年末，佐拉·赫斯顿向罗森沃德基金会申请奖学金，以回到哥伦比亚大学攻读人类学博士学位。1935 年，佐拉·赫斯顿将其在人类学领域的研究成果进行了发表，出版了《骡子与人》一书。这本书中含有大量的民间故事。这本著作在当时引发了轰动，然而收到的评价却呈现两极化。有的评论家对《骡子与人》大加赞赏，而有的评论家，尤其是黑人评论家斯特林·布朗则认为这部著作忽视了南方的种族压迫。这些批评与指责几乎伴随了佐拉·赫斯顿的一生。同年，佐拉·赫斯顿放弃了哥伦比亚大学的人类学博士学位。1936 年 3 月，佐拉·赫斯顿获得了古根海姆研究基金，前往牙买加进行民俗调查研究，1937 年，佐拉·赫斯顿出版了第二部长篇小说《他们的眼睛望着上帝》，这是一部女权主义文学经典，佐拉·赫斯顿的代表作之一。1938 年，佐拉发表了她的另一部民间故事集《告诉我的马》，这部著作中收集了流传于西印度群岛的黑人民间传说。1939 年，赫斯顿出版了第三部长篇小说《摩西是山里人》，这是一部部影射美国奴隶制度的讽喻性小说，小说中的想象力极其值得称赞。1942 年，赫斯顿出版了自传体小说《路上的足迹》，她在这部小说中表达了她对于美国种族主义的一些观点。1948 年，赫斯顿发表了最后一部小说《苏旺尼的六翼天使》，这部短篇小说被认为是一部不太成功的小说。

（三）婚姻与死亡

佐拉·赫斯顿一生中有过三次婚姻，然而每次均以失败而告终。佐拉·赫斯顿第一次婚姻，是与赫伯特·希恩的婚姻，对于这次婚姻，佐拉·赫斯顿在自己的自传中并未详细提及，人们只能从她的通信中来检索一二。1919 年，佐拉·赫斯顿来到霍华德大学的第二年，与霍华德大学的学生、来自伊利诺伊州的赫伯特·希恩相遇。希恩与佐拉·赫斯顿的经历有一定的相似性。二人均在霍华德大学读书，并且都是半工半读，两人又同出自牧师家庭，因此有着诸多相似性。关于两人的爱情，佐拉·赫斯顿曾在自传中有所描绘，在佐拉·赫斯顿的叙述中，希恩能歌善舞，热情如火，点燃了佐拉·赫斯顿心中的爱情。1921年，希恩离开霍华德大学前往纽约，原本计划进入哥伦比亚大学读书，后来因故未能入学后，希恩回到伊利诺伊州进入芝加哥大学学习，并于1924年获得芝加哥大学理科学士学位，之后，继续在芝加哥大学读医学院攻读研究生。与希恩不同，佐拉·赫斯顿一直在霍华德大学读书，直到1925年才迁居纽约，进入巴纳德女子学院读书。尽管佐拉·赫斯顿与希恩两人在长达数年的时间里，长期两地分离，然而他们却通过信件保持着密切的联系，两人周围的人也一直以为两人会结婚。1927年5月19日，在经历了长达数年的恋爱后，两人终于趁佐拉·赫斯顿第一次到南方进行非裔美国人民俗风情调查期间，在佛罗里达的圣奥古斯丁举行了婚礼。然而，对于佐拉·赫斯顿来说，她对婚姻和爱情的甜蜜远不如她对婚姻的质疑和忧虑。忧虑的来源是多方面的，佐拉·赫斯顿后来曾写信告诉希恩，她在婚礼的前一天做了一场噩梦，在梦中，佐拉·赫斯顿看到了一道黑色的屏障阻挡在她与希恩之间，这使佐拉·赫斯顿感到了困扰，为这场婚姻添加了不和谐的声音。另外，佐拉·赫斯顿想到母亲与姐姐的婚姻，她们在结婚前都曾有过自己的事业，然而婚后却都放弃了，而佐拉·赫斯顿不愿为了婚姻而牺牲自己的事业，到芝加哥安心做一名医生的妻子。伴随着这种疑虑，由于当时佐拉·赫斯顿还处于受资助进行学术采风时期，再加上当时美国学术界普遍反对有学术发展前景的女性为了结婚而放弃事业，佐拉·赫斯顿并没有将自己结婚的消息公之于众。这段被佐拉·赫斯顿质疑的婚姻只维系了很短的时间，1927年8月，希恩只身一人回到芝加哥继续读书，两人再一次开始长期两地分离的生活。1928年1月佐拉·赫斯顿与希恩的关系破裂，然而他们并没有立刻离婚，两人之间依然保持着偶尔通讯，直到1931年7月7日两人才正式离婚。

第一段婚姻的无疾而终，似乎并没有对佐拉·赫斯顿产生太大的影响。在外人眼中，佐拉·赫斯顿的爱情与婚姻十分神秘。与对第一次婚姻的一带而过不同，在佐拉·赫斯顿的自传中，还记载了一段刻骨铭心的恋爱。这次恋爱发生于1934年。当时，佐拉·赫斯顿已获得罗森沃德基金会的奖学金，这笔奖学金可以资助她回到哥伦比亚大学攻读博士学位。然而，佐拉·赫斯顿回到纽约后却失去了踪迹。无论是导师还是朋友都找不到她。原来，此时佐拉·赫斯顿正陷入恋爱之中。佐拉·赫斯顿的恋人名叫珀西瓦尔·麦圭尔·庞特尔，来自西印度群岛的一个移民家庭，庞特尔当时已从纽约市立学院毕业，并进入哥伦比亚大学攻读硕士学位。两人的相识早于相恋，早在1932年，佐拉·赫斯顿在纽约排练歌剧《伟大的日子》时，即与庞特尔相认识。当时，庞特尔还在纽约市立学院读本科，他在佐拉·赫斯顿歌剧中担任歌唱角色。庞特尔是一个十分英俊的小伙子，身材高大，健美。除了长相英俊，佐拉·赫斯顿还发现庞特尔拥有许多优点，他聪明、勇敢，心地善良，并且有着恰到好处的谦逊。然而当时佐拉·赫斯顿刚结束第一次婚姻不久，因此不想再陷入恋爱与婚姻中。尽管如此，佐拉·赫斯顿还是对庞特尔进行了多方面的观察。之后，佐拉·赫斯顿离开纽约又一次去了南方进行民俗采风，之后发表了《骡子与人》的民俗著作，然后回到纽约。佐拉·赫斯顿回到纽约后，庞特尔开始对佐拉·赫斯顿展开追求，并向佐拉·赫斯顿表达了自己的爱慕，这让佐拉·赫斯顿感受到了极大的幸福和愉悦。两人开始了甜蜜的恋爱。然而，由于两人都刻骨铭心地爱着对方，因此，两人都表现出对爱情相当霸道的独占权。庞特尔不愿看到佐拉·赫斯顿对别的男人发出赞赏或微笑，而佐拉·赫斯顿也担心庞特尔被其他女人抢走。他们因对方的社交活动而大发脾气，相互争吵，甚至有时还大打出手，然而由于爱情，两人总是争吵后立即和好。在这种甜蜜的折磨中，两人都伤痕累累，可是他们却一如既往地爱着对方。一次，佐拉·赫斯顿实在忍受不了这种幸福的折磨，于是独自一人离开纽约到南方帮朋友做调研项目。之后，佐拉·赫斯顿回到纽约，两人依然相爱。庞特尔希望佐拉·赫斯顿放弃自己的事业，与他结婚并跟随他离开纽约，然而佐拉·赫斯顿对于事业的热情却无法熄灭。佐拉·赫斯顿认为女性的事业与婚姻并不矛盾，事业不会为婚姻造成任何差异。然而庞特尔却长期陷入了失去佐拉·赫斯顿的担忧中。佐拉·赫斯顿不安地发现，庞特尔只要完成学业就会获得更大的成就，从而成为一位闪闪发光的大人物，而她与庞特尔的爱情却在一定程度上牵制了庞特尔的发展。另外，从年龄上来看，佐拉·赫斯顿年长于庞特尔许多，她不敢想象两人结婚后五年会是什么情况。在对恋爱前景的担忧中，佐拉·赫斯顿决定离开庞特尔，她申请了著名的古根海姆研究基金，独自一人离开美国前往牙买加进行研究工作。两年后，佐拉·赫斯顿回到美国纽约后，发现庞特尔在寻找自己，佐拉·赫斯顿再一次离开纽约，前往南方。然而尽管过去两年多的时间，佐拉·赫斯顿依然不能熄灭爱情的火焰，因此，她鼓起勇气与庞特尔联系。结果，发现庞特尔依然一如既往地爱着自己。佐拉·赫斯顿感到极为幸福。她决定留在庞特尔身边并推动他的进步与成长。佐拉·赫斯顿在自传中用热情洋溢的文字描写了这段刻骨铭心的恋爱。然而，这段延续了数年，充满了激情的爱恋却并没有修成正果。两人最终没有走入婚姻的殿堂。

　　佐拉·赫斯顿的第二次婚姻发生于1939年。其第二任丈夫名叫艾伯特·普赖斯，是一位年仅23岁的大学生，同时是公共事业振兴署教育处的雇员。1939年6月27日，佐拉·赫斯顿与艾伯特·普赖斯在佛罗里达的费南迪纳举行了婚礼。艾伯特·普赖斯身材中等，相貌英俊，出身于牧师家庭。婚后不久，这段婚姻就出现了隐忧。佐拉·赫斯顿于1940年2月正式向法院提起了离婚申请，对艾伯特·普赖斯大加指责，而艾伯特·普赖斯则否认了佐拉·赫斯顿的指控，相反却指控佐拉·赫斯顿用伏都教巫术对他进行控制。这场婚姻诉讼最终无疾而终，佐拉·赫斯顿撤回了诉讼，两人重归于好。1940年夏天，佐拉·赫斯顿和丈夫一起到南卡罗来纳的博福特进行民俗采风。采风结束后，佐拉·赫斯顿独自一人回到纽约继续写作生涯。这件事也导致她与艾伯特·普赖斯婚姻的最终破裂。佐拉·赫斯顿的婚姻再一次因她热爱、不能放弃的事业而告终。这段婚姻并没有立即结束，艾伯特·普赖斯一直拖到1943年11月才同意与佐拉·赫斯顿离婚。

　　1944年2月，距离佐拉·赫斯顿第二次婚姻结束后不久，佐拉·赫斯顿在《阿姆斯特丹新闻》上刊登了一则结婚公告，宣告正式与詹姆斯·豪威尔·皮茨结婚。实际上两人已于同年1月在佛罗里达州沃鲁西亚县结婚。詹姆斯·豪威尔·皮茨是一位克利夫兰商人，拥有医学院药学学位，然而这次婚姻也并没有持续太长的时间，1944年10月31日两人宣布离婚，此时距离他们结婚仅仅过了8个月。尽管佐拉·赫斯顿一生中经过了多次失败的婚姻，然而她对待事业却一直热情如火。

　　1948年9月13日，佐拉·赫斯顿被指控对一位10岁的男童进行了不道德的行为，因此被警察逮捕入狱。原来，那名男孩是佐拉·赫斯顿一位房东的孩子，佐拉·赫斯顿发现那名男孩的精神不稳定，因此建议房东太太带孩子看精神分析医生，这一建议惹恼了男孩的母亲，因此，她通过儿童保护协会对佐拉·赫斯顿提出了指控。佐拉·赫斯顿入狱后，斯克里勃纳出版社将她保释出来，并为她请了辩护律师。由于男孩子对于佐拉·赫斯顿的指控中时间和地点十分明确，因此当局对此深信不疑。佐拉·赫斯顿本人多次申诉毫无作用，这一案件被起诉到法庭。当时法庭对于案件的审理并未公开，然而这一案件却被法庭的一位非裔美国雇员透露给纽约一家非裔美国人创办的报纸《纽约时代》。由于佐拉·赫斯顿当时在社会上已经取得了一定的成绩，并出版了《骡子与人》等非裔美国风俗著作，因此这一事件颇受记者重视与关注。《纽约时代》的记者找到佐拉·赫斯顿对此事进行采访，佐拉·赫斯顿对这一指控进行了否认，并对美国的司法体系宁愿相信一位精神不正常的男孩的话也不愿相信一位正直的著名作家的话产生了质疑。尽管《纽约时代》对佐拉·赫斯顿的采访进行了较为公正的报道，然而另一家报纸《马尔的摩非洲裔美国人》则对此事进行了系列充满恶意的报道，对佐拉·赫斯顿进行恶意中伤和诽谤。这些歪曲事实的报道被美国大小报刊所转载，这些报道对于佐拉·赫斯顿造成了极为严重的打击。当时佐拉·赫斯顿的长篇小说《苏旺尼的六翼天使》刚刚出版不久，在铺天盖地的负面舆论下，佐拉·赫斯顿只能中断《苏旺尼的六翼天使》的推销活动，回到纽约隐居起来。直到后来，佐拉·赫斯顿的律师向法庭出示了佐拉·赫斯顿的护照以及佐拉·赫斯顿在指控期间的详细行程后，警察发现佐拉·赫斯顿在被指控期间并不在国内，才为佐拉·赫斯顿洗刷了冤情。1949 年 3 月 14 日警察撤销了对佐拉·赫斯顿的指控。然而，这件事对佐拉·赫斯顿的精神打击又持续了较长一段时间。之后，佐拉·赫斯顿通过写书评和短篇小说凑足了一笔旅费，离开了纽约。

1950 年初，佐拉·赫斯顿的长篇小说《巴尼·特克的生活》被斯克里勃纳出版社退稿。而之前出版的《苏旺尼的六翼天使》的稿费则抵消了诉讼费用，因此，佐拉·赫斯顿一时陷入了经济困境。出于生活所迫，佐拉·赫斯顿只好去做家庭侍女，以取得收入。她来到迈阿密郊区的富人聚居区，并在一位白人家庭中做起了女仆。一天下午，这个家庭中的女主人在看报纸时，吃惊地发现自己的仆人竟然是著名的非裔美国女性作家。不久，《迈阿密先驱论坛报》的记者得到了消息，并对佐拉·赫斯顿进行了采访，这篇报道引发了美国国内多家报刊的转载与报道，使得佐拉·赫斯顿重回舆论的视线。这一事件也变相对佐拉·赫斯顿进行了宣传，不久佐拉·赫斯顿辞去了女仆的工作，又重新投入到创作之中。1950 年 9 月，佐拉·赫斯顿将修改后的长篇小说《巴尼·特克的生活》重新寄到纽约斯克里勃纳出版社，再一次遭到退稿。1951 年佐拉·赫斯顿创作了另一部长篇小说《上帝的金长椅》，这部小说再次遭到出版社退稿。1952 年 10 月至 1953 年 5 月，佐拉·赫斯顿为了生计而接受了一项刑事案件的系列报道工作，这使她在展示出众的写作才能的同时，也获得了较稳定的收入。1953 年秋天，佐拉·赫斯顿在斯克里勃纳出版社编辑的支持下，开始写关于罗马希律大帝的长篇小说，1955 年 6 月，佐拉·赫斯顿完成了小说的写作，然而这部小说却再一次遭到出版社的退稿。迫于生计，1956 年佐拉·赫斯顿在可可比奇的帕特里克空军基地当上了图书馆管理员，然而这一工作并没有持续太长时间，佐拉·赫斯顿受到的教育水平，明显高于其他图书馆同事的水平，她与同事所处的关系并不融洽，1957 年 5 月佐拉·赫斯顿被辞退。1957 年 12 月，佐拉·赫斯顿受佛罗里达皮尔斯堡的《皮尔斯堡纪事报》邀请写有关非裔美国人民俗文化的专栏；1958 年佐拉·赫斯顿还在佛罗里达皮尔斯堡的一所黑人中学林肯公园学院担任代课教师，不久就辞职了。之后，佐拉·赫斯顿又全身心投入到写作之中。这时她的身体健康却出现了问题，从 1958 年开始多次因高血压心脏病和中风而住院治疗。1959 年 10 月，赫斯顿再次中风后身体极为虚弱，生活不能自理，因此被迫住进了圣露西县福利院。1960 年 1 月 28 日，佐拉·赫斯顿又一次中风，在圣露西福利院病逝。佐拉·赫斯顿病逝后被安葬在皮尔斯堡实行种族隔离的公墓——天国安息园中一个无名的墓穴里。

二、佐拉·尼尔·赫斯顿的文学创作概述

佐拉·赫斯顿一生中创作了《约翰·雷丁走向大海》《斯朋克》《马茨》《汗水》《六枚镀金硬币》《法庭的良心》6部短篇小说，《约拿的葫芦藤》《她们的眼睛望着上帝》《路上的足迹》《苏旺尼的六翼天使》4部长篇小说，《肤色的打击》《第一个》《骡骨》《波克县：锯木厂营地黑人生活地喜剧》等剧本，《伟大的日子》《喧腾》等音乐剧，以及《骡子与人》《告诉我的马》两部民俗学著作。

短篇小说《斯朋克》以一个发生在类似于伊顿维尔的无名村庄为背景，故事的主人公名叫斯朋克，而故事的讲述者则是村庄中杂货店聚会的人。斯朋克在村里的锯木厂当工人，他虽然生活艰辛，但是为人却十分胆大，在锯木厂开圆盘锯。他喜欢上村里乔·坎蒂的妻子莉娜·坎特，乔·坎蒂既无能又穷困，斯朋克就将莉娜从乔·坎蒂那里偷走。这件事被村里的人知道后议论纷纷。有一次，在杂货店里聚会的人用这件事羞辱和嘲笑乔·坎蒂，乔·坎蒂受到刺激，大着胆子拿起刀找斯朋克算账。斯朋克面对激怒的乔·坎蒂，出于自卫只好还击，结果却不小心把乔·坎蒂打死了。法庭判决斯朋克无罪，因此，斯朋克被放回了家。乔·坎蒂死后，他的妻子莉娜成了寡妇，斯朋克将她接回了自己家，并准备与她结婚。然而，乔·坎蒂死后，他的灵魂却一直缠着斯朋克，让斯朋克不胜其扰。一开始，乔·坎蒂的灵魂变成一只猫出现，发现无法伤害斯朋克后，又以一种无形的力量出现，斯朋克最终在它的纠缠下，不幸撞到了圆盘锯痛苦死去。这篇小说中的故事看似荒诞不经，然而却十分符合非裔美国人的传说与故事，是佐拉探索将非裔美国风俗与小说相结合的典范。这部小说中运用了大量佛罗里达中部农村非裔美国人的方言土语，特色十足。

短篇小说《六枚镀金硬币》发表于1933年，是佐拉前期写得最好的短篇小说之一，其故事背景也设置在一个黑人社区。小说的男主人公乔在村中的肥料厂工作，每天夜里上班，白天休息，每周六休息一天。小说的女主人公米希·梅则是一名家庭妇女，米希·梅和乔刚结婚不久，他们虽然贫穷但却十分相爱，乔每周六去奥兰多赶集，为米希·梅购买她喜欢的糖果，他们两人进行着有趣的、充满爱意的游戏，享受着爱情的甜蜜。一个周六的晚上，乔带米希·梅到村里新开的冷饮室里休闲娱乐。米希·梅也因此成为村中光顾冷饮室的第一位女性，吸引了冷饮

室内所有人的目光。冷饮室是来自芝加哥的奥蒂斯·蒂·斯莱蒙所开设的，他在冷饮室吹嘘自己的风流史，并用金币装饰自己的领带夹和表链，炫耀自己的财富。乔和米希·梅从冷饮室归来时十分兴奋，乔一边谈着自己漂亮妻子引发的轰动，一边羡慕奥蒂斯·蒂·斯莱蒙的金币。尽管米希·梅不断安慰和鼓励乔，然而乔依然对那些金币念念不忘。这件事似乎只是两人生活中的小插曲，新的一周来临后，乔依然每天夜晚工作直到太阳升起时才回到家中。一天夜里，由于工厂材料短缺，乔放假回家，结果却正撞见奥蒂斯·蒂·斯莱蒙和自己的妻子米希·梅偷情。原来，米希·梅见乔对金币念念不忘，想从奥蒂斯·蒂·斯莱蒙处得到金币，因此答应与奥蒂斯·蒂·斯莱蒙做交易。乔气愤之下，狠狠地揍了奥蒂斯·蒂·斯莱蒙一顿，奥蒂斯·蒂·斯莱蒙为了逃命将用作装饰的金币摘下来送给乔。这件事让乔和米希·梅的关系陷入了难堪的冰点。乔爱自己的妻子，然而却无法容忍妻子的背叛，米希·梅羞愧万分，本想离家出走，可是因为对乔的爱而舍不得走。乔开始长时间待在工厂，每十天回来让梅帮助自己擦洗一次身体，每当此时，米希·梅总是充满希望，期望乔能原谅自己，两人重回甜蜜的生活。然而，乔为了折磨妻子，却总是将从奥蒂斯·蒂·斯莱蒙得来的金币或表链放到床上，使米希·梅的希望逐渐破灭。更为讽刺的是，乔和米希·梅都发现奥蒂斯·蒂·斯莱蒙的金币并非是真正的金币，只是将普通的硬币镀了金而已。奥蒂斯·蒂·斯莱蒙并非他所吹嘘的那样富有，只是一个伪装的骗子。一天，米希·梅实在无法忍受乔的冷漠，决定离开乔回娘家去，可是半路上遇到了乔的母亲，乔的母亲发现米希·梅怀孕了，于是米希·梅再次回到了家。一天，乔回来看到米希·梅正在劈柴，忍不住接过斧子，劈起柴来。然而当米希·梅谈起未出世的孩子时，乔又开始痛苦。6个月后，米希·梅生下了一个漂亮的男孩，乔的母亲很高兴，并告诉乔，孩子长得十分像他，并谈起米希·梅童年时的悲惨遭遇。乔在矛盾中度过了一周，经过痛苦的抉择，乔决定重新找回过去生活的甜蜜，将从奥蒂斯·蒂·斯莱蒙处得来的虚假金币全部购买了米希·梅爱吃的糖果。小说在充满爱与希望的氛围中圆满结束。

　　剧本《肤色的打击》是佐拉·赫斯顿创作的第一个剧本。剧本的女主人公名叫埃玛，是一位肤色很深的非裔美国女性。她因为自己的皮肤颜色，而产生了深深的自卑感，认为没有人会真正爱上自己。剧本的男主人公名叫约翰·特纳，是一位浅肤色非裔美国男性，约翰·特纳年轻时被埃玛所深深吸引，爱上了她，并且多次向埃玛表示爱意。埃玛也爱上了高大英俊的约翰，然而埃玛始终不自信，因此面对约翰的表白与示爱全部都拒绝了，她不相信约翰的爱情是真的，并且认为约翰最终会喜欢上浅肤色的姑娘。一天，约翰与埃玛与其他几名非裔美国青年一起到佛罗里达的圣奥古斯丁参加走步竞赛，埃玛担心约翰会因此而接触并喜欢上其他姑娘，因此，恳求约翰不要进入舞蹈大厅，这一举动，使得埃玛丧失了参加竞赛的机会，同时也导致约翰与埃玛之间的关系最终破裂。最后，约翰与一位浅肤色的姑娘一起参加了比赛，这仿佛验证了埃玛的担心，给予埃玛沉重的打击。后来，埃玛生下了一名混血女儿，约翰也与他人结婚。二十年后，约翰在妻子去世后，在一间小巷中找到了埃玛和她生病的女儿。约翰再次向埃玛表达了爱意，并向埃玛求婚。埃玛感动之余，答应了约翰的求婚，并请约翰代为照顾女儿，自己去请医生为女儿看病，然而当埃玛回来时发现她的女儿已经病重而死。埃玛伤心之余，再次自卑起来，她开始怀疑女儿的死因，并指责约翰贪恋浅肤色的女儿。无论约翰怎么解释，埃玛始终坚定没有人会喜欢自己的肤色。最后，约翰终于认识到自己无法说服埃玛相信自己的诚意，因为埃玛自己就不喜欢自己的肤色。这出戏剧对于非裔美国人内部对于肤色的偏见进行了深刻的讽刺。

《约拿的葫芦藤》是佐拉·赫斯顿的第一部长篇小说，出版于1934年。小说的题目中"约拿"源自《圣经》中的犹太先知，是个渴望成长却又因为自身因素害怕成长的人，"葫芦藤"则象征着一个拈花惹草的布道者。这部小说的主人公是一位名叫约翰·皮尔逊的木匠兼传教士，约翰的母亲是白人庄园的黑奴，而他的父亲则是白人庄园的农场主，因此约翰是一个混血儿私生子，他的肤色较当地非裔美国人的肤色浅。美国南北战争结束后，约翰的母亲带着他同一位黑人男子结了婚，他们共同生活在亚拉巴马州一处并不富裕的地方，他们的家中十分贫穷。随着约翰渐渐长大，约翰与继父之间的关系越来越紧张，后来约翰和继父爆发了严重冲突，并在这之后离开家，到母亲曾经生活和工作的皮尔逊农场去干活，他的白人生父雇用了他并供他上学。在这里，由于约翰身材高大，肤色较浅而受到了许多黑人女孩的欢迎。约翰喜欢上了班里一名十分聪明的姑娘露西·波茨，并向露西求婚。他们的爱情遭到了露西母亲的反对。然而在露西父亲的同情与支持下，他们结了婚。婚后，约翰依然风流成性，并因为偷猪而与露西的弟弟发生冲突，面临监禁。于是约翰逃离了家乡，来到伊顿维尔，在这里他凭借一手漂亮的木工活和善于布道而受到当地人的欢迎和尊重。不久，约翰成为伊顿维尔的市长以及南方浸礼会教政组织的首脑。之后，约翰将妻子和孩子们接到伊顿维尔。然而，约翰的风流依然无法得到节制，这使得他的妻子露西十分伤心，最后病重去世。露西去世后，约翰娶海蒂·泰森为妻子，海蒂与露西不同，竭力想控制他，要求约翰疏远自己的孩子，并试图用伏都教的法术来控制约翰。这激起了约翰强烈的反抗，他不能忘记露西，并开始对海蒂施以暴力，于是海蒂向法院提出了离婚。约翰的变化影响了他在当地居民心中的形象，当地居民对于约翰的遭遇并不同情，而且拒绝请他再做木工，也不再听他布道。因此，约翰不得不离开伊顿维尔，到普兰特城谋生。在这时，约翰很快引起了一位富有寡妇的注意，并同她结了婚，婚后，在妻子的支持下，约翰逐渐成长为一位受尊敬的牧师。在妻子的建议下，约翰开着豪车回到伊顿维尔炫耀，结果引发了仇敌的嫉妒。约翰在一位年轻妓女的勾引下，风流的本性再次发作，而他本人也因此羞愧万分，在开车回家途中穿越铁路时，因精力不集中而被火车撞死。在这部小说中，处处透露着佐拉父母的影子，尤其是主人公约翰及妻子露西的经历与佐拉父母的经历十分相似。佐拉在这部小说中还加入了许多非裔美国人的传统风俗、民间歌舞、故事传说以及宗教习俗等，因此这部小说具有浓郁的民族风情和鲜明的地方色彩。而佐拉这种对于非裔美国人民俗文化的运用对于后来非裔美国作家的创作产生了十分深远的影响，艾丽斯·沃克、格洛丽亚·内勒，以及托尼·莫里森等著名的非裔美国作家几乎都受到了佐拉的影响。

《苏旺尼的六翼天使》是佐拉·赫斯顿发表的最后一篇长篇小说。这部小说的主人公不同于佐拉·赫斯顿的其他小说，不是以非裔美国人作为主人公，而是描写了美国南方穷困白人的生活。这部小说发表后并没有为佐拉·赫斯顿带来赞誉，相反，它将佐拉·赫斯顿置于批评与赞誉两极评价中。小说的主人公是生活于美国南方的穷苦白人家庭中有着精神障碍的阿维·享森·梅泽夫，小说的背景设置为20世纪初期。阿维一家生活在佛罗里达西部苏旺尼河畔的小镇索莱，阿维的姐姐嫁给了当地的牧师卡尔·米德尔，而阿维却对姐夫卡尔产生了病态的爱恋意识。当地姑娘一般16岁出嫁，而阿维则称自己要将一生奉献给上帝，一直到21岁了仍然没有嫁出去。当地人因此将阿维视为精神古怪之人。一天，一位相貌英俊的小伙子吉姆·梅泽夫来到阿维居住的小镇。吉姆的父辈曾是南方种植园的庄园主，而吉姆本人则是一名松脂厂的工人，然而他却极具野心。吉姆凭借自己的魅力很快征服了阿维，他向阿维求婚，阿维同意了，两人订婚后不久，吉姆强奸了阿维，之后便与阿维结婚。婚前不快的经历为阿维的婚姻生活蒙上了阴影。结婚后，两人享受到了短暂的幸福生活。然而他们很快发现两人之间没有共同语言，因此他们之间的关系变得淡漠。婚后不久，阿维怀孕并生下了第一个孩子厄尔，这个孩子在身体上和心理上都是畸形儿。阿维并不了解孩子的畸形是由吉姆的家族遗传基因导致的，而是将一切罪责归咎于自己。她怀着一种歉疚的心理细心照顾厄尔。之后，吉姆带着阿维和厄尔离开了阿维从小生活的小镇，来到锡特拉贝尔小镇。在这里，吉姆成为一个果园的工头，由于工作出色，他在圣诞节时得到了一只圣诞火鸡奖励，然而阿维却对此没有表现出丝毫兴趣，这使吉姆十分失望。两人之间的关系越来越淡漠。在吉姆的努力工作下，他很快挣钱买了土地，并盖了新房。后来，禁酒令颁发，吉姆见有利可图，于是开设了非法酿酒厂，并迅速积累原始资本。之后，吉姆用非法酿酒得来的资金组建了捕虾船队，这让他充满生机与活力，他动员阿维跟她一起到海边，然而阿维对此并不感兴趣。女儿结婚后，吉姆与女婿一起从事房产生意，他们低价开发了沼泽，并建起了大片新住宅区，随着州际公路的修通，吉姆的计划获得了巨大成功，他们的经济状况和社会地位得到翻天覆地的变化。而随着经济状况的改变，吉姆在家中的权威也日益显现出来。他的大男子主义思想十分明显，将阿维视为自己的私有财产，并对阿维随意呵斥与施加暴力，甚至将阿维排斥在子女教育与子女婚姻之外。阿维与吉姆共生育了三个孩子，其中，大儿子厄尔长大后因精神失常而对一位姑娘发起攻击，被居民追捕，厄尔在反抗时被击毙。二女儿名叫安吉琳，安吉琳 17 岁时爱上了北方小伙子哈顿，阿维既舍不得女儿出嫁又反对女儿嫁给北方人，这一点与吉姆的观点完全相反。吉姆对此给予了支持，并偷偷参加了安吉琳与哈顿的婚礼，而阿维在女儿的婚事上则被吉姆完全排斥在外。阿维与吉姆的小儿子名叫肯尼，长大后与葡萄牙姑娘相恋，阿维对于小儿子的恋爱同样持有反对意见，而吉姆则正好相反，对于小儿子的恋爱表示支持。除此之外，两人对于肯尼的职业前途也产生了分歧，肯尼喜欢音乐，在大学时就参加了爵士乐队。而阿维反对将音乐作为职业，然而最终肯尼仍然不顾母亲的反对，私下签订了长期演出合同并离开了家。三个孩子相继离自己而去，使阿维感到无比痛苦，她在生活中没有自主权，得不到家人的尊重，感到孤独与无助。阿维和吉姆结婚 20 多年中，阿维不止一次地想反抗，也曾试图离开丈夫独立生活，然而她的每一次抗争都失败了，在长期的精神痛苦中，阿维从追求自我到最后完全丧失了自我，她最终还是回到了吉姆的身边，成为父权制家庭的奴仆。

第二节 《他们的眼睛望着上帝》《道路上的尘迹》中的主体性建构

《他们的眼睛望着上帝》于 1937 年 9 月 18 日由利平科特出版社出版，这部小说在当时收获了许多赞扬，并被认为是佐拉最重要的作品，非裔美国人文学经典，以及 20 世纪美国文学经典。

一、《他们的眼睛望着上帝》中的主体性建构

《他们的眼睛望着上帝》这部小说的背景设置在美国南方的佛罗里达州。小说的主人公珍妮从小与外祖母南妮生活在一起。她的父亲从未出现过，珍妮也并不知道父亲是谁，她的母亲在珍妮年幼时就离家出走，从此失去了音讯。珍妮的祖母南妮曾是一名南方农场的女奴，珍妮与祖母一起住在白人主人沃什伯恩后院的房子里，并同主人的孩子一起生活和玩耍，因此她一直以为自己是白人。珍妮 6 岁时，有人为他们照相，珍妮居然认不出照片中的黑人就是自己。这件事给幼小的珍妮带来了沉重的打击，她第一次意识到自己与伙伴的不同。珍妮 16 岁时长成了一个漂亮的姑娘，她情窦初开，像满树盛开的梨花一样，热切而又急迫地盼望着爱情的到来。一天，珍妮在家门口与一位懒散的黑人青年接吻被外祖母发现了。外祖母由此受到了严重的打击。原来外祖母曾多次被白人农场主强奸，因而生下了珍妮的母亲，珍妮的母亲同样是被人强奸后生下的珍妮，正因如此，珍妮的母亲无比羞愧才离家出走，珍妮的外祖母一生饱经沧桑，她对于非裔美国女性所遭受到的白人和黑人男性的双重压迫深有感触。外祖母不希望珍妮受到外界的伤害，她认为那名懒散的黑人青年无法带给珍妮物质保障，因此决定把她嫁给一位富裕可靠的男人，让珍妮从此过上富裕、平安，有保障的生活。于是她希望珍妮嫁给拥有 60 英亩地和一栋房子的洛根·基利克斯，并告诫珍妮："白人主宰了一切……黑人妇女是世界的骡子"❶。面对外祖母的苦苦哀求，珍妮和洛根·基利克斯结了婚。洛根·基利克斯是一位年龄比珍妮大得多的中年男子，虽然他十分爱珍妮，但是却无法与珍妮的爱情观达成一致，也不能回应珍妮对爱情的浪漫。在他的眼里，珍妮与他的土地和房子一样，都是他的财产，与妻子相比，更像是一头干活的骡子。珍妮结婚后，发现婚姻生活与她曾经对于爱情和婚姻的憧憬与希望完全不同，她在生活中感受不到任何甜蜜与美妙，她认识到自己并不爱自己的丈夫。因此，珍妮对婚姻的理想破灭了，她变成了一个家庭妇女。当洛根·基利克斯意识到珍妮并不爱他时，就买了一头骡子，让珍妮赶着下地干活。不久，珍妮的外祖母去世了，珍妮连说心里话的人都没有了。珍妮从此过上了身心麻木的生活。

一天，珍妮正在家里切土豆种子时，遇到了路过农场的乔·斯塔克斯。此时，乔·斯塔克斯衣着考究，并有着乡下人并不多见的城里气质。他口袋里装着数百美

---

❶ 程锡麟.赫斯顿研究[M].上海：上海外语教育出版社，2005：300.

元，并打算到一个由黑人组成的城镇上干一番事业。珍妮为他倒水并与他交谈起来，乔·斯塔克斯被珍妮的美貌所吸引，不顾珍妮已经结婚，向珍妮求婚，并让珍妮跟随他一起到远方的城镇。珍妮讨厌一成不变的沉闷生活，渴望变化与机会，因此她与丈夫大吵一架后，便同乔·斯塔克斯一起离开了农场，并把身上的围裙解下来扔到路边的树丛中，从此不再做一头只知道干活的骡子。

珍妮和乔·斯塔克斯来到伊顿维尔这个由黑人组成的城镇后，乔·斯塔克斯凭借着勤劳能干，迅速得到了当地人的欢迎和尊重。乔·斯塔克斯带领当地的居民一起修路、盖房子，并且组织人们对城镇进行自治，他还自掏腰包购买并安装了街灯，树立起了威望，被当地居民选为镇长。除此之外，乔·斯塔克斯还建起了一栋两层楼房并把房子漆成白色，像南方白人种植园的传统房子一样，乔还开设了商站，成为镇上集镇长、邮局局长、地主以及店主于一身的人物，在生活中和城镇上建立了说一不二的权威。乔·斯塔克斯的成就使珍妮过上了富裕、体面的生活。然而，在家庭中，珍妮却并没有得到平等的地位。尽管第二次婚姻是珍妮自由恋爱的结果，然而在经历了最初爱情的甜蜜后，珍妮发现乔·斯塔克斯是一个大男子主义思想十分严重的人，珍妮是乔·斯塔克斯的玩物和点缀，她不许珍妮发出任何声音。哪怕在镇上的选举中，人们要求珍妮讲话时，乔·斯塔克斯也总是打断，不让珍妮发表讲话。当地人喜欢在乔·斯塔克斯家的门廊上聚会，他们在这里进行各种闲谈和讲故事，每当珍妮想加入这种聊天和聚会时，就会遭到乔·斯塔克斯的阻止，他将珍妮赶进商店里去，将她与人群隔开。当发现有人偷偷抚摸珍妮的发梢时，乔·斯塔克斯便命令珍妮将头发束起来。当珍妮反抗时，他就变本加厉地控制珍妮，直到珍妮完全沉默，不再发出任何声音。他们结婚 20 年中，珍妮始终扮演着被控制、被嘲弄的角色。有一天，乔·斯塔克斯因为珍妮没有切好一根雪茄而当众嘲笑珍妮的年龄。珍妮终于忍无可忍地爆发了，她对乔·斯塔克斯反唇相讥。围观的众人因为她的话语而爆发出响亮的笑声。珍妮的话给乔·斯塔克斯造成了致命一击，打碎了他的虚荣心，也使得他在家庭中和镇上的权威扫地。两人从此开始进入冷战状态，不久，乔·斯塔克斯就在打击中去世了。在举行葬礼时，珍妮将她全部的发带都烧毁了。

珍妮的两次婚姻都十分不如意。第一次婚姻中，丈夫只把她当作干活的机器，珍妮在生活中完全没有自我，而只是一头父权体制下会干活的骡子而已。当她与第一次婚姻决裂时，珍妮解下了她系在身上的围裙，并狠狠地扔到了路边，意味着她与自己的过去彻底告别。此时，珍妮萌发出朦胧的自我意识。然而，她的这种自我意识又很快被第二段婚姻掐灭。乔·斯塔克斯要求她做一个听话的、漂亮的玩偶，没有自己的声音，不能有任何独立意志。可以说在第二段婚姻中，珍妮仍然被父权制所压制，她变成了一个没有声音的漂亮的器物。而珍妮的爆发与对乔·斯塔克斯的反驳，则象征着珍妮自我意识的回归。珍妮的力量是她自己也无法预料到的，由于她的反抗，看似无比权威与强大的乔·斯塔克斯很快陷入沮丧，并从此一蹶不振。而当乔·斯塔克斯死亡，珍妮烧掉所有的发带时，象征着珍妮冲破了传统观念与父权制度的束缚。乔·斯塔克斯死后，珍妮对于自己的生活进行了深刻的反思，她再次记起了外祖母，并对外祖母的看法发生了巨大的变化。过去，珍妮认为外祖母对自己十分疼爱。然而，现在珍妮却憎恨外祖母以爱为名将自己扭曲了，这表明珍妮开始明确自主意识，构建自我主体，走上了自主的道路。

　　乔·斯塔克斯死后，珍妮继承了她的财产，成为镇上最富有的人。此时，珍妮才37岁，一如既往的漂亮且颇具有魅力。这时，镇上排队向她求婚的人络绎不绝，珍妮的朋友也劝说她应该再婚。然而珍妮却全部都拒绝了，前两次婚姻无一例外都让她成为男人的附庸，她不想再次成为从属于男人的女人。珍妮继续经营商店，过着自在的日子。一天，一个名叫迪·凯克的年轻人到珍妮的商店买烟，他是一名刚来到镇上的流浪汉。珍妮与他聊天，迪提出教她下棋，珍妮很开心，因为当时只有男人才有权利下棋，女人被认为没有权利下棋。珍妮因为迪平等对待她而感到高兴，迪的所作所为让珍妮感觉到他并不陌生，而是像自己早已认识的朋友。然而珍妮和迪之间的地位差距是无比巨大的。珍妮是镇长的遗孀，拥有大量财富，在社会上也拥有一定的地位，是社会中上层阶级的象征。而迪却是一无所有的流浪汉，而且是镇上的外来者。因此，两人的关系招来了镇上居民的非议。珍妮的朋友提醒珍妮，迪接近珍妮是为了珍妮的财富，而且迪比珍妮小12岁，因此两人并不匹配，然而珍妮却感觉与前两任丈夫相比，迪待自己更加平等，更尊重自己的意愿和感受，因此，她认为迪是她获得幸福的机会。珍妮还认为她以前总是按照祖母的意愿，根据祖母的方式生活，现在她要按照自己的意愿生活，因此，她要和迪在一起，抓住幸福的机会。珍妮不顾反对，和迪结婚了。结婚后，他们离开了珍妮生活了20多年的伊顿维尔，来到佛罗里达大沼泽地。在这里开始了新的生活。正如珍妮所料，迪一直平等地对待珍妮，她教珍妮射击打猎，这以前也被认为是男人的权力。珍妮学会了打猎，枪法比迪的还要准。此外，迪还动员珍妮穿上男人穿的工装裤与他们一起下地干农活。晚上，附近的人都聚集到珍妮和迪的家里，他们一起讲故事，听迪弹吉他，在这里，珍妮是主人也是活动的参与者，她不仅能够听大家的讨论，还可以说话、大笑，讲自己的故事给别人听。这使珍妮感觉到了前所未有的自由，她终于在男人们面前讲话，并找回了自己的声音。珍妮在实现自我价值，表达自我意愿的路上再次前进了一大步。珍妮和迪之间并非一直和谐，他们也有过争论和争吵。珍妮由于肤色较浅因此受到了当地白人特纳太太的青睐，特纳太太将珍妮作为朋友，二人经常往来，然而，由于特纳太太具有严重的种族主义思想，因此，她经常劝珍妮离开迪，并与黑人划清界限，珍妮并不同意特纳太太的看法。然而，她们的谈话却被迪听到了，这使迪感到非常不开心，并提出不希望特纳太太到他的家里来。一天，特纳太太特意带着她的弟弟来到珍妮和迪的家里，并希望介绍珍妮与她弟弟相识，这一行为彻底惹恼了迪。他冲动之下，打了珍妮耳光。事后，迪表示，他只是气愤特纳姐弟的行为，害怕别人将珍妮勾引走，并且在白人姐弟之前表明他在家族中的地位，而不会无缘无故打珍妮。事后，珍妮对这件事并没有太大的反应。正当珍妮和迪的生活步入正轨时，一场飓风袭击了他们所在的地区，洪水淹没了他们所住的土地和房屋，两人在洪水中挣扎时，一只大狗突然出现，并试图咬珍妮。看到妻子处于危险境地，迪冲上前与大狗搏斗，经过激烈而凶险的搏斗，迪终于杀死了大狗，也不幸被大狗咬伤。起初，他们并没有在意。不久之后，迪就患上了狂犬病，出现了神智失常的现象。迪在疯狂之下，拿出手枪瞄准了珍妮，珍妮出于自卫，也掏出枪瞄准了迪。他们几乎同时开枪，迪打偏了，而珍妮却打中了迪。迪死后，珍妮被告上法庭，她最终因自卫开枪而被宣判无罪。珍妮的心中虽然无比悲伤，而她的心灵却找到了平静。在经历了生活中的种种磨难之后，珍妮终于找到了并认识了自己的力量，这件事情让珍妮变得更加坚强，逐渐成长为一名独立、成熟、自主、自强的女性，实现了主体性建构。

《他们的眼睛望着上帝》是第一部明确表达女性主义意识的非裔美国女性小说，而珍妮也是非裔美国女性作家所塑造的第一位具有明确独立自主思想和女性主义意识的人物。❶这部小说对于非裔美国女性作家所产生的影响是无可估量的。

二、《道路上的尘迹》分析与评价

《道路上的尘迹》出版于 1942 年 11 月，这部自传受到美国白人社会主流批评界的赞赏，并于 1943 年获得了《星期六评论》的安尼斯菲尔德·沃尔夫图书奖。从总体上来看，这部自传并非得到所有人的喜欢，而是一部"毁誉参半"的自传。

《道路上的尘迹》是应出版社编辑的要求而写的一部自传，佐拉·赫斯顿在这部自传出版前并不过多的讲述自己的经历。纵观这部自传，其有诸多不同于其他

---

❶ 程锡麟. 赫斯顿研究 [M]. 上海：上海外语教育出版社，2005：123.

自传之处。首先，叙事结构却并不是按照佐拉·赫斯顿一生经历的时间顺序来安排的，而是按照文化主题进行章节划分，这些主题涉及地理、历史、家庭、神话传说、教育、工作、爱情、宗教以及旅行、政治等多个方面。在自传中，佐拉·赫斯顿并不是单纯的记录和描述自己的人生经历，而是从人类学视角来观察人生，总结人生经验。《道路上的尘迹》中，佐拉·赫斯顿对她的家乡——黑人小镇伊顿维尔的历史与文化进行了详细描述，就像她自己所说的，她从小喜欢听大人们聊天讲故事，在这种氛围中长大的佐拉·赫斯顿也曾自己编故事讲给母亲和外祖母听，另外，受父亲的影响，她从小熟悉教会仪式和都会活动，这些都对佐拉·赫斯顿的一生产生了重要影响。在这部自传中，佐拉·赫斯顿详细地讲述了自己的父亲与母亲相遇并相恋、结婚的过程，并对于母亲去世时的场景进行了详细描写，在母亲去世后，佐拉·赫斯顿很快开始了颠沛流离的生活，她在自传中对这些经历也进行了较为详细的描述。在自传中，佐拉·赫斯顿还谈到自己的创作和读过的书，并对友谊、爱情等观点发表了自己的看法，这使后人得以从中了解到其文学创作的价值观。佐拉·赫斯顿在自传中称《他们的眼睛望着上帝》是她在海地时，用7个星期的时间写成的。她认为自己所有的书，包括外界评价最高的《他们的眼睛望着上帝》都不完美，从她的角度来看，文学是一种有缺憾的艺术。

其次，《道路上的尘迹》不同于其他自传之处还在于这部传记中并未对其一生的重要事件和人物交代清楚，而是在一些问题上留有空白。例如，自传中提及了佐拉·赫斯顿的出生过程，然而对于最重要的出生时间却没有记叙。后世学者在研究其自传时猜测这可能与其隐瞒真实年龄有关。除此之外，在这部自传中，佐拉·赫斯顿对于自己恋爱与结婚的经历也采用了含糊的表述方式。在讲到自己的第一次婚姻时，只提及了时间是在大学一年级，而结婚对象的姓名与长相、结婚时长、婚后生活以及离婚的原因等均未提及。在讲述第二次恋爱时，用字母代替了恋人的名字，书中虽然对第二次恋爱对象的外貌以及恋爱过程进行了详细描述，然而却对他们是否结婚，恋爱因何结束没有提及。除此之外，对于佐拉·赫斯顿生活中的重要人物，如其与兰斯顿·休斯的友谊与争执也并未提及。除此之外，佐拉·赫斯顿生活的年代发生了许多社会重大事件，对于这些，佐拉·赫斯顿一律没有涉及。这些空白使得这部自传并未能完全如实反映出佐拉·赫斯顿的生活。

再次，《道路上的尘迹》不同于其他自传之处还包括其对种族问题的看法引发了非裔社会的争议。佐拉·赫斯顿虽然是典型的非裔美国女性，然而，其成长经历却十分特殊。佐拉·赫斯顿从小生长于伊顿维尔小镇，这个小镇属于黑人自治小镇，而且其父亲曾担任过多年镇长，因此，佐拉·赫斯顿对于种族压迫的感受并没有从小生长于南方地区的非裔美国作家感受深刻。另外，佐拉·赫斯顿从读书求学以及工作的各个阶段中，白人对待她的成长起了极大的帮助。她多次得到白人的资助，并且其走上人类学研究的道路也与其导师、美国著名的人类学家博厄斯的用心指导有着极为重要的关系。影响佐拉·赫斯顿一生的南方非裔民俗调研也离不开白人的资助。基于以上原因，佐拉·赫斯顿在其自传中对于当时整个社会上存在的种族压迫和歧视的普遍性视而不见，除此之外在其自传中，赫斯顿对于种族的一些观点也出乎时人的预料。因此，这本自传受到非裔社会的指责，也是导致佐拉·赫斯顿名声突然下降的原因之一。不可否认，在这本自传中佐拉·赫斯顿也曾提及种族歧视的情况，当这本自传出版时，出版商却将其观点删除了，直到多年后，其自传再次出版时，才将这些观点收录进去。然而，这并不能改变佐拉·赫斯顿在自传中所表达的种族观点冲突的问题。

第四，《道路上的尘迹》不同于其他自传之处还在于其自传中的经历与其小说中的部分情节高度相似。非裔美国作家在创作文学作品时，往往在自身经历的基础上进行虚构。然而，佐拉·赫斯顿的这部自传中的内容却与其创作的小说《约拿的葫芦藤》中的内容高度相似。尤其是小说中主人公的相识、相爱以及主要经历与其父母相识相爱结婚以及婚后生活几乎一模一样。尤其是佐拉·赫斯顿母亲去世时的情景与小说中的情节描述呈现出一致性。

从总体上来看，在这部自传中，展现出佐拉·赫斯顿的成长经历，表达了她对于社会与人生的认识，较清晰地表现出佐拉·赫斯顿的思想发展历程，是佐拉·赫斯顿文学研究的重要资料。

〖 第七章　玛雅·安吉洛及其作品 〗

第一节　玛雅·安吉洛生平及其文学创作概述

玛雅·安吉洛（1928 年 4 月 4 日—2014 年 5 月 28 日）是 20 世纪非裔美国女性作家中重要的自传体作家，她一生出版了多部自传体小说，并出版了六部诗集，她的作品影响遍布全球各个国家，玛雅·安吉洛也因此荣获了一系列重量级奖项或勋章，被誉为"美国最耀眼的黑人传记女作家"❶。

一、玛雅·安吉洛生平

玛雅·安吉洛，原名玛格丽特·约翰逊。出生于 1928 年 4 月 4 日美国密苏里州圣路易斯市。玛雅·安吉洛 3 岁时，父母离异，幼年的玛雅·安吉洛与哥哥一起被送到阿肯色州的南方小镇斯坦普斯跟随祖母生活，这段被遗弃的经历对玛雅·安吉洛的性格以及家庭观产生了重大影响。她在斯坦普斯小镇度过了童年和少年时代，在深刻体验了非裔美国人民艰辛劳作的同时，体验到了社会上存在的残酷的种族歧视，并在祖母的影响下对于非裔美国人的传统文化和价值观产生了认同。玛雅·安吉洛 7 岁时，曾被送回圣路易斯，不久又回到了祖母身边。8 岁时，玛雅·安吉洛遭到性侵，她把这件事告诉了哥哥，后来得知侵犯她的那个人被自己的亲人杀死，玛雅·安吉洛觉得是自己的话语导致了那个人的死亡，于是不再开口说话。在沉默中她开始倾听这个世界的一切声音，并发现诗歌的美。4 年

---

❶ 阎晶明. 文学世界的激情与梦想 [M]. 合肥：安徽文艺出版社，2014：11.

后，12 岁的玛雅·安吉洛重新开始说话，并开始写作诗歌，她称"我为听觉而非视觉写诗"❶。玛雅·安吉洛 13 岁时，跟随哥哥一起来到加利福尼亚，回到了母亲的身边。玛雅·安吉洛中学期间，得到了一份奖学金，这使热爱艺术的玛雅·安吉洛得以在加州劳工学校学习戏剧和舞蹈。玛雅·安吉洛曾辍学在旧金山电车上工作，成了旧金山的首位电车黑人售票员。之后，她返回校园，继续完成高中学业，此外，16 岁时，玛雅·安吉洛与一名少年曾有过短暂交往，在此期间，玛雅·安吉洛不小心怀孕了，高中毕业前，玛雅·安吉洛生下了儿子盖伊·约翰逊，然而玛雅·安吉洛从小见证了父母失败的婚姻后，以莫大的勇气决定不结婚，自己抚养孩子，因此成为一名 16 岁的单身母亲。为了抚养孩子，玛雅·安吉洛还先后做过侍者、厨师等工作。现实的重压没有使玛雅·安吉放弃生活的希望，相反，她总是能在生活的磨难中抓住机会，发挥潜能。她带着孩子东奔西走，从旧金山到纽约，寻找所有可能的工作，同时不放弃对自己热爱的舞蹈事业的追求。不久后，热爱艺术的玛雅·安吉洛开始重新投入到音乐、舞蹈和表演之中，教儿童音乐与舞蹈，后来又成为演员与舞蹈家。玛雅·安吉洛的演艺事业在 1952 年至 1955 年间达到鼎盛。1954 至 1955 年，玛雅·安吉洛在音乐剧《波吉和贝丝》中任领舞，在欧洲巡演。玛雅·安吉洛还跟随现代舞创始人玛莎·葛兰姆学习舞蹈，并在 1957 年与阿尔文·艾利一起录制电视节目。1957 年，玛雅·安吉洛移居纽约，录制了首张唱片《卡利普索小姐》。1958 年，玛雅·安吉洛加入了哈莱姆作家协会，在此期间，她不仅参演了一些舞蹈还参与了戏剧创作。

　　1959 年，玛雅·安吉洛应马丁·路德·金邀请成为美国南方基督教领袖会议北方协调人。1960 年，玛雅·安吉洛跟随南非民权领袖梅克一起到埃及开罗生活。在埃及首都开罗担任英文周刊《阿拉伯观察者》编辑。1961 年，玛雅·安吉洛从开罗迁居加纳，在这里，玛雅·安吉洛同时兼任多项工作她在加纳大学音乐戏剧学院担任教师，同时兼任《非洲评论》的专题，此外，还为《加纳时报》撰稿。在旅居加纳期间，玛雅·安吉洛不仅阅读了大量书籍，还掌握了法语、西班牙语、意大利语、阿拉伯语等多种语言。在非洲加纳期间，玛雅·安吉洛还与到加纳做访问学者的非裔美国人马尔科姆·X 成为好朋友。1964 年，玛雅·安吉洛回到美国协助马尔科姆·X 创建非裔美国人团结组织。然而不久，马尔科姆·X 就遭到了刺杀，非裔美国人团结组织也随即解散。这件事为玛雅·安吉洛带来较大影响，从此，玛

---

❶（瑞士）戈特利布·冈特恩（Gottlieb Guntern）主编；郑泉水等译 . 创造性领导的挑战 [M].
北京：清华大学出版社，1997：43.

雅·安吉洛成为民权运动的积极分子，并曾与马丁·路德·金密切合作。1968年4月4日，美国黑人民权领袖马丁·路德·金遇害，这一天正好是玛雅·安吉洛的生日。这件事对于玛雅·安吉洛造成的打击更大，她从此不再庆祝自己的生日，而是送花给马丁·路德·金的遗孀以示敬意和哀悼，这一行为一直坚持到马丁·路德·金的遗孀去世为止。

1968年，玛雅·安吉洛接到作家詹姆斯·鲍德温的邀请，请她参加在漫画家朱尔斯·费弗家举行的小型晚宴。在这个晚宴上，一些客人讲起了自己的童年故事，玛雅·安吉洛也讲了自己童年时发生的故事，玛雅·安吉洛生动的讲述打动了在场的所有人。晚宴后的第二天，鲍德温打电话给兰登书屋的编辑罗伯特·卢米斯，建议他邀请玛雅·安吉洛写书。此前，玛雅·安吉洛一直认为自己是诗人和剧作家，并没有写过小说。在罗伯特·卢米斯"把自传写成文学作品几乎是不可能的" ❶ 激将下，玛雅·安吉洛开始了自传文学的创作。这一写就是近两年，为了全身心地投入写作，玛雅·安吉洛将自己关了起来，她制订了严格的作息时间，每天五点起床，一直工作到中午，工作时她将自己锁进一个旅店的房间，面对空白墙壁开始写作。她的写作工具只有一支铅笔，一个便签本，除此之外，她的房间还放着《圣经》、扑克牌、酒，以及一本《罗热词库》。她每天要写出十页以上的素材，并在晚上将这些素材整理成三四页稿件。她用这种全情投入的写作来麻醉自己，对抗自己曾经历过的痛苦，哪怕是遭遇强奸的可怕时刻。在写作这本文学作品时，玛雅·安吉洛并没有按照当时自传的写作方法，而是在小说中大量运用了对话、人物刻画、专题叙事等小说技巧。因此，后来评论家将这本书归类为自传体小说。在考虑这本自传的名字时，玛雅·安吉洛在民权活动家阿比·林肯的建议下，阅读了保罗《同情》一诗，在此诗的第三节中写道："我知道笼中鸟为何歌唱 / 啊，/ 我知道 / 当他羽翼折断，翅膀撕痛 / 当他打破牢笼，重获自由 / 那，不是喜悦或欢乐 / 那是他从心底深处发出的祈祷 / 那是卑微的请求，传到他翱翔的天堂 / 我知道笼中鸟为何歌唱"。玛雅·安吉洛因此将"我知道笼中鸟为何歌唱"作为这本自传体小说的标题。《我知道笼中鸟为何歌唱》1969年完成，并于1970年正式出版后，立即引发了社会轰动，为玛雅·安吉洛带来了巨大的声誉。1970年，《我知道笼中鸟为何歌唱》获得美国国家图书将提名，之后，更跻身于《纽约时报》平装书畅销排行榜。至今，这本书仍然是亚马逊网站的热销图书之一。《我知道笼中鸟为何歌唱》大获成功后，玛雅·安吉洛又接连写了《以我之名相聚》《唱啊，摇

---

❶ （美）玛雅·安吉洛著 . 我知道笼中鸟为何歌唱 [M].上海：上海三联书店，2013：297.

啊，就像过圣诞一样快乐》《女人心语》《上帝的孩子都需要旅游鞋》《歌声飞入云霄》五部自传体小说，并分别于 1974 年、1976 年、1981 年、1986 年和 2002 年出版，2004 年，玛雅·安吉洛将六部自传体小说以《玛雅·安吉洛传记全集》为名合集出版，并受到了社会各界的广泛好评。2013 年，玛雅·安吉洛又推出了第七部自传体小说《妈妈和我，我和妈妈》，该书出版后，即登上《纽约时报》畅销书榜单的前十位。

除了小说，玛雅·安吉洛还创作了大量诗歌，1971 年，玛雅·安吉洛发表了诗集《我死前只给我一杯冷饮》，1972 年获普利策诗歌奖提名，玛雅·安吉洛也因此成为第一位获普利策诗歌奖提名的非裔美国女性；1975 年发表诗集《祈祷吧，我的翅膀会很适合我》，1978 年发表诗集《我还站起来》，1983 年发表诗集《沙柯，为何不歌唱》《现在斯巴唱歌了》，1990 年发表诗集《永不被感动》。1993 年，玛雅·安吉洛出版了回忆录《别问我旅行带什么》。

玛雅·安吉洛是好莱坞第一位非裔妇女编剧，1972 年她所编剧并配乐的电影《乔治亚，乔治亚》上映；1993 年，玛雅·安吉洛应邀在克林顿总统的就职典礼上朗诵诗作《晨曦的脉动》，因此成为总统就职典礼上朗诵诗歌的第一位非裔美国人；1998 年，玛雅·安吉洛作为好莱坞第一位非裔美国女导演执导了大型影片《三角洲特种部队》。除此之外，玛雅·安吉洛还创作了大量散文集和儿童读物。

玛雅·安吉洛一生获得了多项荣誉，1988 年，她入选全美妇女名人榜；2000年荣获美国国家艺术勋章；2008 年荣获林肯奖章；2011 年荣获总统自由勋章。2004 年，兰登书屋出版现代文库版《玛雅·安吉洛自传合集》。2014 年 5 月 28 日，玛雅·安吉洛辞世，享年 86 岁。

二、玛雅·安吉洛文学作品概述

自传体是十分受非裔美国作家青睐的小说文体，非裔美国作家的自传体文学创作可以追溯到 200 多年前的奴隶自叙体小说，这种奴隶自叙体小说产生的渊源，与非裔奴隶缺乏教育有关。最初非裔美国奴隶在进行创作时，由于不识字或文化水平有限，只能将自己的故事讲述给识字的人，由别人来进行记录和整理。最初非裔美国奴隶的自传体小说大多讲述自己被贩卖、受奴役以及逃脱并获得自由的故事。例如，1837 年出版的《摩西斯·重柏》的历险与摆脱奴隶制的故事。以及威廉·韦尔斯·布朗和佛莱特里克·道格拉斯的自传等都讲述了这类故事。这类故事在当时拥有相当数量的读者，以上所提及的三名非裔美国人的自叙体小说均出版了多次，由此可见这类非裔美国自传体文学在社会上的受欢迎程度。非裔美国自传体小说按照性别可划分为男性非裔美国自叙体小说和女性非裔美国自叙体小说两种。其中，男性非裔美国自叙体小说多反映奴隶制的残酷无情和白人对非裔美国奴隶的残酷压迫，这些小说中充满了对种族压迫的愤怒与绝望，以及非裔美国男性渴望在美国主流社会中获得尊严的理想。而女性非裔美国自叙体则更侧重于讲述女性自己的故事，重点对自己的成长经历、内心感受进行揭示。从总体上来看，早期非裔美国女性自叙体小说可分为两大类，一类是城市自由女奴的自叙体，主要讲述皈依宗教的经历，例如 1836 年出版的《杰莱娜·李的生活和宗教经历》；浪迹天涯的经历，例如，《南希·布林斯的生活和旅行经历》；契约奴的生活经历，例如 1859 年出版的《我们的尼格，或一位自由黑奴的生活片段》等。另一类则是南方女奴的自叙体小说，主要讲述非裔美国女性在种族制下的毫无希望的生活。例如，《一位女奴生活中的事件》和《幕后轶事，或三十年的奴隶生涯和四年在白宫作为林肯夫人侍女的生涯》等均为 19 世纪较为著名的女奴自叙体小说。除此之外，非裔美国女性作家在创作过程中，也常将自身经历融入文学创作中。另外，在非裔美国文学史上，自传是一种十分重要的体裁，许多有成就的非裔美国人都曾出版过有影响的自传。例如，佐拉·赫斯顿的自传《道路上的尘迹》等。

玛雅·安吉洛的自传体小说不同于以往的非裔美国女性自叙体小说，其是将自传作为一种文学作品进行创作。玛雅·安吉洛在创作中运用了许多小说创作手法，使其作品读起来更具有情节性和鲜明的人物形象。玛雅·安吉洛一生中创作了七部自传体小说和大量诗歌。自传体小说中主要以《我知道笼中鸟为何歌唱》影响最大。无论是自传体小说还是诗歌都体现出极强的非裔美国女性群体对于生活的热爱，传递了非裔美国女性坚强乐观的声音。

玛雅·安吉洛的自传除了《我知道笼中鸟为何歌唱》外，还包括其他六部，分别记叙了玛雅·安吉洛一生不同阶段的不同人生感悟。自传小说的第二部《以我之名相聚》，讲述了"我"作为一名单身母亲，如何在充满歧视的社会中独当一面，艰难糊口，养育孩子的过程。这部自传体小说颇具情节性，小说中塑造了两个除"我"之外，特点鲜明的形象。其中一位是当"我"在一家小饭馆中做厨师时，邂逅了一位高大英俊、富有且无比体贴的绅士，这位绅士看似对"我"情有独钟，无比关爱，然而他的行踪却十分神秘，随着故事情节的展开，才发现这位"绅士"的男士原来是专门拉无知少女下水的皮条客。另一位则是"我"的母亲美丽优雅刚强世故富有幽默和智慧的形象。自传小说的第三部《唱啊，摇啊，就像过圣诞一样快乐》讲述"我"嫁给一位希腊白人男子后的遭遇。刚结婚时，"我"以为婚姻能够为自己提供一个安全的归宿，从此可以不必再为经济发愁。然而，婚后不久"我"就发现丈夫是一个大男子主义者，他对"我"采用各种限制，并告诉"我"，丈夫就是"我"的世界。"我"希望拥有自己的事业，然而不得不想办法向丈夫证明"我"的忠诚。丈夫的控制，让"我"备感压抑和不平。最后，"我"实在忍无可忍，与丈夫离婚。离婚后，"我"将孩子委托给别人，作为一名演员到北美、欧洲等地进行巡回演出，这部小说中对各地的风光进行了描述，这部小说颇具游记色彩。第四部自传体小说《女人心语》讲述了"我"参加民权运动的经过，并且在这一过程中嫁给了一位非洲籍的丈夫，并跟随他到非洲定居。第五部自传体小说《上帝的孩子都需要旅游鞋》，讲述"我"在非洲生活了数年后，再次回到美国，在政治上表现得更加成熟。这部小说中对于非洲的风土人情进行了详细的描写。第六部自传体小说《歌声飞入云霄》讲述了"我"在参加民权运动中，见到两位黑人同胞领袖倒下的场景后怀着悲痛的心情开展新生活，描述了黑人暴乱的场景。第七部自传体小说《妈妈和我，我和妈妈》分为上下两部，上半部中讲述"我"作为一名单亲儿童、问题少年、未婚妈妈，流离颠沛，不停地寻找谋生机会，充满种种问题的前半生在妈妈的手里终止，妈妈教会了"我"勇气与信念；下半部中则讲述了"我"在妈妈的爱中，成为一名诗人、编导、导演、作家、教授，是妈妈的爱，塑造了"我"，培育了"我"，解放了"我"。七部自传体小说几乎写尽了作者的一生。

除了自传体小说外，玛雅·安吉洛还创作了大量诗歌，玛雅·安吉洛拥有"黑人桂冠诗人"的美誉，其诗歌被称为"美国非裔的赞美诗"，她的诗歌中表现出非裔美国女性对生活的热爱，传递出非裔美国女性坚强与乐观的声音。

第二节　《我知道笼中鸟为何歌唱》中的主体性建构

《我知道笼中鸟为何歌唱》讲述了主人公玛格丽特17岁之前的生活经历，以宏大的视角再现了美国大地上非裔美国女性的成长经历。

一、《我知道笼中鸟为何歌唱》自我主体迷失

《我知道笼中鸟为何歌唱》中的主人公玛格丽特自我主体的迷失贯穿于她的成长之中，主要表现在五个方面。

第一个方面，玛格丽特自我主体的迷失表现在其归属感缺失方面。玛格丽特3岁前过着极为天真的童年生活，在她看来，世界上的一切都十分美好。然而，在3岁时，变故突然发生，小玛格丽特和比她大一岁的哥哥因为父母的离异，而被打包寄到了有着严重种族歧视的南方小镇。这段旅程留给玛格丽特的只有惶惑与不安，她与哥哥上车前被自己的父亲委托一位列车员帮忙照顾，然而那名列车员第二天就下车了，留下年幼的两个孩子相依为命，一路上他们无依无靠，依靠手腕上带着的标签，靠周围同肤色非裔美国人的同情和施舍而获得食物。经过漫长的旅程，他们终于到达了陌生的祖母家中。20世纪二三十年代，美国处于南北经济发展不平衡中，有许多非裔美国小孩与玛格丽特一样经历了漫长的旅程，有的像他们一样被从北方邮寄到南方，也有的则是从南方前往经济繁荣的北方与父母团聚。对于幼小的玛格丽特来说，她并不能理解自己为何离开父母，为何被父母所抛弃，她宁愿相信这是由于自己的父母已经去世的原因。刚刚到达斯坦普斯小镇时，小镇上的人们对于他们的第一态度是警惕，直到发现他们过于幼小而全无危险之后，小镇才接受了他们。面对完全陌生的亲人与生活环境，玛格丽特花了相当长的一段时间才适应。可是，母亲在圣诞节时寄来的礼物，却打破了玛格丽特的自我欺骗，她不得不接受父母并没有去世，而他们的确是被父母抛弃了的事实。玛格丽特并不想接受自己被抛弃的命运，在她幼小的意识中，始终坚信自己不属于这个小镇，迟早会离开小镇，因此不愿意融入这个小镇。这种被父母抛弃的记忆深深地烙印在了玛格丽特的记忆当中，而这一点也导致了玛格丽特自我主体意识的迷失。

第二个方面，玛格丽特自我主体的迷失表现在其非裔身份认同迷失方向。玛格丽特小时候并没有意识到自己与其他人的不同，在她的眼中，或许有大人与小孩之分，却没有肤色之分。斯坦普斯小镇是一个黑人与白人生活区域泾渭分明的小镇，所以玛格丽特幼年时并不知道世界上还有肤色之分。这一状况在六岁时被打破。玛格丽特在一次照相后，才彻底认真了自己的肤色，这对她造成了相当大的打击。玛格丽特的内心经历了一次大地震。她不明白肤色的差异是什么原因造成的，然而却本能地认为她的肤色是丑陋的。在她的意识中，认为是童话里残暴的继母，因为嫉妒自己的美貌，而故意将自己的肤色变成黑色，从而剥夺了自己的原本与生俱来的金发碧眼白皮肤的美貌，将自己"变成了一个丑陋的、大码子的黑人"❶。这说明，玛格丽特内心中对于自己肤色的严重自卑与对于自我的否定。而

---

❶（美）玛雅·安吉洛. 我知道笼中鸟为何歌唱 [M]. 上海：上海三联书店，2013：3.

这种思想和观念是当时社会上的成年人潜移默化影响的结果。美国南北战争结束后，废除了奴隶制，然而社会上依然存在的种族歧视，以及深植于非裔美国人心中的低人一等的价值观很难改变。玛格丽特所居住的斯坦普斯小镇由于经济萧条和种族歧视的双重因素，导致这里的非裔美国人处于社会的边缘，其地位比北方的非裔美国人更低。玛格丽特看到这里的黑人干着最为繁重的工作，然而他们得到的工钱却只能维持微薄的生活。而相应地黑人小孩也承受了更多的白眼和欺负。年幼的玛格丽特从周围的生活中敏感地觉察到了自己生活在一个比白人低一等的世界中。玛格丽特被祖母和身边人所谆谆教诲，让她认识到与白人说话是危险的，无论何时何地都不能对白人无礼。在小镇中，甚至连孩子们吃的冰激凌也要分颜色。然而，白人则可以对黑人进行肆无忌惮的侮辱和歧视。当玛格丽特不得不去看医生时，白人医生宁可将自己的手放到狗的嘴里，也不愿意给玛格丽特看病。白人小孩子可以在玛格丽特祖母的商店里胡作非为，并进行下流表演，而玛格丽特只能在想象中对白人小孩施以惩罚，事实上只能无助地在角落里哭泣，这让玛格丽特为自己是非裔美国人而感到无助、无奈。而南方还有专门的黑人学校，训练非裔美国人成为木匠、农民、厨师、保姆等职业，以从事沉重的工作。这些歧视导致玛格丽特无法接受自己肤色的事实，因此，她本能地拒绝学习低等的南方口音，从不讲乡下俚语，也不愿意吃黑人才吃的猪鼻子和猪尾巴。她在内心中一直对自己辩解自己是一个白人小孩，而身边人有意或无意的对白人说话或行为方式的模仿，也影响了她的行为和审美，使玛格丽特无法意识到非裔种族文化的魅力，而对于白人所宣传的黑人丑陋的思想坚信不疑。她甚至觉得现在的一切只是一个可怕的梦境，"当我有一天从黑人这个丑恶的梦境中醒来，他们一定会惊奇不已……因为我其实是个白人"❶ 这表明了玛格丽特对于自己身份的困惑与本能地厌恶，所以在潜意识里，玛格丽特渴望自己变成一个白皮肤的女孩，正如同托尼·莫里森小说《最蓝的眼睛》中那个祈祷自己有一双漂亮的蓝眼睛的女孩一样，玛格丽特也表现出被白人文化和审美同化的心理。而自我身份的落差导致玛格丽特每天生活在幻想与现实两极反差中，哪怕穿着祖母缝制的新裙子参加有色人种卫理公会主教派的教会时，也感觉自己因为肤色而受到了嘲笑。幼小的玛格丽特陷入他人的观察角度而不能自拔，从而不断地审视自己，并否定自己。正如她在书中所说："如果说一个黑人女孩在南方的成长是一种痛苦，那么意识到这种错位，

---

❶（美）玛雅·安吉洛. 我知道笼中鸟为何歌唱 [M].上海：上海三联书店，2013：3.

就像是在喉咙边上架起了一把利刃，时刻威胁着她的生命。"❶这种身份落差所带来的结果是，她试图通过模仿白人而融入白人的世界，然而，这种与生俱来的肤色是她无法改变的，这使得玛格丽特陷入了困惑、痛苦与迷茫之中，她渴望摆脱自己的身份，获得别人尊重。

其三，玛格丽特自我主体的迷失表现在缺乏父母之爱导致的不自信方面。非裔美国女性文学中女性主体的自我缺失常与缺乏父爱或母爱有关，《我知道笼中鸟为何歌唱》中也是如此。玛格丽特从三岁时就被迫前往祖母家，尽管在这里，她得到了祖母和叔叔的关爱，然而，她仍然渴望父爱与母爱。在玛格丽特的认知中，父爱与母爱与他人的爱是不一样的。尤其是在种族歧视与性别歧视十分严重的南方相对封闭的小镇上，父母之爱更显得与众不同。对于玛格丽特来说，小镇生活并不缺乏物质，然而，对于父母之爱的需求则是十分迫切的。因此，对于自己与哥哥的被抛弃，玛格丽特十分耿耿于怀，这也导致她陷入自我怀疑之中。她的怀疑主要表现在两个方面。一方面，玛格丽特怀疑自己不是父亲和母亲亲生的，因为她和哥哥长得并不相像。因此，她怀疑自己只是被领养的，是哥哥的玩伴。玛格丽特和哥哥这一时期对父爱和母爱的渴望还表现在哥哥贝利自己一个人到城里看电影，只因为电影中的女演员长得像妈妈。另一方面，玛格丽特和哥哥无法向自己解释为什么被抛弃，因此，她自己设想并编造了一个梦境，那就是自己的父亲和母亲已经去世，只有父母双亡，她才能接受自己被寄养的事实。然而，这一设想被父母给他们寄来圣诞礼物而打破，对于他们来说被寄养的第一年圣诞节是一个无比糟糕的圣诞节，而这时父母又寄来了无比糟糕的圣诞礼物，于是玛格丽特哭着撕碎了父母的圣诞礼物。这一行为遭到了祖母的训斥，她不明白，这一行为对于孩子的意义，责备两个孩子不知感恩。玛格丽特的哥哥因为圣诞礼物而心存希望，认为母亲总有一天会记起他们并将他们接走，然而玛格丽特对此却并不抱有太大的希望，玛格丽特因此被失去父母之爱的绝望所包围。除此之外，玛格丽特还猜测是因为自己和哥哥不懂事才被父母抛弃，因此，她认为自己和哥哥被邮递到祖母家是对于他们的一种变相的惩罚，而这种惩罚等他们长大懂事后就会结束，这样他们就能重新拥有父母的爱。玛格丽特和哥哥8岁时被父亲开车从斯坦普斯接走，在路上，当他们得知要前往圣路易斯与妈妈同住时，玛格丽特却并没有幼年时那么渴望，而是表现出排斥与恐惧之情，她甚至对父亲说要回到斯坦普斯。她并没有回到母亲身边找回久违的母爱的幸福，而是感觉"我们正驶向地

---

❶（美）玛雅·安吉洛.我知道笼中鸟为何歌唱[M].上海：上海三联书店，2013：4.

狱，而父亲就是那个前来接引的魔鬼"❶。面对不得不离开斯坦普斯，回到母亲身边的事实，玛格丽特极其想逃避，甚至将这次旅行想象成她和哥哥遭遇了坏人的绑架。由此可以看出，玛格丽特对于幼年缺失的父爱和母爱的回避。当玛格丽特终于再次见到母亲，并喊出"妈妈"时，她再次对自己的身份产生怀疑。与母亲重聚后，玛格丽特和哥哥已和妈妈成为熟悉的陌生人，不得不开始重新接触、适应母亲。玛格丽特与母亲之间的关系并没有变得十分亲昵。母亲为玛格丽特和哥哥提供住宿、食物，以及零食等物品，然而由于母亲白天时要外出进行必要的社交，晚上还要到酒吧进行演出，回到家中还要陪伴自己的男友。因此，分配给孩子的时间很少，对于玛格丽特对母爱的渴望，母亲仿佛根本就没有感觉到。玛格丽特与母亲之间的交流仅仅限于母亲"作业做完了吗""去做祈祷""上床睡觉"等例行的问候。母女两人之间原本的亲密感被陌生与疏离所取代。甚至当玛格丽特被母亲的男友强奸后，玛格丽特也没有向母亲倾诉自己的遭遇，由此可以看出玛格丽特与母亲之间的关系的疏离，以及母爱在玛格丽特童年的缺失。这种从小缺失的父母之爱给玛格丽特造成了极强的心理创伤，造成了玛格丽特的自我迷失，造成了玛格丽特后来的悲剧。

其四，玛格丽特自我主体的迷失表现在被继父强暴后的失语方面。玛格丽特和哥哥在她 7 岁时被送回母亲的身边。玛格丽特的母亲是一位漂亮、自信、极具魅力并且能力出众的女性，这样一位女性的事业心很强。而当时母亲的男朋友弗里曼则既没有体面的工作，收入也不高，家境也并不优越，而且年龄较玛格丽特的母亲大。因此，在玛格丽特的母亲面前，弗里曼显得没有自信，对他来说，玛格丽特的母亲就是他生活的中心，他每天所做的就是在家中等待着玛格丽特母亲下班回家。两人之间的爱与回报是对等的。当玛格丽特和哥哥回到母亲身边后，玛格丽特看到哥哥与母亲相同的漂亮的容颜后，内心更加自卑，感觉自己是生活中的可怜人。而弗里曼的现状则引发了玛格丽特的同情，她认为弗里曼十分可怜，就像一只无助的小猪仔一样。❷弗里曼的动作很慢，就像一只棕熊一样，而且他很少与玛格丽特他们说话。另外，玛格丽特由于幼年的种种遭遇，导致她常常做噩梦。回到母亲身边之后，玛格丽特的母亲为了带给孩子安全感，将玛格丽特带到自己的房间睡觉。在一定程度上为男友弗里曼伤害玛格丽特创造了条件。玛格丽特由于对父母之爱的渴望，因此，将弗里曼当作了父亲的角色。这也导致玛格丽

❶（美）玛雅·安吉洛 . 我知道笼中鸟为何歌唱 [M].上海：上海三联书店，2013：60.

❷（美）玛雅·安吉洛 . 我知道笼中鸟为何歌唱 [M].上海：上海三联书店，2013：4.

特对于弗里曼的拥抱并不反感，相反，她在一定程度上还十分留恋弗里曼的拥抱，这让她重新感受到了父爱。然而，弗里曼却将玛格丽特当作满足自己性需求和控制欲的对象，从而寻找在玛格丽特母亲以及外界无法找到的满足感。而对于只有 8 岁的玛格丽特来说，被自己当作父亲的弗里曼实施残忍的性暴力给她心理上造成了不可磨灭的心理创伤和打击。弗里曼威胁玛格丽特不准将他的暴行告诉任何人，否则就会杀死她最爱的哥哥贝利。玛格丽特因此陷入了双重恐惧之中，一方面承受着被奸污的痛苦和自卑；另一方面承受着秘密泄露后，哥哥被杀死的恐惧中。在双重恐惧的压力下，玛格丽特不得不选择了痛苦的沉默，丢失了自己的话语权。除了从小相依为命的哥哥外，玛格丽特拒绝与任何人说话。玛格丽特的变化，引发了周围人的关注。一开始，面对妈妈和哥哥的询问，玛格丽特什么都不敢说。后来，经过最信任的哥哥的一再保证，即便玛格丽特说出来哥哥也不会死之后，玛格丽特终于说出了真相。然而周围人面对自己的悲惨遭遇却并没有表现出同情和愤慨，而是一副不在乎样子，女人们甚至告诉玛格丽特，有了这一经历后就什么也不用怕了。玛格丽特在法庭上指控了弗里曼，并且为了给弗里曼治罪而说谎。这种行为让玛格丽特对于弗里曼更加痛恨，认为是像魔鬼一样的弗里曼让自己说谎，然而在法庭上弗里曼却并没有得到应有的惩罚。最终，虽然哥哥贝利没有因为她说出了真相而死去，但是弗里曼却被玛格里特的亲戚打死了。幼小的玛格丽特将弗里曼的死归结到自己的头上，她感觉自己违背了祖母的教诲，内心充满了罪恶感，因此不再开口说话，陷入失语。而身边的亲人以为玛格丽特只是暂时的沉默，时间一长就会从痛苦遭遇中走出来，却没有意识到失语现象正是玛格丽特迷失自我的表现。

其五，玛格丽特自我主体的迷失表现在对女性身份认同缺失方面。女性身份的迷失是非裔美国女性作家中常见的主题。对于非裔美国女性来说，她们面临着种族歧视和性别歧视双重歧视和压迫。非裔美国女性小说中的主人公往往面临着女性身份的迷失。例如，艾丽斯·沃克作品《紫色》中的主人公茜莉从小就没有意识到自己的女性特征，在经历了被强暴并嫁人后，一直以自己身为女性而自卑，沦为丈夫的奴仆。直到丈夫的情妇莎格的引导，在镜子前勇敢地脱光并欣赏自己的身体时，才意识到自己的女性特征，才意识到自己的美丽。佐拉·赫斯顿中《他们眼望上苍》中的主人公珍妮在前两次婚姻中，自己的女性特征也产生了缺失，沦为父权制度中的奴仆，成为只知道干活的骡子和供男性炫耀而没有自己声音的摆设。直到第三次婚姻中才真正找回女性的身份认同。《我知道笼中鸟为何歌唱》中玛格丽特幼时虽然与自己的哥哥一起被父母抛弃送回祖母家中。然而与哥哥贝利相比，玛格丽特始终是自卑的。她的自卑体现在多个方面，一方面，玛格丽特认为哥哥长得更像妈妈，和妈妈一样漂亮，而她自己则是个长相普通的女孩。因此，她感觉到十分自卑。另一方面，在被继父强暴后，玛格丽特感觉到男性在社会中所享受的特权，弗里曼即使受到指控仍然没有被判刑，甚至一天的监禁都没有，而自己作为女性即便受到如此严重的伤害，周围的人也漠不关心。玛格丽特由此对于自己的女性身份产生了困惑。失语后，玛格丽特开始对周围除了哥哥之外的所有男性表现出排斥的情绪，甚至对于自己亲爱的叔父也产生了逃避的念头。尤其是当玛格丽特读了一本名为《寂寞之井》的书籍后，发现了同性恋的世界，这使得玛格丽特一度怀疑自己是一位同性恋。当青春期的玛格丽特初步认识到自己的女性特征后，内心深处仍然带有一丝对自己性取向的怀疑。因此，玛格丽特决定去找一个男朋友来证明自己的女性身份与价值，最终导致玛格丽特在 16 岁就怀孕，直接促成她成为一个单身母亲的后果。

二、《我知道笼中鸟为何歌唱》中的女性角色

《我知道笼中鸟为何歌唱》是一部成长小说，主人公玛格丽特的成长过程中主要受到了三位女性的影响。

（一）影响玛格丽特的第一位女性——汉德森太太

在非裔美国女性文学作品中，祖母和外祖母往往担任着三种极为重要的角色。

首先，在非裔美国女性文学作品中，祖母或外祖母往往承担着保护者的角色，许多非裔美国女性文学作品的主人公均由祖母或外祖母抚养大。例如，佐拉·赫斯顿的作品《他们眼望上苍》中的珍妮从小就由外祖母养大。珍妮的外祖母年轻时，被白人主人霸占而生下珍妮的母亲后，因被女主人嫉妒，而连夜逃到满是毒蛇的沼泽地里，直到奴隶制废除后，珍妮的外祖母才带着女儿来到洒满阳光的西佛罗里达干活，并从此没有再嫁人。珍妮出生后，母亲离家出走，外祖母担负起母亲的责任，边为白人干活，边攒钱买地，为珍妮撑起了一片屋檐，让她得以度过了幸福的童年。托尼·莫里森的作品《秀拉》中，在秀拉的家庭中，秀拉的祖母也扮演着家长的角色，尽管秀拉并没有失去母亲，然而比起母亲对她的影响，秀拉的祖母对秀拉性格的形成以及人生经历所产生的影响更大。托尼·莫里森的作品《所罗门之歌》中，主人公奶娃的姑母也是这样一位坚强的外祖母。

其次，在非裔美国女性文学作品中，祖母或外祖母往往承担着文化传承者的

角色。非裔美国女性文学作品中的祖母或外祖母往往是非裔文化的代表者与传承者。例如，托尼·莫里森的作品《所罗门之歌》中，主人公奶娃的姑母彼拉多，建立了一个由三代女性组成的女性之家。在小说中，彼拉多是奶娃寻找非裔传统文化的启蒙者和推动者。彼拉多年幼时，与哥哥一起经历了被白人追逐驱赶的过程，并在成年后经历了诸多坎坷，独自养育女儿与孙女。然而彼拉多，却始终一身正气，既不像哥哥沦为金钱的奴隶，成为一个不顾亲情，只在乎金钱和地位的人；也不像嫂子沦为家庭中男权文化下的牺牲品。而是充满了大自然的气息，彼拉多坚持自给自足的生活，并在生活中歌唱传统的非洲歌谣，讲述非洲故事和传说，并鼓励奶娃完成自我转变，勇敢找回家庭姓氏和传统文化。因此，彼多拉是非裔美国女性作品中传承和弘扬非裔文化的祖母角色代表。拉丽塔·塔德米的作品《凯恩河》中的外祖母伊丽莎白生而为奴，年轻时被白人主人侵犯生下了两个孩子，白人主人结婚后，伊丽莎白被女主人送到凯恩河地区的玫瑰种植园。尽管一生遭遇悲惨，然而伊丽莎白却没有失去生活的希望，当女儿生下孙女菲洛敏，陷入生活的绝望中后，伊丽莎白勇敢地承担起教育孙女的责任。她不仅用非裔传统文化维系整个大家庭的稳定，也将非裔文化和非裔精神传承给自己的后代艾米丽，以使艾米丽在非裔传统文化中找到自我。

再次，在非裔美国女性文学作品中，祖母或外祖母往往承担着养育者的角色。托尼·莫里森的作品《秀拉》中，秀拉的祖母在丈夫离家出走后，就承担起了养育家人的责任。她以非凡的智慧和莫大的勇气，以一条腿的代价，换来了全家人的生计，养育了包括秀拉在内的几代人。《所罗门之歌》中的彼拉多一家中，彼拉多也承担着养育家人的角色。除此之外，佐拉·赫斯顿的作品《他们眼望上苍》中珍妮的祖母南妮、托尼·莫里森的《宠儿》中女主角塞丝的婆婆贝比·萨格斯赛丝，以及拉丽塔·塔德米的作品《凯恩河》中的外祖母伊丽莎白等均承担着养育后代的职责。《我知道笼中鸟为何歌唱》中玛格丽特的祖母名叫安妮·汉德森，镇上的人都称她为汉德森太太，汉德森太太在小说中承担着传统文化传承者、养育者、教育者和生命保护者的多重角色。安妮·汉德森年轻时也和当时许多南方非裔美国女性一样遭到了白人的侵犯，年老时和自己身有残疾的儿子在一起生活。汉德森太太虽然生活在南方白人与黑人泾渭分明的小镇上，然而她却并不像大多数传统非裔美国女性一样为白人女性做工。而是一名比大多数当地的白人还要富有的人，她有自己的土地和房子，并经营着镇上唯一一间杂货店。汉德森太太性格鲜明，拥有非裔传统女性的许多优点。当玛格丽特和哥哥失去了父母之爱时，汉德森太太以保护者和养育者的角色出现在他们的生命中。她用朴素的感情和勤劳的双手，为玛格丽特和哥哥撑起了一片天空，给了他们足够的安全感。汉德森太太勤劳、善良，努力打理杂货店。对待周围有困难的非裔美国人，她总是尽心尽力地帮忙。汉德森太太的杂货店是整个小镇上所有非裔美国人的活动中心，人们在这里可以自由地闲谈，不用受到任何压迫和歧视，也不用受到地位和身份的限制。当玛格丽特和哥哥怀着忐忑的心情来到祖母家后，祖母尽力为他们提供了一个游乐园。在这里，玛格丽特和哥哥看到了无穷无尽没有见过的新鲜东西。而且，这里还没有凶巴巴的管理员恐吓他们。当面对种族歧视十分严重的白人时，汉德森太太并不像镇上的其他非裔美国人一样对白人卑躬屈膝，而是采取主动进攻、不卑不亢的方式，保护自己以及家人的利益。例如，汉德森太太曾对镇上的白人牙医提供过帮助，才使得牙医得以渡过难关。然而当玛格丽特去看牙时，这位医生不仅拒绝，还用尖酸刻薄的语言侮辱玛格丽特。对此，汉德森太太没有畏惧，而是勇敢地和白人牙医理论，成功地为玛格丽特找回了自尊，让玛格丽特为自己的祖母感到骄傲和自豪的同时，也对祖母勇于直面歧视和压迫的态度留下了深刻的印象，成为玛格丽特成长中最主要的精神动力之一。又如，当白人小混混到杂货店挑衅胡闹时，面对他们的下流表演，汉德森太太没有动怒，也没有羞愧，而是坚定地唱着圣歌，最终以精神胜利法战胜了白人小混混。汉德森太太虽然没有正面打败白人小混混，但是却保住了自己的长者尊严。而这种方法也是非裔美国人对抗白人歧视的唯一途径。与之相对应地是玛格丽特的叔叔威利叔叔，威利叔叔从小就身患残疾，不能照顾自己，也因为如此，他十分敏感又骄傲。对待玛格丽特和贝利，威利叔叔努力在他们面前树立威信，并有意在孩子们的心中树立权威形象，充当他们的保护神。玛格丽特和哥哥虽然十分尊敬和喜欢威利叔叔，然而却能够明确地感受到祖母才是家里的主心骨。因此威利叔叔和镇上其他非裔美国人一样，面对白人显得害怕而懦弱，缺少了祖母的自信和坚强。除了自信和坚强外，汉德森太太还在玛格丽特成长过程中承担着教育者和精神引领者的作用。汉德森太太对于玛格丽特和哥哥的教育十分严格，但教育方法却并不严厉。她教育玛格丽特和哥哥懂礼貌，正直，自律而坚忍，告诉他们，懂礼貌的孩子总是能得到上帝的垂怜，而不懂礼貌的孩子则是父母的耻辱，可能会为自己的家庭和家族带来灭顶之灾。当面对白人的歧视时，汉德森太太教育玛格丽特和哥哥要保持人格尊严，保持清洁，远离肮脏。同时，受当时的社会环境影响，汉德森太太还教导孩子们面对白人时如何保证自己的安全，告诉他们与白人讲话是危险的。汉德森太太对玛格丽特的影响是全面的，尽管汉德森太太在镇上的生活并不贫穷，但她依旧教育玛格丽特和哥哥要从小养成勤俭的好习惯。可以说，汉德森太太是玛格丽特成长路上的第一位领路人，她为玛格丽特树立了一个好榜样，通过一言一行，一点一滴地帮助玛格丽特树立起良好的品德与梦想，为玛格丽特自我迷失后的重建起了重要的推动作用。

（二）影响玛格丽特的第二位女性——弗劳尔斯夫人

玛格丽特被母亲的男友弗里曼强暴后，由于强烈的冲击以及弗里曼的威胁和恐吓，不敢向任何人吐露事情的真相，尤其是弗里曼被打死后，玛格丽特深深自责，因此而封闭了自己的内心，陷入了长时间的失语中。当她不再说话之后，玛格丽特又被送回了斯坦普斯，在这里，尽管祖母和哥哥对她十分关心，玛格丽特的学习成绩也十分优异，但她始终拒绝说话，小说中指出："大约有一年的时间，我一直泡在屋里、店里、学校、教堂，像一块旧饼干，脏兮兮的，没法吃。后来我遇见——更准确地说是结识了一位夫人，她给我抛来了第一条救生索。"[1]这位夫人就是弗劳尔斯夫人。弗劳尔斯夫人是斯坦普斯小镇上非裔美国女性的杰出代表，她不仅聪明、美丽、温柔善良，而且十分博学，不同于一般南方小镇里的传统非裔美国女性，她显得十分优雅，行为举止和电影中以及书中的白人一样，是一位真正的淑女。当弗劳尔斯夫人从玛格丽特祖母的口中得知了玛格丽特的遭遇后，对她十分同情。在一个夏天的午后，弗劳尔斯夫人到杂货店买完东西后，她用玛格丽特的全名主动而郑重地邀请玛格丽特到她家去做客，这是第一次有人这么郑重地称呼玛格丽特，使她感受到了极强的尊重。在弗劳尔斯夫人家中，玛格丽特也感受到了极强的尊重。弗劳尔斯夫人先夸赞了玛格丽特成绩，并谈了玛格丽特爱读书的好习惯，鼓励她多读书。接着又像一个平等的朋友那样，对玛格丽特在课堂上以及阅读中的失语提出了建议。她告诉玛格丽特："我不会强迫你说什么——也许没人可以强迫你开口，但是，记住，语言是一个人和同伴交流的方式，也是人之为人、与低等动物的唯一区别……言语不仅仅是落在纸面上的那些符号，人类的声音赋予它们更深层的意义。"[2]这样的观点对于玛格丽特来说是十分新颖的。而为了印证自己所说的话，展现出有声语言的无穷魅力，弗劳尔斯夫人为玛格丽特朗读了一段《双城记》，让玛格丽特感受到诗歌的魅力。这种谆谆诱导对于玛格丽特来说是全新的体验，她第一次真正地感受到了受人尊重。同时，弗劳尔斯夫人还为玛格丽特打开了一扇诗歌的大门，对于玛格丽特此后进行诗歌创作奠

---

[1]（美）玛雅·安吉洛.我知道笼中鸟为何歌唱[M].上海：上海三联书店，2013：97.

[2]（美）玛雅·安吉洛.我知道笼中鸟为何歌唱[M].上海：上海三联书店，2013：102.

定了基础。在弗劳尔斯夫人的引领下，玛格丽特开始打开自己封闭的心扉，她心中的伤口也开始慢慢愈合。终于，玛格丽特在周围人善意的帮助下，在弗劳尔斯夫人的引领下，开始从过去的悲痛中走出来，学着用一种积极的态度面对复杂的生活。除此之外，在弗劳尔斯夫人身上，玛格丽特看到了新非裔美国女性的形象，她为弗劳尔斯夫人的优秀感到自豪，在她的影响下也开始慢慢地学着接受自己的非裔美国女性身份。

（三）影响玛格丽特的第三位女性——薇薇安·巴克斯特

薇薇安·巴克斯特是玛格丽特的母亲，她出身于名门，是一个外貌十分美丽迷人的混血儿，她性格活泼开朗，热爱生活，聪明能干，是北方非裔独立女性的典型代表。薇薇安·巴克斯特一直生活在北方，容貌上的美丽给她带来了足够的自信，而自信的性格又带给薇薇安坦诚直率、面对问题毫不畏缩的精神。她无论是在婚姻、家庭，还是事业和两性关系方面都享有自主权。薇薇安与玛格丽特的父亲离婚后，并没有与传统非裔美国女性一样去做女佣或帮厨，而是凭借热情外向的性格和聪明的头脑，穿梭在赌场和酒吧之间，依靠自己的劳动赚钱，而从不欺骗，从而开创了自己的事业，实现了经济独立。薇薇安父母家中有四个孩子，然而薇薇安在家却没有受到男权制度的约束，相反，她的兄弟们性格内向，遇事则听命于她，并且时时处处保护她。在与男友弗里曼的关系中，薇薇安也处于主导地位。甚至在非裔中，薇薇安也赢得了男性的尊重。可以说，薇薇安是当时不受社会的陈规陋俗约束，追求自我发展的新非裔美国女性代表。然而，作为一个母亲来说，薇薇安却是不称职的。玛格丽特和哥哥在三岁时被母亲抛弃送回了祖母家，因此在孩子最需要母亲时，薇薇安并没有尽到母亲的责任，而童年时的母爱缺席也导致了玛格丽特一生对此耿耿于怀。当玛格丽特 8 岁时回到母亲的身边后，尽管薇薇安为玛格丽特和哥哥提供了优越的物质条件，然而却又因为忙于事业而疏于与女儿沟通，给女儿足够的爱与温暖，导致女儿被男友强暴，在心理上和精神上造成了难以愈合的伤害。在这一点上，薇薇安具有不可推卸的责任。然而，后来当玛格丽特再次回到母亲身边后，母亲在玛格里特的成长中扮演了积极的角色。正如薇薇安的性格，她教育玛格丽特在遇到事情时"寄希望于最好的可能，做最坏的打算"❶。这对于培养玛格丽特独立自强的性格起到了积极作用。当玛格丽

---

❶（美）玛雅·安吉洛. 我知道笼中鸟为何歌唱 [M]. 上海：上海三联书店，2013：280.

特陷入身份迷失中后，薇薇安引导玛格丽特并从书中寻找人体结构图，了解人体结构，从而让玛格丽特了解了自己的女性生理特征。当玛格丽特为了确定自己的身份而与社区中的男孩谈恋爱并不慎导致未婚先孕时，薇薇安又用其热情开朗的性格和豁达的人生态度，鼓励和引导玛格丽特向前看，帮助玛格丽特渡过了难关。而当玛格丽特决定去当乘务员时，薇薇安又以她的热情，教玛格丽特不畏世俗的眼光，以热情的人生态度做事，从而使玛格丽特成了旧金山第一个非裔美国女性售票员，帮助玛格丽特达到了目标。

可以说，以上三个女性在玛格丽特的生命中均起着至关重要的作用，对于玛格丽特自我主体构建起着决定性作用。玛格丽特的奶奶汉德森太太以其无私的爱给了幼小的玛格丽特以温暖，教导玛格丽特树立起正直而又善良的人生观，在玛格丽特的生命中扮演着极为重要的启蒙角色。弗劳尔斯夫人则在玛格丽特处于迷茫中时，引导玛格丽特重新找回了自己的声音。而玛格丽特的妈妈薇薇安，则鼓励玛格丽特勇敢地选择自己的人生道路，并坚定地走完它。

三、《我知道笼中鸟为何歌唱》中的女性自我主体重构

《我知道笼中鸟为何歌唱》中主人公的自我主体重构表现在四个方面。

首先，主人公自我主体重构表现在对种族歧视的反抗方面。玛格丽特的祖母在斯坦普斯小镇上开设的杂货店，每天都有大量的、形形色色的人前来买东西、闲聊，这些人大多为非裔美国人，他们的生活中的酸甜苦辣、艰难的生活处境均能在杂货店中体现出来。因此，杂货店成为玛格丽特观察斯坦普斯小镇的一个窗口。通过人们之间的闲谈与故事，玛格丽特深切地感受到社会上存在的强烈的种族歧视现象。例如，小说中讲到的黑人与白人拳击手比赛的场景，尤其是当白人拳击手的拳头落到黑人拳击手身上时，周围黑人的紧张氛围。玛格丽特幼年时对自己的肤色十分排斥，内心不肯接受自己是非裔美国人的事实，甚至内心偷偷幻想自己是被继母施了魔法后才变成这么丑陋的，而自己实际上是白人。随着逐渐长大，玛格丽特开始慢慢接受了自己的肤色，并开始对社会上的种族歧视进行反抗。当玛格丽特失语时，她遇到了弗劳尔斯太太，她的优雅、高贵，面对事情的态度使玛格丽特为她的黑人身份而自豪。她开始慢慢地认同和接受自己的黑人身份，努力以弗劳尔斯太太为榜样，成为黑人中特立独行的存在。玛格丽特10岁时到一位白人太太家中学做女仆，那位典型的南方白人太太嫌玛格丽特的名字太长，为了省事，擅自将她的名字改成了玛丽。玛格丽特听到后，立刻对白人太太怒目

而视，并故意打碎了白人太太心爱的盘子以示反抗，接着她逃离了那位白人太太的家，让她再也没有机会擅自为她改名。玛格丽特十分在乎自己的名字，她因被叫全名而备受感动，感觉被尊重，而对于历史上白人随便给黑人起的各种绰号而心生的恼恨，认为那是一种变相的侮辱，"我认识的每一个人都对不以本名相称"的做法怀有极端的恐惧。"对黑人想叫什么就叫什么，会被简单地理解为侮辱。❶"当玛格丽特接受了自己的肤色和种族身份后，她对于生活中黑人与白人之间的不平等与差距十分敏感，种族意识开始在她的心中萌芽。她看到周围的黑人在采摘棉花时，每天累得像牛一样，然而却还要假装自己过得很好。她意识到自己民族的同胞正在被工作所异化，他们的劳动使他们受到奴役："我忽然觉得我们黑人是一个自虐的种族，不是命运让我们过最穷苦的生活，而是我们希望生活就是这个样子"❷。这说明玛格丽特的主体意识开始萌芽。此外，玛格丽特对白人与黑人不平等地位的反抗在玛格丽特参加毕业典礼时表现得更加明显。在毕业典礼上，白人官员和黑人毕业生分别做了演讲，这两场演讲为玛格丽特留下了截然不同的印象。在白人官员的演讲中，玛格丽特感受到了耻辱，玛格丽特发现白人的孩子未来可以成为伟大的科学家，了不起的大人物，然而黑人的孩子却只能成为农民、女仆、厨师，做着社会最底层的工作，这使黑人的崇高理想显得自以为是。这种强烈的对比，激发了玛格丽特的心灵震荡，使得玛格丽特心中毕业的兴奋和希望一下子被冷水浇醒。如果说白人官员的演讲，激发了玛格丽特心中的不服输的种子，那么毕业典礼上，黑人学生的演讲则点燃了玛格丽特心中的火焰。这位黑人毕业生指出，摆在黑人面前的只有两条路，要么做一个行动者和建设者，抑或是领导者，要么做一个工具、一个被白人定型的人，他带头在毕业典礼上唱起了黑人国歌《人人引吭高歌》并引发了全体学生和家长的大合唱，玛格丽特在这次合唱中才开始真正思考这首歌的含义，黑人学生在演讲的最后还大声疾呼"不自由，毋宁死"的口号。如果说白人官员的演讲激发了玛格丽特心中的愤怒，那么黑人学生的演讲，则犹如一场风暴，吹开了遮蔽在玛格丽特心中的阴影，让她为自己的民族而自豪："我不再仅仅是骄傲的 1940 届毕业生班的一员，还是伟大而美丽的黑人种族的一分子。我为此而自豪。"❸从这里可以看出，玛格丽特不仅接受并找回了自己的种族身份，还唤醒了心中反抗种族意识的种子。当她再次回到母亲身边，回到加利福尼

❶（美）玛雅·安吉洛. 我知道笼中鸟为何歌唱 [M]. 上海：上海三联书店，2013：139.

❷（美）玛雅·安吉洛. 我知道笼中鸟为何歌唱 [M]. 上海：上海三联书店，2013：125.

❸（美）玛雅·安吉洛. 我知道笼中鸟为何歌唱 [M]. 上海：上海三联书店，2013：188.

亚后，面对北方城市中更加真实的社会，她对于自己的黑人种族身份有着更加清醒的认识，尤其是当她看到，二战开始不久，大批日本人逃离旧金山，大批黑人涌进旧金山，将原来日本人聚集区变成黑人社区，黑人开始成为生活的主角，在公车上不卑不亢地回击白人售票员，在大街上花钱让别人服务等，这表明当时的黑人面对质疑不再忍耐，开始敢于发声。这种社会环境，对玛格丽特产生了积极影响，也开始了为了达到目标而展开积极的反抗。玛格丽特对自己黑人身份的认同，受到父亲与母亲的支持与影响。父亲曾开车带玛格丽特跨越国境线到墨西哥探险，玛格丽特看到父亲在墨西哥的小酒馆里轻松而自信的表现，以及周围人对非裔美国人的尊敬，使得玛格丽特对自己的黑人身份感到自豪，仿佛找到了归属感。玛格丽特此时在身份归属上的行动得到了母亲的支持。面对白人和男性的双重歧视与压迫，玛格丽特勇敢地去与社会中白人和男性进行抗争，在找工作时，玛格丽特受到了种种歧视，然而她仍然凭着自己的决心争取到了一份当时不对黑人，尤其是黑人女性开放的工作，获得了只有白人才有资格获得的工作，成为旧金山有轨电车上的第一位黑人女售票员。

其次，主人公自我主体重构表现在对性别的清醒认知方面。玛格丽特在 8 岁时经历了被强暴的可怕事件后，开始对周围的男性进行疏远。青春期时，玛格丽特阅读了英国作家瑞克里芙·霍尔所著的同性恋小说《寂寞之井》，她开始了解同性恋的世界。她反复阅读这本书，心中充满了对于同性恋的同情，然而同时也开始思考这个群体中更深的问题。与此同时，玛格丽特的身体开始发生变化，她的声音从清脆的童音变得低沉，逐渐脱离了稚气。她的手部和脚部开始变得更长，然而她的胸部却没有像想象中的那样发育，也不长腋毛，她对照书中所写的女同性恋的特征，开始变得十分慌张，她害怕自己的这些变化是女同性恋的征兆，而对女同性恋所受到朋友、家人以及社会的歧视也让她十分害怕。她不敢想象自己被家人和朋友抛弃的情景，不能想象哥哥、祖母、威利叔叔和母亲不再给自己以温暖和保护后自己会沦落为什么样子。在这种痛苦的折磨中，玛格丽特百思不得其解。最后，她冒着被妈妈彻底抛弃的风险向妈妈求助。在妈妈的指导下，玛格丽特通过《百科全书》了解到女性的身体变化后，才终于如释重负。一天，玛格丽特获得了和一名女同学合住的机会，那位女同学没有带睡衣，所以只好穿玛格丽特的睡衣。玛格丽特这才发现同学和自己身材的差异之处。原来，玛格丽特的同学发育较早，因此已经出落成为一个真正的女人，她将女同学的发育和《百科全书》上的内容做对比，又得到了妈妈的再三保证后，再次对自己的身体特征进行了探索。她对照同性恋的特征进行了深刻地自我剖析，发现自己并不喜欢穿裤子，也没有宽阔的胸膛，不喜欢体育，不想触碰女人，而且走路姿势也并不像男人。因此，她想做一个女人，而对于青春期的女生来说，她想给自己找一个异性朋友，以便确定自己的身份。于是玛格丽特找到了社区中最优秀的男孩子，成为他的女朋友，不久，玛格丽特怀孕了，当时她还没有高中毕业，她却并没有将这一严重的事情告诉自己的母亲，直到生产前的三周才告诉母亲与继父。用生孩子来证明自己的女性身份，这种做法看似十分愚蠢。然而玛格丽特的母亲却尊重她的意见。玛格丽特决定不结婚，成为一名单身母亲，尽管这一决定十分勇敢，虽然她毕竟只是一个 16 岁的孩子。因此，当她生下孩子后，却不敢碰触那个幼小的生命，生怕自己不小心伤害到了她。她不敢抱孩子，生怕孩子滑落，更不敢触碰孩子跳动的脉搏。这时候，母亲给予了她很大的帮助。在最初玛格丽特不敢触碰孩子的时候，母亲担负起照顾孩子的职责，三个星期后，母亲将孩子放到了玛格丽特的床上，让他们一起睡，玛格丽特吓得一动不敢动，生怕自己压到孩子，然而等她睡醒后却发现，她在无意识的睡梦中，用自己的胳膊肘和前臂撑起了毛毯，为孩子支起了一个安全的帐篷。直到这时玛格丽特才终于发现，她的潜意识里早已做好了成为一名母亲的打算，她能够担负起照顾孩子的责任，而她自己也终于完成了女性身份的探索，从一名少女成为一名母亲。

再次，主人公自我主体重构表现在经济独立方面。20 世纪三四十年代，美国社会仍然是一个以白人文化为主流文化的社会，尽管美国的奴隶制早已废除，非裔美国人获得了自由与解放，然而从社会角色来看，黑人在社会中的地位仍然低人一等，黑人在社会中所承担的传统职业要么是到白人家中做家佣，要么到工厂里去做工，可这些工作却并不是黑人所喜欢的。其中，非裔美国女性不仅受到社会上的种族歧视，还受到社会上的性别歧视，在双重歧视下，黑人女性通常难以获得自己喜欢的工作。在非裔文学或美国主流文学中，非裔美国女性要么没有固定的职业和稳定的收入，要么就是在白人的家中做帮佣，站在白人宽敞明亮的客厅中，想象自己是房子的主人，她们贴心地照顾白人家中的饮食、体贴入微地对待白人的孩子，精心地打理白人的花园，而忘记了自己的孩子，以致使自己的孩子疏于照顾，导致非裔孩子从小变相地失去了母爱。玛格丽特的母亲是一个充满反叛精神的非裔美国女性，由于不想从事非裔美国女性传统的职业，因此在酒吧中找到了自己的立足之地。玛格丽特受到母亲的影响和弗劳尔斯夫人的影响，在经历了对自己的肤色、身份以及职业的困惑后，她意识到自己要独立必须拥有一份稳定的工作，拥有独立的经济收入。促成玛格丽特的思想转变的还有另一件事情。玛格丽特曾在自己的父亲处居住，然而在此期间却和父亲的女朋友发生了冲突，导致玛格丽特被刺伤。玛格丽特受伤后，父亲却并没有把她送到医院，因为父亲害怕将这样一个发生在家庭内部的丑闻公之于众后，会遭到其他人的耻笑，因此，他只是简单地让玛格丽特到另一个朋友家养伤。玛格丽特在气愤之下离家出走，独自流浪了大约一个月的时间。在流浪期间，玛格丽特晚上在废品处理厂的废车上睡觉，白人则和废品处理厂中寄居的流浪者们一起劳动赚钱。这些流浪者中有黑人、白人还有墨西哥人，玛格丽特和他们一起做捡瓶子、修剪草坪、为店铺跑腿等工作，这种多种族融合的氛围、凭借自己的劳动赚钱的经历对玛格丽特产成了积极的影响，她开始渴望通过工作实现自己的社会价值。在流浪了一个月后，玛格丽特回到了母亲位于旧金山的家，此时恰逢哥哥离家出走，玛格丽特决定走出家门，找一份工作。经过深思熟虑后，玛格丽特决定到有轨电车上当一个售票员，这一职业并不是赚钱最多的职业，但以此为职业的想法对于非裔美国女性来说，是充满挑战的。因为当时非裔美国女性乘坐有轨电车都会遭到白人售票员的驱赶，更不要提当一个黑人售票员了，然而玛格丽特坚信，没有什么职业是非裔美国人不能从事的。她之所以选择当有轨电车售票员就是要打破社会的成见，打破非裔美国女性择业的传统框架。最终，在玛格丽特的努力下，她终于在当时种族歧视严重的旧金山成为公共汽车上第一个被雇佣的黑人售票员，走出了家门，向着职业女性的方向迈进。对于玛格丽特来说，这对于其自我主体的建构是十分重要的，只有实现经济独立，才能实现真正的独立。

第四，主人公自我主体重构表现在精神解放方面。除了以上三个方面外，玛格丽特的自我主体重构还表现在玛格丽特的精神解放方面。个体的主体存在可以分为两个阶段，即他者的存在和自我主体的觉醒与重建。自我主体重建的最重要部分即精神上的解放与重建。玛格丽特幼年时因为受到被父母抛弃的伤害，以及受男性的侵犯，导致她对于自己的身份充满了迷茫，其后在家人和朋友的陪伴下，玛格丽特花了很长时间才重新找回失去的安全感。正如她自己所说："在回到斯坦普斯做了三年稳重女性后，我又重新变回了小姑娘。"[1]在此期间，弗劳尔斯夫人对她进行了精神上的启发，向她介绍了许多书籍，而玛格丽特从广博的阅读中了解世界，构建人生观和价值观。而当她回到旧金山的母亲身边后，母亲用言传身教为她树立了自立自强的榜样，推动她的精神得到进一步解放。除此之外，玛格丽特除了学习课本上的知识之外，还学习戏剧和舞蹈，这两门课程使她感受到充实，也为她今后的职业奠定了基础。在身边亲人、朋友和老师的影响下，玛格丽特还

---

[1]（美）玛雅·安吉洛. 我知道笼中鸟为何歌唱 [M].上海：上海三联书店，2013：146.

成功地寻找到了自己的方向，她勇敢地打破了当时的社会歧视，成功地实现了自己的职业理想，在精神上实现了自我存在的价值。

从以上四点分析可以看出，玛格丽特的自我主体重构主要表现在四个方面，当玛格丽特毕业时，经过长期的社会观察与实践，玛格丽特已从幼年时代幼稚地对自己的肤色进行抗拒的行为，到彻底认同自己的肤色与民族身份，并在周围朋友和同学的影响下，开始对自己的民族身份产生自豪感。除此之外，对于自身的女性身份，玛格丽特不仅花费了大量时间和思考，还付出了极大的代价，才让她真正意识到自己不仅是一位女性，而且还是一位母亲。认同了自己非裔美国女性的身份后，玛格丽特对于社会上的双重歧视的感受越来越清晰，为此，她从一个新的角度重新观察自己的母亲，并发现了母亲身上的精神闪光点。母亲的鼓励、母亲的精神又鼓励着玛格丽特不断探寻解放之路，追求自己喜欢的职业，并从经济上实现了独立，完成了自我主体的重构。在这本小说中，玛格丽特身上体现出来的身份的迷失与重建也是许多非裔美国女性所经历的真实写照，她所表现出来的积极乐观，勇于面对困难的精神成为许多非裔美国女性在自我主体构建过程中的必备条件。

【第八章 苏珊·洛里·帕克斯及其作品】

第一节 苏珊·洛里·帕克斯生平及其文学创作概述

除小说创作外，非裔美国女性文学史上，涌现了一批颇具影响力剧作家，苏珊·洛里·帕克斯就是其中的一位。帕克斯一生中创作了数十部剧作，并获得了普利策戏剧奖、托尼奖、剧评人奖、戏剧奥比奖等多项著名奖项或提名，是当代美国最出色的戏剧创作者之一。

一、苏珊·洛里·帕克斯生平

苏珊·洛里·帕克斯，1963 年 5 月 10 日出生于美国肯塔基州，其父亲是一名陆校军官，母亲则是一位教师，这个家庭中共有三个孩子，其中帕克斯是其家中的第二个孩子。母亲十分注重孩子们的教育，在孩子们的阅读和写作中起到了极为积极的作用。幼年时，由于父亲的军旅生涯影响，帕克斯跟随父母辗转于世界各地，这对帕克斯的文学创作产生了极为重要的影响。读高中时，帕克斯在德国的一所德语高中就读，是德国专门为美国军官所设置的英语学校。这一经历使得帕克斯对于自己的身份有着自己的理解，她不因自己的肤色而认为自己是非裔美国人，也不认为自己是白人，而是想象自己是一个远离美国生活的外国人。并在高中生活的最后阶段回到美国，然而由于高中就读德语学校的影响，帕克斯的英语拼写十分糟糕，这使得帕克斯在写作方面遇到了较大挑战，她的英语老师建议她成为一名科学家。帕克斯听从了老师的意见，进入马萨诸塞州南哈德利的蒙特霍利约克学院就读化学专业。在学校学习过程中，帕克斯阅读了伍尔夫写作的《到灯塔去》，从此坚定自己对于文学而非科学的喜爱，因此她将自己的专业改为了英语与德国文学。大学期间，帕克斯通过大量阅读学习到著名现代主义作家对于语言的突破性运用，这为其之后的语言能力大幅提升以及文学创作产生了关键性的作用。1985 年，帕克斯以优异的成绩从蒙特霍利约学院曼荷莲女子学院毕业。曼荷莲女子学院对于帕克斯的人生产生了重要影响，在学院学习期间，曼荷莲多位教师对帕克斯的成长起到了至关重要的影响。其中一位是其英语教授玛丽·麦克亨利，她将帕克斯介绍给美国著名的非裔美国作家、戏剧家和小说家以及社会评论家詹姆斯·鲍德温。帕克斯在跟随鲍德温上课期间，在鲍德温的建议下开始进行戏剧创作，并在此时受到了美国著名戏剧作家温迪·瓦瑟斯坦的影响。曼荷莲女子学院中对帕克斯影响较大的另一位教授为利亚·布莱特·格拉塞。在大学期间，帕克斯创作了其第一部戏剧《罪者的地方》，这部剧为她赢得了荣誉，然而这部戏剧却遭到了英语系老师的拒绝演出与出版。

　　大学毕业后，帕克斯前往伦敦学习戏剧表演，之后回到美国，学习了秘书事务课程。之后，她做过律师助理等多种工作。1987 年，帕克斯开始将戏剧创作当作其职业。在帕克斯戏剧创作道路上对其有重大影响的人多为非裔美国作家。其中对帕克斯影响最大的、帕克斯戏剧创作的启蒙人即詹姆斯·鲍德温。他不仅鼓励帕克斯尝试戏剧创作，其散文《土生子札记》中的对于历史、祖先以及会说话的身体等方面的思考也点醒了帕克斯，成为帕克斯文学创作路上的导师之一。除帕克斯外，哈莱姆时期的非裔美国女作家佐拉·尼尔·赫斯顿对帕克斯的文学创作也产生了较大影响。帕克斯在阅读佐拉·赫斯顿所创作的《他们眼望上苍》时对赫斯顿产生兴趣，在这部小说中佐拉·赫斯顿使用了大量非裔民间传说与方言，而佐拉·赫斯顿作为人类学家对于非裔语言和民俗文化的研究，为帕克斯提供了灵感，使她产生了创作一种专注于声音的舞台语言的想法。此后，帕克斯在文学创作中大量使用双关语、倒置、创造性替代以及隐喻等修辞方式，在佐拉·赫斯顿的影响下，创造出独特的文学叙述方式。除这两位非裔美国作家外，20 世纪六七十年代崛起于美国文坛的非裔美国女性作家阿德里安娜·肯尼迪和恩托扎克·香吉对帕克斯的创作也产生了极为重要的影响。她们的叙述方式以及对于语言的自由使用和文本的非常规视角对帕克斯的文学创作产生了较大影响。

　　1987 年，帕克斯创作了第一部正式的戏剧《给赛马"沙尘指挥官"下赌注》。之后她又创作了《第三世界中不可觉察的易变性》等多部剧作，凭借着童年时期的频繁迁移所积累的丰富阅历，帕克斯的戏剧灵感层出不穷。1989 年，帕克斯凭借《第三世界中不可觉察的易变性》得到戏剧评论界的广泛关注，并被《纽约时代周刊》称为"年度最有希望的新剧作家"，这一年，帕克斯年仅 26 岁。1990 年，《第三世界中不可觉察的易变性》获得戏剧奥比奖。1996 年，其所创作的《维纳斯》

再次获得戏剧奥比奖。帕克斯在戏剧创作方面的优异表现为帕克斯带来了一系列奖项与荣誉。2000 年，帕克斯获得古根海姆奖学金。2001 年，帕克斯获得麦克阿瑟基金会授予的"天才奖"。2002 年，帕克斯的剧作《强者 / 弱者》获普利策戏剧奖，也是美国历史上第一位获得普利策戏剧奖的非裔美国女性。2008 年，帕克斯凭借音乐剧《雷·查尔斯活着！》获得全国有色人种促进会戏剧奖。除了戏剧创作外，帕克斯还跨界涉猎影视和小说领域。早在 1996 年，帕克斯就为《6 号叫应女郎》写作剧本，其后又参与了电视剧本《他们眼望上苍》与电影剧本《伟大的辩手》的创作。2003 年，帕克斯发表了小说《奔向母亲的墓地》。1998 年，帕克斯与布鲁斯音乐演奏家保罗·奥谢尔相遇并相爱，2001 年 7 月两人结婚。婚后，保罗·奥谢尔的布鲁斯音乐对帕克斯的文学创作产生了重要影响。除了文学创作外，帕克斯还在耶鲁大学等高校任教，并在加州艺术学院的 ASK 剧院担任戏剧写作项目指导。

二、苏珊·洛里·帕克斯文学创作概述

苏珊·洛里·帕克斯是一位多产作家，从 1987 年开始至今创作了广播剧和音乐剧以及小说等文学作品。其主要戏剧作品包括创作于 1987 年的《给赛马"沙尘指挥官"下赌注》、创作于 1988 年的《腌渍》、1989 年在百老汇上演的《第三世界中不可觉察的易变性》、创作于 1991 年的《爱情花园的信徒》、创作于 1989–1992 年的《全世界最后一个黑人之死》、首演于 1994 年的《美国戏剧》、首演于 1996 年的《维纳斯》、首演于 1999 年的《在血中》、首演于 2000 年的《去他的 A》、于 2002 年获普利策戏剧奖的《强者 / 弱者》，以及 2002 年 11 月 13 日开始至 2003 年 11 月 12 日结束的《365 天 /365 部剧》在这一年中，她每天创作一部剧，这些剧作的主题大多出自帕克斯的想象，在其内部存在着明显的一致性和连贯性。之后，帕克斯召集了演员在纽约公众剧院，在没有观众的情况下，对《365 天 /365 部剧》的剧本进行了诵读。自 2006 年 11 月开始，《365 天 /365 部剧》中的剧作开始在美国数百家剧院上演。2007 年，帕克斯创作了音乐剧《雷·查尔斯活着！》；2009 年创作了剧作《父亲从战场归来》；2010 年创作了《格雷斯的书》。2008 年秋，《帕克斯剧作阅读指南》由美国密歇根大学出版社出版。这部剧作指南的出版有利于读者对帕克斯文学语言和文学创作技巧的了解。

帕克斯的第一部戏剧《给赛马"沙尘指挥官"下赌注》，讲述了一对夫妇在结婚多年后，丈夫想要去参加赛马，但是妻子却不想让丈夫离开自己。因此他们展

开了一场永无休止的争论。从他们的争论中可以看出，在结婚之后，妻子依附于丈夫生活，妻子原本的自我意识渐渐丧失，最终以丈夫的意识作为自我意识，完全丧失了自己，因此她不能容忍丈夫离开自己片刻。

《腌渍》创作于 1988 年，这部戏剧十分短小。其主人公是一位名为思念小姐的女性，她在生活中无时无刻不在哀叹她失去的一切。她哀叹情人的离开、哀叹出故障的冰箱。为了保留过去曾经拥有的一切，她想到了腌渍的方法。她试图用腌渍保留过期的牛奶、母亲的遗体等各种事物。然而，保存过去和保存时间让思念小姐过着十分沉重的生活，并且在对过去的执着中近乎疯狂。

《第三世界中不可觉察的易变性》是帕克斯戏剧创作中一部重要作品，也是第一部为帕克斯带来荣誉的戏剧作品，该剧于 1989 年在百老汇上演，并于次年获得了戏剧奥比奖，正式奠定了帕克斯在戏剧界的地位。整部戏剧分为四个部分和一个重奏，各个部分相互独立，呈现出四个小故事。这部戏剧的第一部分名为"蜗牛"，第二部分名为"第三世界"，第三部分名为"家庭聚会"，这部分中加入了重奏"第三世界"，第四部分名为"鼻涕虫"。整部戏剧运用多种手法塑造了美国主流社会媒体塑造的非裔美国人形象，并以荒诞、讽刺的形式对其进行修改，最终颠覆了主流媒体塑造的非裔美国人形象，对于美国的主流媒体进行了无情的讽刺，揭示了其不可靠性。在戏剧的第一部分"蜗牛"中，故事围绕莫、沙琳、维罗妮三位年轻女性和一位自然学家展开。一位自然学家伪装成为公寓清除蟑螂的清洁工，并将照相机藏在外表酷似蟑螂的装置内，对于生活在这一栋公寓中的三位非裔美国女性进行偷窥，像研究动物一样研究三位女性的生活习性。这位自然学家随意给三位女性命名，就像动物学家随意给动物贴上标签一样。剧中的主人公在做自我介绍时，随意更换自己的姓名，就像白人自然学家随意给他们贴上标签一样。三位女性并没有发现自己的生活被偷窥，她们随意地交谈着各种话题，对自己所关心的教育、家庭暴力以及野生动物保护等问题进行交流。而在她们交谈时，习惯性地观看"动物王国"电视节目。而当她们看到主持人为动物贴标签并带回去抚养时，正映照和反衬出自然学家对他们的随意称呼与偷窥行为，以及美国主流文化对"他者"的控制与剥削。在这一部分，维罗纳养了一只黑狗，她要求黑狗对她绝对顺从，做一条温顺的"黑狗"，然而当其他两位女性不在场时，维罗纳就对温顺的黑狗施以虐待，并最终将它赶了出去。这些故事揭示出非裔文化一直被美国主流媒体所误解和盗用，并不断被边缘化。第二部分"第三世界"中表现了非洲与美洲大陆之间波涛汹涌的大海和陡峭的深渊，非裔美国人站在美洲大陆上用方言向着远方的非洲发出呼唤和歌唱，然而他们的声音却被咆哮的大海和深渊所吞食，直到歌声完全消失不见。这一部分揭示了非裔美国人希望跨越鸿沟找回自己的身份的梦想破灭。第三部分"家庭聚会"中，故事围绕一位名叫艾瑞莎的女性展开。艾瑞莎是一位刚刚获得了自由身份的黑奴，她在一个富有的白人家庭中做保姆，负责照看白人家庭的两个孩子，然而讲述故事的时候艾瑞莎已处于濒临死亡的状态。因此，她常常陷入过去的回忆中，分不清过去与现实。在回忆中，艾瑞莎想起了自己的丈夫，想起了自己被白人操控一生的痛苦，并且迷失在为白人家庭抚养孩子的情感中。艾瑞莎想到自己的一生，企图抓住一个身份，然而她无法回归故乡，也不愿意融入白人的世界。她对于自己照顾的两个白人小孩表现出极为不屑的态度。而且，艾瑞莎没有牙齿，表现出她对于美国主流媒体塑造的非裔美国人露出牙齿的微笑，假装的形象的反抗。此时，重奏响起，让观众看到一个无法与北美大陆连接的非洲故乡。第四部分"鼻涕虫"，讲述了一个非裔美国军人家庭的故事，全家人在等待着军人父亲的归来，父亲写信回来描述了自己即将获得的荣誉，然而最后却只带着受伤和残缺的身体回到了家中。在这部分中，主人公因为过去被贩卖的惨痛记忆而在现实生活中感到自卑与迷惘，表现出非裔美国人对自己缺失的身份的寻找。

《爱情花园的信徒》创作于 1991 年，这一戏剧中讲述了两位女性为了寻找爱情而不顾一切的理想主义。两位女性莉莉和乔一同站在山上观看男人为了争夺乔而进行了战争，而在围观的人群中还有一位名叫奥蒂莉亚的女性。最后，奥蒂莉亚给乔带来了她的爱人的头颅。乔在失望的同时，仍然期待浪漫的爱情故事。

《全世界最后一个黑人之死》创作于 1989–1992 年，并于 1992 年在耶鲁话剧院进行了首场演出。这部戏剧是帕克斯最重要的戏剧之一。这部戏剧的主题揭示了非裔美国人面对压迫与剥削的反抗精神。这部戏剧中乡村教堂的舞台布置颇具寓意，舞台由墓地的石头砌成，然而原本布道的地方却放了一台电视，电视上方立着一只硕大的西瓜，表现出非洲传统文化与美国现代文明的交织与冲突。整部剧作充满了隐喻与神话色彩。这部戏剧中主要有两个人物，一位名叫利昂·阿狄森·布朗的非裔男性和一位名叫帕梅拉·泰森的非裔美国女性，利昂手中抱着一只西瓜，帕梅拉手中则拿着一只烤鸡腿。戏剧主要以利昂的讲述为主。利昂出生后成为白人的财产，成年后，他毅然加入黑人民权运动，并成为黑人民权运动中的核心人物。由于思想激进，利昂面临着死亡，他要么会被从 23 层高的楼房上推下，要么会被电椅触电而死，要么被施以绞刑。然而，每次利昂遭遇了可以致死的私刑后都奇迹般地活了过来，并回到舞台上继续讲述他的故事。而每次利昂回来，他的妻子总是替他松动领口，并劝他吃饭。利昂在争取自由和民权的道路上艰难行走，暗示了非裔民族坎坷而多舛的命运。然而利昂却在倒下之后，一次又一次站了起来，并且坦然地面对死亡，可谓勇气可嘉。剧中，除了两位主要人物外，其他人物大多以非洲传统食物命名。这些人有的暴饮暴食，有的则拒绝吃饭，而利昂每次拒绝吃饭时，他的妻子总是劝他吃饭以获取能量，帮助恢复。在这里食物被隐喻为能帮助非裔民族恢复身体、社会和文化以及语言等记忆的事物，推动他们不惧危险、不怕死亡，不断重拾武器，为了争取权益而奋斗。这部剧作中帕克斯采用了大量的装置手法，例如，电视节目等。在这部戏剧中，电视里进行着新闻报道，在新闻报道中反复播放一条新闻，已知的整个世界里最后一个绝对地活着的黑人死了，并对乔的身世进行了介绍。然而在新闻报道中却对其中的关键词语进行了强调。这条新闻播出后，引发了人们的欢呼，反映出人们对于非裔美国人的偏见。报道中反复询问，黑人之死是谁的错误，然而在报道中却暗示 是非裔美国人自己的错误造成的。除此之外，该戏剧中对美国社会主流媒体中的非裔美国人形象的歪曲进行了讽喻与谴责。

《美国戏剧》于 1994 年在耶鲁话剧院首演，这是一部两幕剧。剧中主要涉及弃儿一家人。弃儿父亲是一个长得像亚伯拉罕·林肯的黑人掘墓者，他后来凭借这一特点，模仿亚伯拉罕·林肯，供游客刺杀为生。当弃儿父亲死去后，他的妻子和儿子为了寻找他的遗骸。开始不断挖掘过去。在这一过程中，他们相继挖掘出了美国历史上一些极具代表性的人物，最后才挖掘出弃儿父亲。弃儿在找到父亲后，想通过梯子，从历史的洞穴中爬出来，然而弃儿父亲却在此时从棺材中坐起，并拒绝被再次埋葬。这部戏剧用荒诞和讽刺的手法展现出美国历史上，非裔美国人不屈的精神。

《维纳斯》于 1996 年首演于耶鲁话剧院。这部剧作为帕克斯带来了另一座戏剧奥比奖，是帕克斯的代表作品之一。《维纳斯》是根据一个真实的历史事件创作的，历史上一位名叫萨拉·巴特曼的非洲女性，受到他人的引诱，离开南非殖民地，之后前往欧洲，梦想因为淘金而过上富裕的生活。然而当她终于在 1810 年抵达英国后，因为硕大的臀部被卖到一家马戏团，与其他八位怪人一起被当作"人类奇观"的怪物在英国各地巡回演出。在这里，萨拉·巴特曼被命名为"维纳斯"。在这些所谓的"人类奇观"中，有三条腿的人也有连体人。在这群怪人中，维纳斯发现自己有明星一般的吸引力。然而，被当作怪物展示的她处于被统治地位，无法实现自己的理想。维纳斯的主人也是这次展览的主持人总是粗暴地对待她。这使得维纳斯下定决心逃跑。之后发生了一系列事件，将维纳斯送上法庭，在法庭上，维纳斯得到机会，可以被遣送回祖国。然而，维纳斯好不容易才从那里逃离，虽然她的家乡已经取缔了奴隶制，可她仍然担心回到祖国会再次变成奴隶，因此，拒绝被送回祖国。之后，一位名叫巴伦的医生购买了她，使她免于被流放。他对维纳斯承诺，要将她带到法国去。之后，巴伦医生将维纳斯带回了巴黎。在这里，巴伦医生与维纳斯亲密地生活在一起，维纳斯天真地以为巴伦医生是自己的真爱。然而，巴伦医生却只是想研究她的身体，并希望她死后对她的身体进行解剖，以此确保他在医学界的名望和地位。由于工作需要，巴伦医生常常将维纳斯展示给其他解剖学家看，并且送维纳斯各种衣服、礼物，陪她睡觉，对她进行观察。他们一起生活了几年后，两人之间产生了爱情，然而这种亲密关系引发了周围人的关注，巴伦医生的同事们开始对他和维纳斯的关系进行窃窃私语，并影响到了巴伦医生的可信度。巴伦医生开始在爱与职业的责任感之间挣扎。最后，巴伦医生出于无奈允许维纳斯再次被捕。这一次，维纳斯再也没有获得拯救，她最终最绑在一根柱子上，在大庭广众之下死去。而她死后，尸体却神秘地回到了巴伦医生手中，巴伦医生解剖维纳斯的身体后宣布，为黑人奴隶的存在寻找合理的解释，并声明非洲黑人民族是劣等民族。在这部戏剧中，帕克斯并没有完全忠于史实，而是对历史进行了修改，让萨拉·巴特曼心甘情愿地利用自己的非洲身份赚取利润并企图赢得爱情。这部剧作对于处于社会边缘的人群表现出莫大的同情，对于压迫者们"存在即合理"的行为进行了尖锐辛辣的嘲讽和抨击。

《在血中》于1999年作为"纽约莎士比亚节"的一部分进行首演，并获得了普利策戏剧奖提名，是帕克斯最重要的作品之一。这部剧讲述了一个无家可归的单身母亲海丝特·拉·尼格丽塔，和她的孩子们一起住在一个城市的桥底下。她是这个家庭中唯一能够工作养家糊口的人，然而尼格丽塔没有固定收入，每天只能靠捡苏打罐为生，她想方设法养活自己的孩子，尽力做一个完美的母亲。然而实际上，她每天只能以薄汤养活自己的孩子。为了让孩子们喝汤，她编造了一系列故事，哄骗孩子们汤里有美味的牛排、樱桃、苹果派等。然而，当孩子们喝汤时，尼格丽塔却饿着肚子什么也不吃。她在生活中遇到了许多人，这些人起初都对尼格丽塔承诺给予她帮助，然而实际上却只是利用她达到自己的目的。尼格丽塔去看医生时，医生在街上的临时诊所中占有了她。福利太太将尼格丽塔确定为自己的帮助对象，并带她回家喝茶，然而其目的则是让尼格丽塔代替她和丈夫的性爱活动。尼格丽塔的初恋男友发现她怀孕后抛弃了她。而当尼格丽塔陷入绝望，向牧师寻求帮助时，牧师也趁机占有了她。尼格丽塔的朋友阿米加·格瑞格也是一个处于困境中的穷人，她被自己的男友所抛弃，过着食不果腹的日子。阿米加·格瑞格曾拥有三个孩子，为了摆脱困境，她把孩子们一一送给他人，可她的生活却并没有得到改善。尼格丽塔曾委托阿米加·格瑞格卖掉一块捡到的手表，然而阿米加·格瑞格却迟迟不把换来的钱交给尼格丽塔，最后还扣留了 1 美元，并出馊主意，搞砸了尼格丽塔来之不易的工作。阿米加·格瑞格偷吃尼格丽塔留给孩子的三明治，并说服尼格丽塔和她一起去做色情表演赚钱，实际上是将尼格丽塔当作自己的生意，并导致尼格丽塔被轮奸。剧中出现的每一个成年人几乎都对尼格丽塔造成了严重伤害，然而却并没有人对尼格丽塔的遭遇承担责任。尼格丽塔依旧贫困而无家可归，每天想尽办法用最好的方式喂养和照顾她的孩子，然而尼格丽塔仍然贫困并几乎筋疲力尽地饿死。可是，无论处于何种困难的境地，尼格丽塔始终不放弃她的孩子，努力用微弱的力量与命运相抗衡。在与命运的抗争过程中，尼格丽塔试图学会写字，然而只学会了写字母 A，由于在申请救济金时无法写出孩子父亲的名字而无法得到工作人员的帮助。剧中，尼格丽塔在遭遇了一系列的不幸后，被周围的人无情谩骂，处于崩溃的边缘。她倾尽全力照顾的儿子贾伯也开始和周围的人一起谴责与谩骂她，并称她为"荡妇"。最终，尼格丽塔在愤怒之下打死了自己的儿子贾伯，她也因此被关进监狱，遭受到周围人更大声的嘲笑和指责。这部剧作揭示了处于生活底层的非裔美国人穷困的生活处境，并揭示了造成她们这种处境的原因，对主流社会那些道貌岸然的人进行了无情批判和指责。

《去他的 A》于 2000 年首演，是帕克斯最重要的作品之一。这部剧作的主人公名叫海丝特·史密斯。史密斯在一个富人家庭中当女佣，负责为富人擦地板。她有一个儿子。有一次，史密斯的儿子在偷吃富人家的食物时刚好被富人的女儿看见，富人的女儿将这件事情告诉了她的父母。那对白人夫妇给了史密斯两个选择，要么进监狱，要么成为一名可耻的、受人厌恶的堕胎者。史密斯选择了后者，她希望自己能从事堕胎的工作并赚到足够的钱保释狱中的儿子。她胸前因此被烙印上了一个臭烘烘的、溃烂的字母 A，以标明她是一位堕胎者的身份。然而史密斯此举并没有换得孩子的真正自由，她的孩子被荒诞的刑事司法者送进了监狱，最初史密斯的儿子被判刑三年。然而，当史密斯终于攒够了钱想见儿子一面时，监狱负责人自由基金女士却说她的儿子因为在监狱中犯了很多错误，因此刑期被延长了数倍。而相应地儿子的保释基金也不断水涨船高，以致在整整三十年中，史密斯都不被允许去探望自己的孩子。因此，史密斯特别能体会失去孩子的痛苦。每次有人找到史密斯堕胎时，她胸前的 A 字就会开始哭泣，哀悼即将失去的生命。每次帮人堕胎后，史密斯也会在屋里简陋的祭坛上点燃一根蜡烛，为生命默哀。在漫长的岁月中，史密斯从事着不喜欢又不得不做的工作。在此期间，一位屠夫喜欢史密斯并且想要追求她。史密斯认为自己沾满血迹的围裙十分肮脏。尽管屠夫认为沾满血的围裙没有什么可羞耻的，因为他的围裙就沾满了血迹。可是史密斯仍然没有接受。卡纳里·玛丽是史密斯的朋友，也是市长的情人，她从市长那里获得了大量财富。然而玛丽最大的心愿是希望自己能和市长结婚，取代市长第一夫人的位置，这一心愿却迟迟不能实现。而第一夫人就是多年前将史密斯的儿子送进监狱的富人的女儿。作为杰出的市长夫人，过着物质丰富的富有生活，然而在这种生活中，她却有一个缺憾。那就是她无法怀孕，导致她和市长的婚姻随时可能受到外界的威胁。由此可见，在这部剧中，无论处于哪一个阶层的人们，生活都充满缺憾。这时，在史密斯从事堕胎工作三十年后，一个神秘而又危险的罪犯"怪物"从监狱中逃了出来，当局派出了一群猎人追捕这个怪物。怪物在逃跑中无意中遇到了痛苦的第一夫人，并和她发生关系，不久第一夫人就宣布怀孕了。第一夫人的怀孕让玛丽备感威胁，这使得她嫁给市长的机会更加渺茫。于是，玛丽找到史密斯想要杀死第一夫人腹中的胎儿，而史密斯出于对富人女儿的报复同意了。两人一同配合杀死了第一夫人的胎儿。不久，怪物为了躲避猎人的追赶逃到了史密斯的家中，史密斯认出这个怪物正是多年前进入监狱的自己的儿子。为了避免猎人抓到儿子后施以酷刑将其折磨而死，史密斯在与儿子相聚、拥抱后不久就亲手杀死了她。剧尾，经历了杀子之痛的史密斯依然站了起来，在麻木中拿起手中的工具，替别人堕胎。这部戏剧与《在血中》一样，对处于社会底层的非裔美国女性报以莫大同情，在展示她们悲惨生活的同时，对美国主流社会中那些道貌岸然的人给予了无情而犀利的鞭挞。

《强者 / 弱者》是帕克斯最重要，也是最具代表性的作品。2001 年，这部戏剧在纽约公共剧院首演，次年在百老汇大使剧院上演，它为帕克斯赢得了 2002 年的普利策戏剧奖。这部戏剧围绕一对黑人兄弟展开，是一部黑色幽默寓言剧。这部戏剧一经上演就引发了轰动，可谓风靡一时，观众如潮。而普利策戏剧奖的获得也预示着帕克斯已进入美国最优秀的戏剧人行列，登上了戏剧创作的巅峰。在这部戏剧中，再现了亚伯拉罕·林肯总统被刺杀的场景。林肯总统领导了南北战争，颁布了《解放黑人奴隶宣言》，废除了南方各州的奴隶制度。然而，南北战争结束后，北方一些支持联邦政府的州却在林肯政府的默许下继续保留奴隶制。林肯总统力图维护美利坚联邦领土上人人平等的权利。而约翰·威尔克斯·布斯是一名美国戏剧演员，他同情南部联邦，对于南北战争的结局十分不满。在内战期间曾经与同伙密谋绑架林肯总统。1865 年 4 月 14 日，在南方军队投降的第五天，林肯总统与夫人在华盛顿福特剧院的包厢看戏，布斯冲到包厢刺杀了林肯总统。《强者 / 弱者》这部戏剧一共包括 6 场，舞台上出现的演员只有两个黑人兄弟。两兄弟在十几岁时被债台高筑的父母抛弃，母亲给每个人都留下了 500 美元的遗产。戏剧第一场时，两人都已经三十多岁，生活在社会底层，共同居住在一个出租屋中。哥哥林肯曾经是三张牌赌博游戏的高手，在一次玩牌时，他的牌友被愤怒的客人开枪杀死。林肯因此决定放弃这种非法的赌博行当，并到旅游景点扮演林肯总统为生，通过表演遇刺身亡的情节任由游客扮演的凶手开枪向他射击。而弟弟布斯则有一个偷盗癖好，他的女友格蕾丝也是一位同样身处社会底层的女性，靠自己出色的美容美发技术为生。布斯生活穷困潦倒，又舍不得花费母亲留给他的遗产，只能靠偷盗送给格蕾丝各种小玩意儿和爱情纪念品。与林肯不同，布斯也想成为纸牌赌博游戏高手，然而他在玩纸牌时却笨手笨脚，不得要领。布斯恳求林肯加入他的纸牌赌博游戏，然而林肯拒绝了。他认为不管这个游戏能赚到多少钱，他都不想再回到过去的生活。林肯还认为自己戴上假髯扮演林肯总统的工作收入虽然少，却中规中矩，不用担惊受怕。林肯也曾有过婚姻，然而妻子早已离开了他。当林肯拒绝弟弟的提议后，兄弟两人的关系开始变得紧张起来。坏消息接踵而至，不久游乐场为了节省开支，决定用蜡像来扮演林肯总统，因此解雇了林肯。林肯失业后，只好重操旧业，到街上玩纸牌赌博游戏。他在一天内挣到了在游乐场工作一个月挣的钱。然而，林肯却有意对弟弟隐瞒自己重操旧业的消息。兄弟两人经常相互戏谑、调侃和谩骂，弟弟喜欢偷盗和吹嘘，甚至在相互谩骂时，会掏出手枪胡乱挥舞。不久，布斯告诉林肯，格蕾丝决定与他结婚，并希望哥哥林肯搬离他们共同的住所。林肯同意了，在林肯临走时，两人的矛盾再一次激化。当布斯得知林肯竟然获得了大把钞票后，拿出母亲留给自己的 500 美元与林肯一决高下。林肯轻松地赢得了布斯的遗产，正当他准备拿走这 500 美元时，布斯从身后抓住他并开枪打死了他。林肯死后，布斯痛苦万分，抱着哥哥的尸体哭泣称自己只是想拿回母亲留给他的遗产。在这部戏剧中，帕克斯使用了一个隐喻。杀死林肯总统的凶手就是布斯，而他们的父亲却像开玩笑一样将兄弟两人的名字命名为林肯和布斯，而弟弟布斯最终成为杀死哥哥林肯的凶手。在这部戏剧中，帕克斯用强者和弱者来描述兄弟二人生存状态。当被父母抛弃后，兄弟二人一起渡过了难关，长大成人。然而，由于他们面临的各种问题与社会环境，他们在一定意义上又是生活的弱者，最终无法避免悲剧的发生。

第二节　苏珊·洛里·帕克斯戏剧文学作品的主体性建构

苏珊·洛里·帕克斯戏剧中对非裔美国女性的命运十分关注，在多部戏剧中塑造了形象鲜明的女性形象。尽管苏珊·洛里·帕克斯的戏剧作品中的非裔美国女性通常命运悲惨，然而戏剧中也揭示出非裔美国女性极强的自我意识。

一、《维纳斯》中的女性形象与女性自我主体的缺失

《维纳斯》一剧虽然是根据历史上的真人真事而改编的，然而在戏剧中，帕克斯却对主人公萨拉·巴特曼进行了重新塑造。萨拉·巴特曼在非洲时是一位荷兰商人家的女佣，她渴望到外面看看世界的风景。一名伦敦商人引诱她说伦敦的街道是金子做的，如果萨拉·巴特曼到伦敦工作两年，她就可以衣锦还乡，在那里，他们将会把她打造成"非洲舞蹈公主"。萨拉·巴特曼梦想着自己在伦敦工作后将会拥有自己的房子，并为自己构建了一个想象中的身份"异国舞者"，她渴望通过非洲文化征服欧洲的观众。由此可见，此时萨拉·巴特曼的自我意识是十分清晰，她将自己定位为"异国舞者"的身份，也意味着她此时忠于自己的非裔身份属性，然而无形中将自己视为被展示和观看的"他者"，成为被别人定义的客体。萨拉·巴特曼跟随伦敦商人，登上了偷渡船，在船上她被禁锢在阴暗、潮湿的船舱，不允许到甲板上透气。到了伦敦后，她被卖给马戏团，每天困在铁笼中展示自己的裸体，尤其是臀部，并给她起了个新名字——"维纳斯"。萨拉·巴特曼终于明白，这份工作根本不需要舞蹈，而她自己在被命名为"维纳斯"之后，再也没有使用过自己极具非洲色彩的名字萨拉·巴特曼。抛弃了自己的姓名也就抛弃了自己原有的身份和故乡，从此时开始，萨拉·巴特曼的自我意识已经开始丧失，沦为看客眼中的"奇观""怪物"。起初，萨拉·巴特曼还企图在铁笼展现自己的个性，她希望在铁笼中为观众读诗，却被马戏团的主持人拒绝。她反抗称自己要开一间店来展示自己，然而马戏团的主持人则称没有她的保护，警察会立刻逮捕她。为了反抗自己的命运，萨拉·巴特曼试图用身体出位的方式反抗种族霸权对她的圈禁，然而这一举动却遭到了欧洲视她为妖魔的观众的唾弃。在一次巡演结束后，观众们用棍子击打维纳斯的铁笼。这一事件导致维纳斯被送进监狱。此时，她拒绝了回归自己的故乡，重新找回自己的姓名与身份，而是沉迷于当一个展示品。后来，巴

伦医生花高价从马戏团买走了她，并承诺给她一间房，让她做自己的妻子，这使萨拉·巴特曼重新燃起希望。然而，巴伦医生却只是将她禁锢在自己的房间里，占有她，并趁她睡着时对她进行麻醉，对她的身体进行测量。当她先后两次为巴伦医生怀孕时，巴伦医生又剥夺了她作为母亲的资格。此时，萨拉·巴特曼已忘记她的初衷，并在巴伦医生的禁锢下完全丧失了自我。戏剧结尾，萨拉·巴特曼死后，成为医生手术刀下被肢解的尸体，以及巴伦医生用来博取名誉和地位的台阶，完全沦为一件工具，彻底丧失了自我主体。

二、《在血中》与《去他的Ａ》中的女性形象与女性主体性建构

《在血中》塑造了两个身处底层的女性形象，一位是非裔美国女性海丝特·拉·尼古丽塔，一位是白人女性阿米加·格瑞格。尼古丽塔带着自己的五个孩子住在大桥底下，然而她面对困境却始终抱着积极与坚强的态度。她以捡拾苏打罐为生，尽管只能给孩子们喝薄汤，尼古丽塔却用她的想象力为孩子们纺织了一幅美好的画面。在戏剧中，尼古丽塔一直在与她的命运相抗争。她珍视自己作为一名母亲的身份，在被初恋情人抛弃后，勇敢地独自抚养他们的儿子贾伯。在她四处求助，却频繁受骗，只留给她一个又一个孩子时，尼古丽塔将她的每一个孩子都生下来尽己所能地抚养。这一点与她的朋友阿米加·格瑞格形成鲜明对比，阿米加·格瑞格不愿意抚养自己的孩子，主动放弃了作为一位母亲，甚至用自己的孩子来换取钱财。当阿米加·格瑞格建议她把孩子送给他人抚养时，她毅然拒绝了。由此看出，尼古丽塔对于自己的母亲身份十分珍视，她要把孩子的命运掌握在自己手里，而不是抛弃自己的孩子。为了抚养孩子，她想方设法求助于社会。在求助于福利机构后，福利女士建议她做针线活为生，尼古丽塔十分高兴，在路灯下做针线活，尽管她的视力不好，在昏暗的灯光下工作十分困难，但她却不断鼓励自己，试图以正当的谋生手段来摆脱眼前的困境。然而这一努力最终被阿米加·格瑞格的愚蠢行为而毁掉了。尼古丽塔作为一位非裔美国女性在生活中四处碰壁，她对此深有感触。然而她却没有逃避自己的身份。尽管男人带给了她无数痛苦，只留下了五个孩子和艰难的生活，然而尼古丽塔却拒绝将孩子父亲的名字告诉工作人员。她一边安慰自己这是为了避免她孩子的父亲的地位受到干扰，一边想办法通过保守秘密而获得来自孩子父亲的救助。她却不断受到周围人的欺骗。尼古丽塔周围的人想尽办法对可怜而无助的她进行压迫。例如，福利女士和尼古丽塔一样，同为非裔美国女性，然而她对尼古丽塔所做的不是帮助，而是压迫。

尼古丽塔总是为福利女士捏肩膀、做头发以期得到一些服务费，然而福利女士却欺负尼古丽塔谎称拿不出零钱而对此故意拖欠，眼睁睁地看着尼古丽塔陷入困境。尼古丽塔的自立和自强让她的初恋情人奇利无比感动。奇利看到尼古丽塔独自将儿子贾伯抚养大后，十分感动，便向尼古丽塔求婚。尼古丽塔兴奋得像个孩子一样，她却因为无法隐藏和别人所生的四个孩子，最终导致奇利黯然而去，尼古丽塔获得家园的渴望也落空了。从这里也可看出，尼古丽塔对于自己母亲身份的坚持，即使面临着失去梦寐以求的家园，也不放弃自己的母亲身份。为了反抗生活，改变自己的命运，尼古丽塔试图学习读写，然而却只学会了写 A 字。而在他们一家人所居住的墙壁上则被人恶作剧地写着"slut"。虽然，尼古丽塔面对生活的不公，不断突围，然而，现实却不停地对她进行打击。尼古丽塔再一次向牧师要求兑现他承诺给她的补偿时，牧师却对她大发雷霆，并扬言她得不到一分钱。尼古丽塔气愤地拿起孩子们偷回来玩耍的警棍和牧师厮打，此时，尼古丽塔的儿子贾伯被吵醒后，轻蔑地骂母亲为荡妇。尼古丽塔盛怒之下用警棍将儿子打死，并沾着儿子的鲜血在地上写下了字母"A"。之后，尼古丽塔有一段独白，她先是悔恨自己把孩子们生下来，并称她的孩子们就是五个错误，接着尼古丽塔又说道："我应该把一百个、成百上千个、成百上午个整整一个军队的人带到这个世界"❶。从这里可以看出，尼格丽塔意识到自己所在社会的不公，她的求助并不会改变自己的生活，她所能做的唯有反抗。她坚持自己的母亲身份、坚持抚养孩子是为了通过壮大自己的力量，与压迫她的社会相抗争。由此可以看出，尼古丽塔有着清醒的自我意识，试图凭借自己的力量掌握自己的命运，始终坚持自我主体，完成了自我主体构建。

《去他的 A》中主人公海丝特·史密斯同样是一位非裔美国女性。年轻时，她像大部分非裔美国女性一样，在白人富裕家庭中做帮佣。然而，因为儿子偷吃富人家的东西，她和儿子的生活就被彻底地毁掉。她的儿子被送进了监狱后，她努力守护自己做母亲的身份，然而这个社会却荒诞地和她开起了玩笑。作为一个母亲，史密斯面临着两种选择，要么儿子进监狱，要么成为被厌恶的堕胎者。她选择了后者，这意味着她将亲手扼杀无数尚在母亲腹中的胎儿，这对于一个爱孩子的母亲是残忍的。可是，史密斯仍然坚持自己的选择，因为她想握住自己的命运，这表现出史密斯强烈的自我意识。每当替人堕胎后，史密斯总是在房间中点燃一根蜡烛，以表达自己对一个未能来到世界的生命的哀悼，表明史密斯虽然迫不得

---

❶ 闵敏. 苏珊·洛里·帕克斯戏剧研究 [M]. 武汉：武汉大学出版社，2017：62.

以从事这份工作，却依然拥有强烈的自主意识。在到处充满压迫和不公的社会中，史密斯努力攒钱想要保释自己的孩子，可儿子不断上涨的刑期和不断提高的保释金额使她在整整三十年中见不到自己的儿子。理由是，她的孩子进了监狱后犯了很多罪。史密斯却不相信自己的孩子会变坏，在她的眼里，她的孩子是天使，不会变成恶魔。当史密斯好不容易得到一个在监狱操场和儿子野餐的机会时，监狱的负责人却不负责地放出了另一个囚犯，史密斯不仅没有见到儿子，还被囚犯强奸。这一点也反映出史密斯在生活中所遭受的压迫的冰山一角。尽管如此，史密斯仍然不放弃通过自己的劳动掌握命运。成为一名堕胎者这个工作并不愉快，然而这是她自己的选择，因此她想通过这项工作实现自己的价值，掌握自己的命运。戏剧结尾，史密斯天使般的儿子在监狱里真的变成了一个恶魔，因为越狱而被猎人追逐。当史密斯见到儿子，并得知儿子就是恶魔时，她的内心中充满了恐惧。因为猎人们对于罪犯的惩罚是十分残酷的，而这种残酷的惩罚却是合法的，无可避免的。猎人们会将罪犯身体上砍下来的器官被狗吃掉，用残忍的方式杀死罪犯。为了避免自己的儿子遭受这种残忍的折磨，史密斯拿起刀片极为快速地从儿子喉咙上划过，让儿子在自己的怀中，以舒服的方式死去。史密斯的杀子行为在非裔美国女性文学中并非先例。托尼·莫里森在其著名作品《宠儿》中让主人公为了避免自己的孩子重新回到农场过受压迫的奴隶生活而决绝地杀死了自己的女儿。《去他的 A》中的史密斯和《宠儿》中的塞丝都无比地爱自己的孩子，然而社会的压迫却让她们感到绝望，对于她们来说，亲手杀死自己心爱的孩子，是对这种不公社会所做出的最激烈的反抗。史密斯的杀子行为也表明史密斯自我主体意识的完全觉醒，完成了自我主体构建。

三、苏珊·洛里·帕克斯其他戏剧作品中的女性形象及女性主体性分析

除了前两部作品外，苏珊·洛里·帕克斯的作品中还存在着许多女性形象。例如，《强者／弱者》中存在着三位女性形象，即林肯和布斯两兄弟的母亲、林肯和妻子以及布斯的女友格雷斯。林肯和布斯的母亲是一位传统非裔美国女性，她和丈夫结婚后就像大多数传统非裔美国女性一样成为家庭主妇。刚开始时，她全心全意地关注丈夫和孩子的生活，承担社会赋予自己的家庭职责和义务。尽管她在生活中感觉不到幸福，但仍然扮演好自己的角色。此时的母亲一心以丈夫的意志为自己的意志。可是她并没有得到丈夫的关爱。当她得知丈夫在外找了不只一个

情人时，她的自我意识开始萌发，开始对自己的丈夫实施报复。她先是每周四打扮一新，走出门与周四先生交往。之后，面对这个不能为她带来幸福的家庭，她决定抛弃这个家庭去追求自己的幸福。在临走前，面对两个尚未成年的孩子，这位黑人母亲分别给了两兄弟 500 美元。然后，她将自己所有的东西塞进一个塑料袋里，挣脱了这个家庭。在戏剧中，母亲这种抛弃孩子的行为虽然不值得提倡，然而，她敢于反抗父权社会，以离开家的决绝维护自己的独立和尊严，表现出这位黑人母亲自我主体性的增强。

参考文献

[1] 卢玉娜.英美文学经典作品主题与特色研究[M].长春：吉林大学出版社,2018.08.

[2] 魏淼.历史视角下的英美女性文学作品研究[M].北京：北京工业大学出版社,2017.03.

[3] 范果.现代女性文学艺术的发展与思考[M].长春：吉林美术出版社,2018.03.

[4] 陈晓兰.外国女性文学教程[M].上海：复旦大学出版社,2011.05.

[5] 闫小青.20世纪美国女性文学发展历程透视[M].长春：吉林大学出版社,2012.08.

[6] 杨莉馨,汪介之主编.20世纪欧美文学[M].南京：南京师范大学出版社,2018.09.

[7] 庞好农.非裔美国文学史1619-2010[M].北京：中央编译出版社,2013.12.

[8] 周春.美国黑人文学批评研究[M].上海：上海人民出版社,2016.10.

[9] 方红.完整生存 后殖民英语国家女性创作研究[M].杭州：浙江大学出版社,2011.07.

[10] 郑建青,罗良功.在全球语境下美国非裔文学国际研讨会论文集[M].武汉：华中师范大学出版社,2011.09.

[11] 郭继德.美国文学研究 第7辑[M].济南：山东大学出版社,2014.10.

[12] 王丽丽.走出创伤的阴霾 托尼·莫里森小说的黑人女性创伤研究[M].哈尔滨：黑龙江大学出版社,2014.11.

[13] 范湘萍.后经典叙事语境下的美国新现实主义小说研究[M].上海：上海交通大学出版社,2015.09.

[14] 王松林.20世纪英美文学要略[M].南昌：江西高校出版社,2001.04.

[15] 翁德修,都岚岚.美国黑人女性文学[M].长春：吉林大学出版社,2000.11.

[16] 王家湘.20世纪美国黑人小说史[M].南京：译林出版社,2005.12.

[17] 唐红梅. 种族、性别与身份认同 美国黑人女作家艾丽斯·沃克、托尼·莫里森小说创作研究 [M]. 北京：民族出版社, 2006.08.

[18] 毛艳华. 托尼·莫里森小说中的母性研究 [M]. 杭州：浙江大学出版社, 2018.06.

[19] 曾梅. 托尼·莫里森作品的文化定位 [M]. 济南：山东人民出版社, 2010.07.

[20] 修树新. 托尼·莫里森小说的文学伦理学批评 [M]. 长春：东北师范大学出版社, 2012.02.

[21] 马粉英. 托尼·莫里森小说的身体叙事研究 [D]. 北京外国语大学, 2014.

[22] 许引泉. 论托尼·莫里森《最蓝的眼睛》中黑人的精神困境 [D]. 华东师范大学, 2017.

[23] 黄勇. 名著精要 [M]. 汕头：汕头大学出版社, 2013:96.

[24] 托尼·莫里森著. 潘岳, 雷格译. 宠儿 [M]. 海口：南海出版社, 2013.6.

[25] 章汝雯. 托尼·莫里森研究 [M]. 北京：外语教学与研究出版社, 2006.12.

[26] 王晓英. 走向完整生存的追寻：艾丽斯·沃克妇女主义文学创作研究 [M]. 苏州：苏州大学出版社, 2008.05.

[27] 郭旭峰. 微笑中的坚定反抗 [D]. 曲阜师范大学, 2014.

[28] 刘艳. 种族·性别·文学的百纳被 [D]. 广西师范大学, 2008.

[29] 陈颖. 他者的建构和寻找自我 [D]. 黑龙江大学, 2010.

[30] 王晓英. 心与自然的对话：艾丽斯·沃克的新作《打开你的心灵》[J]. 外国文学动态, 2004(04):20–22.

[31] 杨仁敬. 新历史主义与美国少数族裔小说 [M]. 上海：上海外语教育出版社, 2013.12.

[32] 黄莹. 书信体小说《紫色》的叙事特征研究 [D]. 四川外语学院, 2012.

[33] 程锡麟. 赫斯顿研究 [M]. 上海：上海外语教育出版社, 2005.02.

[34] 鲍晓兰. 西方女性主义研究评介 [M]. 北京：生活·读书·新知三联书店, 1995.05.

[35] （美）贝尔·胡克斯著；晓征, 平林译. 女权主义理论 从边缘到中心 [M]. 南京：江苏人民出版社, 2001.10.

[36] 张京媛. 当代女性主义文学批评 [M]. 北京：北京大学出版社, 1992.01.

[37] 佐拉·尼尔·赫斯顿. 大路上的尘迹 [M]. 美国：伊利诺斯大学出版社, 1984：94.

[38] 陈莹莹.《镀金硬币》的《圣经》角度解读 [J]. 扬州大学学报 (人文社会科学版),2011,15(01):76–79.

[39] 韩英, 古力葛娜·阿合塔莫娃. 赫斯顿短篇小说中的黑人生存状态探讨 [J]. 河南

社会科学 ,2012,20(09):87–88.

[40] 佐拉·尼尔·赫斯顿 .6 枚镀金的硬币 [J]. 外国文学 ,1997(06):48–53+56.

[41] 曹欢 . 成长小说视角下的《我知道笼中鸟为何歌唱》[D]. 齐齐哈尔大学 ,2015.

[42] 李薇 . 从《我知道笼中鸟为何歌唱》看黑人女性主体性的迷失与重建 [D]. 武汉轻工大学 ,2018.

[43]（美）玛雅·安吉洛著 . 我知道笼中鸟为何歌唱 [M]. 上海：上海三联书店 ,2013.04.

[44] 阎晶明 . 文学世界的激情与梦想 [M]. 合肥：安徽文艺出版社 ,2014.10.

[45] 谭惠娟，罗良功 . 美国非裔美国作家论 [M]. 上海：上海外语教育出版社 ,2016.11.

[46]（美）休斯（L.Hughes）著；吴克明，石勤译 . 大海 兰斯顿·休斯自传 [M]. 上海：上海译文出版社 ,1986.08.

[47] 黄卫峰 . 哈莱姆文艺复兴研究 [M]. 北京：外语教学与研究出版社 ,2007.09.

[48]（美）萨克文·伯科维奇主编 . 剑桥美国文学史 第 6 卷 散文作品 1910 年 –1950 年 [M]. 北京：中央编译出版社 ,2009.02.

[49] 庞好农 . 种族越界与双重意识 : 解析拉森《流沙》[J]. 烟台大学学报 (哲学社会科学版),2019,32(02):64–70+93.

[50] 吴琳 . 论《流沙》中海尔嘉·克兰的身份迷失与伦理选择 [J]. 外国文学研究 ,2016,38(06):62–70.

[51] 郝爽 .《流沙》与《越界》的互文性研究 [D]. 黑龙江大学 ,2014.

[52] 梁媛 . 评内拉·拉森《冒充白人》中的越界主题 [J]. 吉林省教育学院学报 ,2010,26(12):125–126.

[53] 赵秋玲 . 浅析《流沙》中的反讽艺术 [J]. 美与时代（下），2014(07):113–115.

[54] 刘小娇 . 内拉·拉森《越界》中的挣扎 [J]. 名作欣赏 ,2013(30):114–115+130.

[55] 庞好农 . 种族越界与双重意识 : 解析拉森《流沙》[J]. 烟台大学学报 (哲学社会科学版),2019,32(02):64–70+93.

[56] 张德文 . 哈莱姆文艺复兴时期新黑人女性形象的身份诉求与建构 [J]. 社会科学战线 ,2016(04):159–163.

[57] 王淑芹 . 美国黑人女性主义文学批评研究 [M]. 济南：山东大学出版社 ,2014.06.

[58] 张慧芳 . 玛雅·安吉洛的系列自传——兼谈美国自传的文学性纠缠 [J]. 外国文学动态 ,2007(05):45–47.

[59] 闵敏 . 苏珊·洛里·帕克斯戏剧研究 [M]. 武汉：武汉大学出版社 ,2017.12.

[60] 杨春兰,李彩红.凝视理论视角下的《维纳斯》[J].戏剧之家,2017(21):17-19.

[61] 郭艺,张新颖.空间视域下《维纳斯》的身体政治[J].戏剧之家,2016(23):9-11.

[62] 孙刚.论苏珊·洛里·帕克斯《强者/弱者》中的元戏剧手法[J].戏剧文学,2013(12):31-36.

[63] 万金,陈爱敏."寻找先人的遗骨,倾听它们的声音"——兼论帕克斯的剧作《强者/弱者》[J].外国文学动态,2012(05):44-46.

[64] 孙刚.作为反抗策略的黑人女性身体——评苏珊·洛里·帕克斯的戏剧《强者/弱者》[J].湖北社会科学,2015(06):135-139.

[65] 郭玉英.论艾丽斯·沃克的名著《梅丽迪安》的叙事策略[J].怀化学院学报,2012,(第9期).

[66] 张晓平.由女性主义叙事建构的文本张力——评《外婆的日用家当》[J].淮北师范大学学报(哲学社会科学版),2014,(第6期).

[67] 胡妮.托尼·莫里森小说的空间叙事[D].上海外国语大学,2010.

[68] 李重飞.托尼·莫里森《宠儿》的空间叙事研究[D].安庆师范大学,2018.

[69] 马艳,景先平.托尼·莫里森小说《爱》的空间叙事形式[J].文学教育(上),2018(10):88-89.

[70] 冯修文.艾丽斯·沃克《紫色》的象征隐喻解析[J].名作欣赏,2008(20):124-126.

[71] 王舒.叙述的张力:论托尼·莫里森新作《慈悲》的叙事技巧[D].四川外语学院,2011.

[72] 高黎.历史·现实·隐喻——解读托尼·莫里森文本中的三重世界[D].西北大学,2006.

[73] 齐潇潇.符号学视域下《他们眼望上苍》的隐喻探析[J].时代文学(下半月),2011(12):200-201.

[74] 张晓明.《他们眼望上苍》的象征解读[J].宿州教育学院学报,2006(06):92-94.

[75] 于海燕.浅析佐拉·尼尔·赫斯顿小说语境中的非洲土语文化[J].传播力研究,2018,2(34):135.

[76] 王小清.试析佐拉·尼尔·赫斯顿的《他们眼望上苍》中的语言风格[J].语文建设,2013(18):59-60.

[77] 孙艳艳.佐拉·尼尔·赫斯顿的"实验民族志"书写——以《骡子与人》为例[J].民间文化论坛,2017(01):89-97.

[78] 丁超峰 . 论赫斯顿作品的黑人语言特色——对《他们眼望上苍》的解读 [J]. 现代商贸工业 ,2011,23(13):82-83.

[79] 赵纪萍 . 幽香独具的黑色奇葩——解读赫斯顿小说中的黑人民俗文化特征 [J]. 济南大学学报 (社会科学版),2009,19(05):23-26.

[80] 王晓兰 , 李晖 . 论《宠儿》的复调性 [J]. 南昌航空大学学报 (社会科学版),2007(04):43-47.

[81] （澳）罗宾·麦考伦原著；李英翻译 . 青少年小说中的身份认同观念 对话主义构建主体性 [M]. 合肥：安徽少年儿童出版社 , 2010.01.